로열 셰프 영애님

fioret

로열 셰프 영애님 7

초판 1쇄 인쇄 2020년 7월 20일
초판 1쇄 발행 2020년 8월 20일

지은이 리샤
발행인 오영배
편집 편집부
표지·내지디자인 오정인
제작 조하늬

펴낸 곳 (주)삼양출판사 · 피오렛
주소 서울시 강북구 도봉로 173
대표 전화 02-980-2112 / **팩스** 02-983-0660
편집부 전화 02-987-9393 / **팩스** 02-980-2115
블로그 blog.naver.com/dan_gul
출판등록 1999년 3월 11일 제9-00046호

ISBN 979-11-283-9967-1 (04810) / 979-11-283-9960-2 (세트)

+ (주)삼양출판사 · 피오렛의 서면 허락 없이는 어떠한 형태나 수단으로도 이 책의 내용을 이용하지 못합니다.
+ 지은이와 협의하에 인지는 생략합니다. 잘못된 책은 구입한 곳에서 바꾸어 드립니다.
+ 이 도서의 국립중앙도서관 출판시도서목록(CIP)은 서지정보유통지원시스템홈페이지(http://seoji.nl.go.kr)와 국가자료종합목록 구축시스템(http://kolis-net.nl.go.kr)에서 이용하실 수 있습니다. (CIP제어번호 : CIP2020028780)

fiøret 은 (주)삼양출판사의 로맨스 판타지 문학 브랜드입니다.

로열 셰프
영애님
Royal Chef Lady
VII
리샤
장편소설
fioret

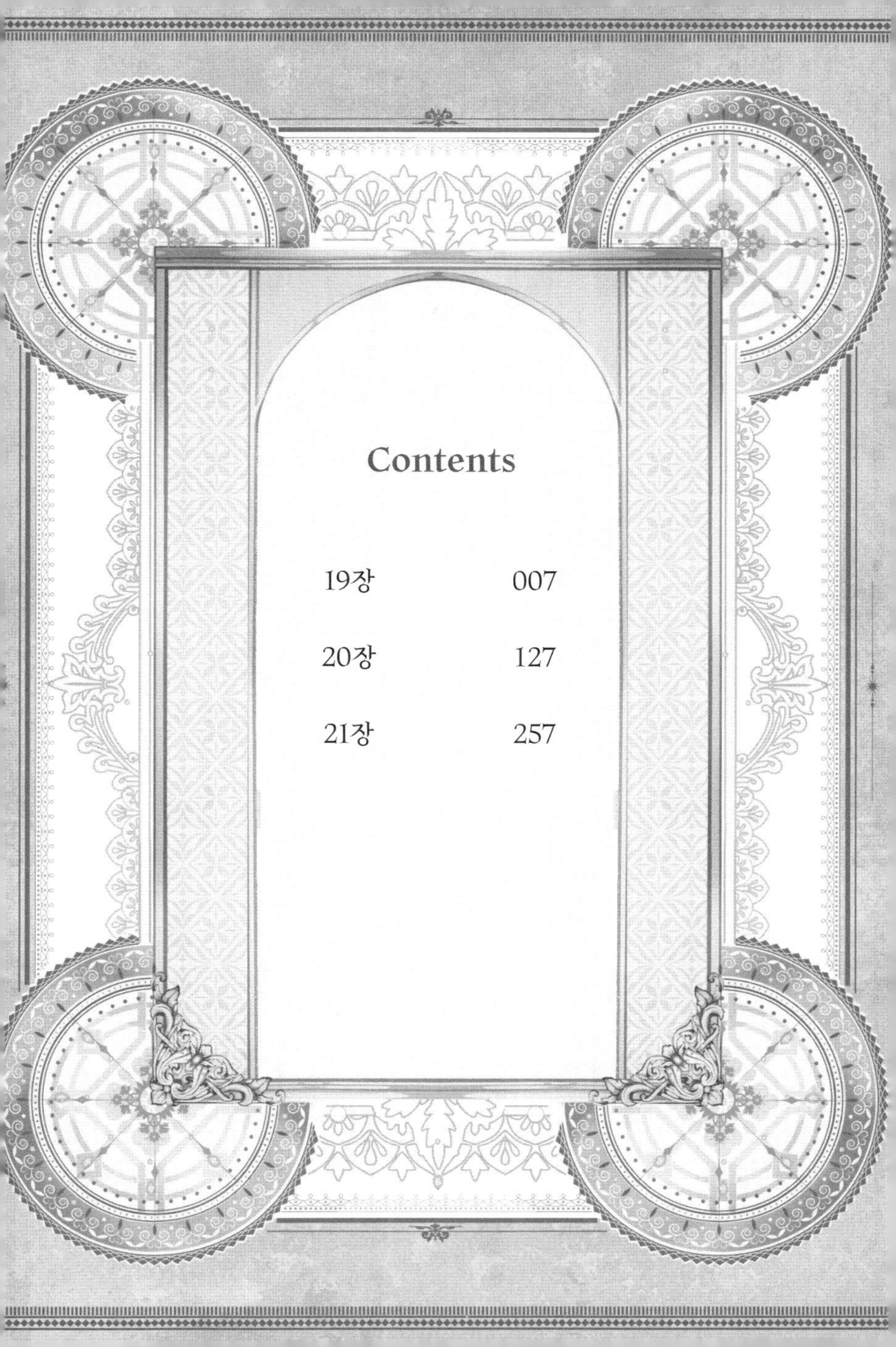

Contents

19장

'바다에 수장시켜야 해.'

나는 대륙과 멀리 떨어진 바다의 한복판을 떠올리며 멀린의 마원을 그러잡았다. 사람이나 물건을 이동시킬 때와는 현저히 다른 날카로운 감각이 몸을 가로지르는 것만 같았다. 포털을 타게 만드는 것조차 어렵다고 생각하는 순간 허공에 홀이 생기며 빛이 쏟아졌다.

"흐윽－!"

태풍에 휩쓸린 것도 같고, 좁은 벽틈 사이에 끼인 것도 같은 압박감이 느껴지기도 했다. 쿵! 기이한 소리가 귓속을 파고들었다. 그와 동시에 누군가 심장을 꽉 틀어쥔 듯한 격통이 느껴졌다. 빛이 삿된 자의 오물에 닿을 때마다 찌르르, 가는 전기가 발끝을 타고 오른다.

"학!"

내가 신음하며 물러서자 다급히 달려온 란슬롯이 내 어깨를 감쌌다.

"세니아나!"

"……아직 남았어."

눈앞이 희뿌옇게 변하고 오직 영지 내에서 활개를 치는 삿된 자들만이 선명했다.

죽여. 죽여. 죽여. 죽여!

내 안의 무언가가 날카롭게 종용했다.

"아직 ─ !"

"그만해!"

그가 나를 강하게 끌어당기고 양손으로 내 뺨을 감싼 후에야 정신이 들었다. 그러고 알았다.

"아……."

몸 곳곳이 흥건하게 젖어 있었다. 비릿한 냄새. 피다. 나는 베인 것 같은 상처를 보다가 마른 침을 삼켰다.

"군사를 얼마나 많이 이동시켰는지 잊은 거야?! 삿된 자까지 날려 보냈으니 몸이 버틸 수 있을 리가!"

"저는 괜찮아요. 할아버지…… 할아버지는요?"

그때 마담 버지니아가 내게 달려왔다. 그녀 또한 성한 몸이 아니었다. 팔 한쪽이 연신 부르르 떨렸고, 희고 고운 얼굴은 어딘가 찢어져 피가 줄줄 흘렀다.

"마차! 할아버지와 마차를 함께 타고 계셨죠!"

"……."

"어떻게 되었어요, 할아버지는!"

"어르신이 저와 소년 관리들을 탈출시키셨습니다. 영지에 상황을 전하라 명하셨어요."

"상황이라니. 그쪽은 더 심각하다는 건가요?"

그녀는 굳은 얼굴로 말했다.

"여섯 구였습니다."

"……삿된 자가요?"

"예."

고작 셋으로 북문이 뚫리고, 영지는 아비규환이 되었다. 그런데 두 배가 넘는 수라고?

"북문을 지키는 6사단의 단장이 여기서 뭘 하고 있는 거야!"

가웨인이 노성을 내질렀다. 그는 새파랗게 질린 중년 기사의 멱살을 틀어쥐었다.

"지휘관인 네놈이 도망쳤으니 군사들은 오합지졸이 된 게 아니냐!"

그래서 북문이 이렇게 쉽게 뚫린 거구나!

"하, 하지만, 삿된 자입니다. 대륙 전쟁에서 보았던, 그……!"

"졸로단!"

"저, 저는, 저는 보았습니다. 성을 둘러싼 검은 인간들이 삿된 자가 되었습니다……."

"뭐라고?"

나는 땅에 떨어져 렌즈에 미세한 금이 간 망원경을 주워 들었다.

렌즈를 통해 살피자 성벽 아래로 사람 형상을 한 이들이 잔뜩 몰려 있었다.

'백에 가까운 숫자.'

삿된 자화된 사람이다! 에이레네나 슈라 부족의 남자가 그러했듯 사람에게 성식을 먹여 삿된 자화시킨 거야.

저들은 에이레네가 삿된 자화되기 직전과 같이 온몸이 검게 물들어 일렁이고 있었다. 졸로단은 부들부들 떨며 말을 이었다.

"저, 저들에겐 활도, 검도 통하지 않았습니다. 마법마저 소용이……!"

"하여 네 군사들을 버리고 영지 안으로 도망쳐 온 것이냐!"

성벽 위에 함께 있던 군사들마저 잔뜩 겁을 집어먹은 졸로단을 보고 말을 잃었다.

"주, 죽고 싶지 않아서…… 저, 저는 노모와 자식뻘의 동생이 줄줄이 있는-!"

가웨인의 검이 허공을 가르는가 싶더니, 졸로단이 단말마를 내지르며 주저앉았다.

"너 대신 죽은 녀석들도 부모와 자식과 형제가 있겠지."

가웨인은 즉시 칼립스를 찾아 자세한 상황을 들었다. 북문은 뚫렸으나 동, 서, 남문에선 아직 군사들이 항전 중이었다.

"즉시 북문을 봉쇄하고, 영지 내의 삿된 자를 처리한다."

다행히 북문 영지 성과 인접한 가장 가까운 곳이었다. 아직 삿된 자들이 밀려 들어오지 못했을 터였다. 란슬롯은 마법사들을 호출했다.

"우리는 지하로 간다. 마도병과 마도 전차를 가동시킨다!"

아빠는 휘하의 군사들에게 소리쳤다.

"성녀가 도착했으니 삿된 자들은 성녀가 있는 성으로 몰려들 것이다. 기마대는 저것들의 이동 경로 내에 있는 영지민을 피신시켜라!"

아빠와 오빠들이 성에 돌아오고 난맥이 조금씩 바로잡히기 시작했다. 나는 마담 버지니아를 채근했다.

"우리는 할아버지에게 가요."

"하지만 아가씨, 몸 상태가……."

"그런 건 상관없어!"

쓰러져 주저앉아 있던 알렉시아가 억지로 몸을 일으켰다.

"호위하겠습니다."

"넌 몸이나 추슬러. 아가씨를 지키는 건 우리의 몫이다."

"그래."

바커스와 고레일이었다. 나는 마담 버지니아의 손목을 잡고 소리쳤다.

"어디예요!"

"……가시죠."

포털을 열려고 했지만, 마원엔 반응이 없었다.

'멀린!'

[…….]

'테디…….'

[하, 하지만 지금 길을 열면 누나가 죽을지도 모르는걸.]

쵸 또한 대답이 없었다.

"걸어서 이동해야겠어요."

"말을 타시죠."

도미니크였다. 그는 아빠와 오빠들의 거절에도 기어코 영지까지 따라왔다.

"하지만 저는 말을 못 타는걸요."

"제 뒤에."

그가 나를 말에 올려 주고 고삐를 쥐었다. 마담 버지니아도 어느새 안장에 앉았고, 달리는 우리의 뒤로 기사들이 따라붙었다. 말을 타고 달리는 내내 머릿속이 어지러웠다. 도미니크의 옷깃을 잡은 손이 자꾸만 떨려서 그는 한 손으로 내 손등을 꽉 쥐고 있었다.

마차가 공격받은 곳은 영지 안이 아니었기 때문에 우리는 성 밖으로 나서야 했다. 사문은 모두 봉쇄 중이라서 난 할아버지의 진료 때문에 알게 된 비밀통로로 도미니크와 버지니아, 기사들을 안내했다. 고레일과 바커스는 통로를 보고 "허……." 하며 한숨을 삼켰다.

"이런 곳을 통해 나갈 수 있을 줄은……."

"이 아름드리나무가 출구였구나."

성 밖으로 나서자 비릿한 냄새가 훅, 코안으로 밀려들었다. 영지를 둘러싼 '검은 인간'들의 냄새였다.

"이 앞입니다, 아가씨!"

나는 마담 버지니아의 뒤를 필사적으로 좇았다.

'제발.'

제발 할아버지. 이제 역정 내신다고 골내지 않을게요. 내 일이 바뻐다고 뒷전에 두지 않을 거예요. 그러니까 할아버지, 살아 계세요. 믿지 않는 신에게 간곡히 빌며 할아버지만 살려준다면 뭐라도 하겠다고 애원했다.

"여깁니다!"

마담 버지니아가 소리쳤다. 그녀의 말처럼 프렌시프의 마차가 널브러져 있었다. 그런데.

"아무도 없어요!"

내가 새파랗게 질린 채로 말하자 버지니아는 마른 침을 삼켰다. 설마 잡아먹힌 걸까.

"……가씨…… 아……가씨."

어디에선가 익숙한 목소리가 들렸다.

"안토니오!"

영지의 총집사장 안토니오는 상태가 엉망이었다. 피투성이인 데다, 동시에…….

"검은 인간이 되었어!"

기사 중 하나가 소리쳤다. 안토니오 몸의 절반이 오물처럼 변해 있었다.

"어떻게 된 거야. 어르신은, 모두는……!"

"끌려 갔…… 습니다."

"뭐라고?"

"삿된 자들이 마차를 완전히 포위하고…… 로브를 입은……, 입은 자들이 나타났습니다."

나와 도미니크는 시선을 맞췄다.

'아탈란이다.'

"몸은 어떻게 된 거지? 왜 검은 인간이 된 건가, 안토니오."

마담 버지니아의 말에 안토니오가 겨우 다시 입을 열었다.

"검도, 마법도 통하지…… 않았습니다. 어르신을 지키기 위해 삿된 자를…… 물어뜯었는데, 그 뒤로 이렇게……."

성식은 삿된 자의 일부를 정제해서 만든 것이다. 안토니오는 성식의 원료를 삼킨 것이나 다름없으니 삿된 자화가 빠르게 진행된 것이었다. 난 고레일과 바커스에게 명했다.

"안토니오를 성으로 데려가."

"하지만, 집사장님께서 성안에서 삿된 자가 되신다면."

"그때는……."

나는 안토니오의 손을 잡았다.

"내 손으로 죽일 거야."

안토니오는 눈에 물기가 어린 날 보고 희미하게 웃었다.

"고향에서, 프렌시프의 신하로 눈감을 수 있게 해 주시는 겁니까."

"……."

"상냥하신 분."

고레일이 침통한 얼굴로 그를 부축했다. 난 입술을 꽉 깨물었다.

'아탈란.'

아탈란. 아탈란. 아탈란! 분해서 참을 수 없었다. 내 감정에 동요한 마원들에 빛이 감돌며 크게 진동했다.

[주인, 위험하오!]

멀린의 전음이 느껴졌다.

검은 인간들은 걸을 때마다 피부가 녹아드는 것처럼 오물 같은 것이 뚝뚝 흘러내렸다. 그런데도 얼마나 빠른지 아무리 뛰어도 따돌릴 수 없었다. 기어코 검은 인간 몇이 내 뒤로 바짝 달라붙었다.

"주, 주, 죽…… 주, 죽여."

"주, 죽인다."

"죽인다."

"죽인다."

"주, 죽, 죽여."

어느새 검은 인간들이 내 사방을 포위했다. 그들이 역한 냄새가 풍기는 썩은 팔을 뻗어 왔다.

'잡힌다!'

나도 모르게 눈을 꽉 감았는데. 쉭! 허공을 가르는 소리와 함께 내 앞으로 누군가 뛰어왔다.

"저하!"

그는 단숨에 검은 인간 하나를 베어 내고 내 손목을 잡은 채 제 등에 바짝 붙였다.

"떨어지지 마십시오."

"네……. 네!"

도미니크는 또 한 번, 내게 다가오는 검은 인간의 다리를 걸어 균형을 잃게 하더니 단숨에 도약해 가슴을 꿰뚫었다.

"죽일 수 있잖아!"

"어떻게 된 거지?"

기사들과 마담 버지니아가 당황한 표정으로 우리 쪽을 바라보았다.

'아!'

가브리엘라의 말이 떠올랐다. 조율자는 성녀와 삿된 자의 중앙에 있는 존재라고 했다.

[둘 모두를 회복시킬 수도 있고, 죽일 수도 있는.]

그래서 도미니크의 공격은 통하는 거다. 공격해 온 검은 인간들의 수는 다섯. 도미니크가 아무리 대단한 검사라고 해도, 나를 보호하며 이들을 전부 처리하기는 무리였다. 무엇보다 검은 인간들은 다칠수록 흥분하여 점점 인간의 형태를 잃고 있었다.

'삿된 자가 되면 처리할 수 없다고 했어!'

내가 다시 마원을 잡으려던 찰나.

"아가씨!"

등 뒤로 등이 굽은 검은 인간이 "키엑!" 소리를 내며 달려들었다. 그리고 동시에 멀리서 로브를 입은 사람이 나타났다.

"그만."

짙은 보라색의 수정을 양손으로 받든 사람이 말하자, 검은 인간들은 "크아악!" 비명을 내질렀다.

'뭐지?'

고통스럽다는 듯 그 자리에서 온몸을 비틀던 검은 인간들이 이내 로브의 명을 따라 움직였다.

'저 수정이 검은 인간들을 조종하는 매개체구나.'

로브는 검은 인간들을 물린 후 몇 걸음 다가왔다. 도미니크와 마담 버지니아는 그가 다가오지 못하도록 앞을 막아섰다.

"이런, 그리 경계하지 마십시오. 저는 해를 입히지 않을 겁니다."

그가 "아직은." 하고 덧붙였다.

"대사제께서 성녀님과 대화를 나누시길 바라십니다."

"아가씨를 불러내서 무슨 짓을 하려고!"

"불쾌하군요. 귀한 옥체를 상하게 하겠습니까."

그는 눈을 가늘게 뜨며 나를 보았다.

"하지만 대사제께선 성녀님의 우려를 헤아리셨습니다. 마음의 준비를 할 시간이 필요하시겠지요."

"나를 우려하는 사람이 내 할아버지를 납치해?"

내가 날카롭게 묻자 그는 입매를 비틀었다.

"평화를 위한 작은 희생이라고 여겨 주시지요."

그가 바닥에 작은 쪽지 하나를 내려놓고는 이어 말했다.

"신전의 코드입니다. 성녀님께서 연락을 주시면 북문에 사제들을 보내 모시겠습니다."

"……내가 가지 않겠다면?"

그가 히죽 웃었다.

"도리가 없지요. 억지로 모셔오는 수밖에. 그땐 프렌시프의 몰락과 함께."

"……!"

"되도록 빨리 연락 주셔야 할 겁니다. 어르신께서 노쇠한 몸으로 얼마나 버티실 수 있을지 장담할 수 없잖습니까."

버티고 있다니!

나는 다급히 소리쳤다.

"할아버지에게 무슨 짓을 하고 있는 거야!"

"글쎄요. 다만 확실한 건 오늘을 넘기진 못할 겁니다."

기사들이 벌건 얼굴로 고성을 내질렀다.

"가면 돌아오지 못한다는 걸 아는데 아가씨를 보낼 성싶어?!"

그러자 그가 무언가를 툭, 던졌다. 피 묻은 머리카락 뭉치였다. 그것을 확인한 마담 버지니아는 진노하여 주먹을 말아 쥐었다.

"에드에게 무슨 짓을 한 게냐."

"갸륵한 청년이더군요. 끝까지 저항을 포기하지 않아 신의 곁으로 보내 주었습니다."

"이놈!"

"성녀께서 오지 않으신다면 어르신뿐만 아니라 프렌시프의 수행인들이 모두 신의 곁으로 향하게 될 거요. 한 사람으로 수십, 나아가 천만이 넘는 프렌시프 영지민의 목숨을 살릴 수 있다는 것을 명심하시오."

마담 버지니아가 그에게 달려들자 어느새 다가온 수십의 검은 인간들이 우리를 포위했다. 그들에게 가로막힌 사이 로브의 사내는 킥킥 웃으며 떠났다.

* * *

마담 버지니아와 기사들로부터 이야기를 전해 들은 란슬롯은 나를 별채에 가두었다.

"열어 줘요! 열어 줘!"

"영지만 정리되면 아탈란의 신전을 칠 거다. 조부님은 우리가 모셔 올 테니 허튼 생각 하지 말고 가만히 있어."

"하지만 할아버지가, 가신들이 그때까지 무사할 거라곤……!"

내가 흥분해 소리치자 문 너머로 또 다른 목소리가 들려왔다.

"당신 대신 손녀가 희생하는 것을 바라지 않으실 거다."

"아빠……!"

"내 선택은 하늘이 무너져도 너다."

서글픈 건 나뿐만이 아니었다. 아버지와 자식 사이에서 갈등해야 하는 아빠가 나보다 몇 배는 더 힘들 터였다.

그 후로 세 시간, 가족들은 정말로 별채의 문을 열어 주지 않았다. 보초를 서던 경비병들이 군에서 지급한 통신석을 확인하고 초조한 얼굴로 바깥을 살폈다.

"무슨 일이야?"

"……아닙니다."

나는 인상을 쓰고 그들에게서 통신석을 빼앗았다.

"아가씨!"

"……성문 봉쇄에 실패했다고? 동문과 남문까지 뚫리고? 영지에 삿된 자들이 더 들어온 거야?"

"……."

"대답해!"

"검도, 마법도, 활도, 심지어 마도 전차의 포탄도 통하지 않습니다. 그런 까닭에……."

"북문엔 가웨인이 있었잖아……. 작은오빠는?"

"……살아 계십니다."

'살아'만 있다고?

"다쳤다는 거잖아!"

"……."

삿된 자를 물리치지 못하면 우리에게 희망은 없다.

'역시 삿된 자화되기 전인 검은 인간들을 처리해야 해.'

슈라 부족에서 듣지 않았던가. 삿된 자가 되면 인력으로는 처리할 수 없으니 완전히 삿된 자가 되기 전에 처리해야 한다고. 하지만 검은 인간들에게 맞설 수 있는 건 도미니크뿐인데, 그가 저 많은 수의 검은 인간들을 처리할 수— 어?

'잠깐만.'

슈라의 부족은 삿된 자를 어떻게 처리한 거지? 슈라의 부족은 삿된 자가 되기 직전의 사내를 처리했잖아.

"또 인력으로 처리할 수 없다면 다른 방법이 있다는 걸까……."

"예?"

"나가야겠어!"

"안 됩니다, 아가씨."

"삿된 자들을 처리할 방법이 있을지도 몰라."

경비병들이 눈을 흡떴다.

"그런…… 어떻게!"

"삿된 자들을 물리치던 사람들이 있어. 분명히 방법을 알고 있을 거야."

경비병 하나가 대장 격의 사내를 쳐다보았다. 중년의 사내가 잠시 침음했다.

"각하께 말씀 올리겠습니다."

발 빠른 경비병 하나가 즉시 문을 나섰고, 얼마 지나지 않아 아빠가 도착했다.

"삿된 자를 물리칠 방법이라고?"

"가웨인이 납치당했을 때 동부 인근의 산에서 발이 묶인 적이 있었죠. 그때 방문한 마을에서 그들이 삿된 자가 된 부족민을 처리하는 걸 봤어요."

"……."

"정말이에요."

뒤늦게 달려온 란슬롯이 이야기를 전달 듣고 허탈한 표정을 지었다.

"왜 그걸 잊고 있었지."

란슬롯 곁의 기사들도 마찬가지로 기가 막힌 표정이었다. 오빠들과 나, 그리고 기사들은 그 광경을 함께 목격했다. 그런데 이때까지 아무도 그 일을 떠올리지 못했다니.

'이상해.'

무언가 곰곰이 생각하던 아빠가 말했다.

"지금 당장은 네게 군사를 빼줄 수 없어. 사령관인 나와 보좌 격인 란슬롯이 빠질 수는 더더욱 없다."

"저는 성수가 있으니까……!"

"지금은 쓸 수 없는 상태지. 그래서 마차를 찾으러 갈 적에도 달려서 이동한 것이 아니냐."

"하지만……."

그때 문 근처에 있던 도미니크의 목소리가 들렸다.

"제가 함께 가죠."

아빠는 잠시 못마땅한 표정을 지었지만, 이내 한숨을 내쉬며 허락했다. 삿된 자들이 기승을 부리는 상황에서 도미니크만큼 든든한 호위는 없었다.

나는 혹시나 해 마원을 잡았다. 몇 시간은 쉬었으니 성수를 불러내진 못해도 가까운 곳으로 이동하는 건 가능하지 않을까 싶었다. 다행히 포털은 열렸다. 눈을 뜨자 도미니크와 난 루브스 산 어린 족장 슈라가 이끄는 부족 마을에 있었다.

"뭐, 뭐, 뭐야!"

부족민이 난데없이 나타난 우리를 보고 소리쳤고, 곧 주변에 병사들이 나타나 우리에게 창을 겨눴다.

"우리는 족장 슈라와 이야기를 하러 왔어요!"

"예정도 잡지 않고, 이토록 무례하게 말입니까!"

어느새 나타난 부족장 사내가 소리쳤다.

"우리는 한시가 급해요. 슈라와 만날 수 있게 해 주세요."

"불가하다면요."

"그럼 모두 도륙하는 수밖에."

도미니크의 말이었다. 그는 무미건조한 표정으로 당황한 부족장을 지그시 응시했다. 그러자 부족장이 마른침을 삼키고 인상을 찌푸렸다.

"기, 깊은 산 속에서 지낸다고 세상일을 전혀 모를 성싶으십니까. 삿된 자들과 전투를 치르고 있다는 건 저희도 알고 있습니다. 프렌시프에선 우리 부족에 전사를 보낼 여력이 없으실 텐데요."

"누가 프렌시프의 병사들이 올 거라고 했지?"

"……예?"

도미니크가 땅에 검집을 쿵! 박으며 낮은 목소리로 말했다.

"도미니크 로젠카로튼, 길라게온 황가의 핏줄. 건국왕의 영혼에 서약한다."

"……!"

"이 사람 눈에 눈물이 나면 너희 부족은 어린애 하나 남지 않을 것이다."

"그, 그런……."

"중앙군의 군마에 짓밟히고 싶은 자, 누구냐."

"화, 황족이 왜 우리를 협박하는 거요! 이건 프렌시프와 우리의 문제ㅡ!"

"이 사람도 곧 황족이 될 테니까."

그가 내 허리를 끌어안으며 말하자 부족민들의 얼굴이 거무죽죽해졌다. 황제의 허가 없이 중앙군을 언급해도 되는 건가 싶었지만 나는 마음이 급했다.

"어서 슈라를……!"

내가 소리치자 부족장은 어쩔 수 없다는 듯이 달려갔다. 곧 슈라가 모습을 드러냈다.

"언니가 왜……."

나는 그녀에게 달려가 손을 꽉 잡았다.

"슈라, 부탁이야!"

"부탁?"

"너희 부족은 부족민이 삿된 자화되면 자력으로 처리해 왔지?"

"으응."

그녀가 움찔움찔 눈치를 보며 고개를 끄덕였다.

"삿된 자를 처리할 수 있는 방법을 알려 줘."

"못 해."

"제발, 무엇이라도 보답할게."

"방법을 알아도 언니는 못 한다는 말이야."

그녀가 음울한 목소리로 중얼거렸다.

* * *

부족장은 투덜거렸지만, 족장인 슈라의 명에 길을 터 주었다. 나와 도미니크는 슈라를 따라 마을 깊숙한 곳으로 걸었다. 커다란 움막 앞에 서자 부족장이 문을 대신한 천막을 걷어 주었다. 슈라가 "들어와." 하고 말해서 우리는 그 안으로 들어왔다.

"욱!"

역한 냄새가 진동했다. 어떤 문양이 새겨진 천과 천에 이어진 밧줄로 둘둘 매인 남자가 "키에에엑—!" 비명을 질렀다.

'검은 인간!'

"삿된 자화된 우리 부족민이야. 오늘 관에 넣어 줄 날이지."

슈라의 얼굴이 아주아주 어두워졌다.

'아…….'

나는 저 부족민을 알고 있다. 슈라의 유모처럼 그녀를 보살피던 부족의 전사, 오레레.

"왜 검은 인간이 된 거지? 그녀가 일전에 삿된 자화된 부족민을 없앴었잖아."

"삿된 자를 없앴으니까."

"뭐?"

부족장은 굳은 얼굴로 벽에 걸린 창을 빼 들었다. 그리고.

"앗!"

단숨에 검은 인간이 된 오레레를 꿰뚫었다.

"인간의 힘으론 삿된 자를 없앨 수 없어."

슈라가 그렇게 말하며 부족장을 향해 고개를 끄덕였다. 부족장은 곧 청년 하나를 데려왔다. 그는 무언가 각오한 듯한 표정이었다. 그런데 그때.

"쉬익ㅡ!"

밧줄이 끊어지며 검은 인간이 된 오레레가 나를 향해 달려들었다. 도미니크가 나를 막아서기 무섭게 청년이 오레레의 다리를 찔렀다.

"키에엑!"

오레레가 비명을 내지르며 주저앉았다.

"아!"

다리에서 짙은 보라색의 핏물이 줄줄 흐르고 있었다.

"어떻게!"

부족장의 공격은 소용이 없었는데, 왜 청년은 다른 거지? 무기의 문제인가 싶었는데, 이제 보니 그는 부족장이 떨어뜨렸던 창을 들고 있었다. 슈라가 말했다.

"카탄, 보여 줘."

청년은 아무렇지 않게 셔츠를 걷었다.

"……!"

청년의 상체에 커다란 반점이 있었고, 반점 안은 오물로 채워진 듯 검게 일렁였다.

"삿된 자를 없애려면 삿된 자가 되어야 해."

"너희도 성식을 가지고 있는 거야?"

"우리는 부족에서 삿된 자가 생기니까 성식 같은 건 필요 없어. 시체를 보관하고 있지."

"그런……."

슈라는 어두운 얼굴로 입을 열었다.

"우리가 삿된 자와 고리를 끊을 수 없는 이유가 이거야."

청년이 오레레를 제압하자 다른 부족민들이 얼른 다시 밧줄을 둘러 그녀를 제압했다.

"카탄은 오레레의 동생이야."

"……."

"부모는 일찍이 삿된 자화되어 거룩한 처형을 당했고, 오레레가 평생 카탄을 돌봤지."

"……."

"언니는 병사들을 삿된 자로 만들 수 있어?"

아니.

나는 마른 침을 삼켰다. 슈라 부족의 방법으로 삿된 자를 물리친다고 해도 그 후가 문제였다. 토벌 후엔 영지민이 삿된 자가 될 거다. 그럼 우리 또한 슈라의 부족처럼 다시 삿된 자를 만들어 삿된 자가 된 이웃을, 어쩌면 부모와 형제를 죽여야 할지도 모른다.

슈라는 다시 묶여 신음하는 오레레의 앞에 작은 접시를 내려놓았다.

'감자튀김.'

내가 슈라에게 만들어 줬던 음식이었다.

"오레레도 좋아했으니까, 이거."

슈라가 울먹였다.

"언니처럼 맛있게 만들 수는 없었지만, 그래도……."

슈라가 애써 웃었다.

"오레레가 언니 요리 아주 좋아했어. 옛날에 만들어 두고 간 토마토소스도 엄청 잘 먹었어. 다른 부족민들도."

부족장이 헛기침을 하며 시선을 돌렸다.

"그, 우리가 외지인의 음식이 좋아서 버리지 않고 계속 먹은 건 아닙니다."

"네?"

"저 모르게 족장이 부족민들에게 먹인 거죠."

슈라는 그릇을 끌어안으며 웅얼거렸다.

"언니 음식은 정말로 특별하단 말이야. 아무도 내 말은 안 믿고. 치……."

“그런 말로 부족민들에게 헛된 희망을 주지 말라고 몇 번을 말씀 드렸습니까.”

“하지만 언니 음식을 훔쳐 먹었던 사람 중엔 삿된 자화 되지 않은 사람도 있다고!”

“우리의 기도가 우연하게 힘을 발휘한 거예요.”

“우리 기도가 언제 소용이 있었다고. 늘 기도하지만 한 사람도 살리지 못했는데.”

슈라가 씩씩대며 말했다.

“하지만 내가 두 달쯤 전부터 삿된 자화를 앞둔 사람들에게 토마토소스를 먹였는데 분명히 삿된 자화가 느리게 진행되었단—”

“뭐라고?”

“응?”

“내가 만든 요리를 먹이기 시작한 게 언제랬어?”

“두 달쯤 전…….”

내가 피곤해지기 시작한 것도 두 달쯤 전이다.

‘잠깐만, 그러고 보니까.’

나는 얼른 도미니크의 옷깃을 잡았다.

“돌아가요, 어서!”

“예?”

그러고 난 슈라에게 “고마워, 다시 연락할게! 꼭 보답할게, 기다려 줘!” 라 말하며 포털을 열었다. 다시 성으로 들어온 나는 아빠에게 헐레벌떡 뛰어갔다.

“아빠, 아빠!”

"그래."

"르마르 공작과 지금 연락할 수 있어요?"

"그렇기야 한데, 이 상황에서 그와 연락하겠다는 거냐?"

"네!"

아빠와 란슬롯이 묘한 얼굴로 날 바라봤다. 나는 슈라에게 들었던 삿된 자를 없앨 방법을 알려 주었다. 란슬롯이 미간을 좁혔다.

"우리는 그 방법을 쓸 순 없겠군. 루브스 산의 부족처럼 삿된 자가 소수인 게 아니니, 더 많은 사람을 삿된 자화시켜야 할 겁니다."

아빠도 동의했다.

"그렇게 되면 지금 상황은 정리할 수 있어도 나중이 문제지. 그런데 르마르 공작은 왜 찾는 게냐."

"르마르 공작의 딸 카트린 말이에요! 계속 성식을 먹었잖아요. 곧 삿된 자화를 앞두고 있었다고 아탈란의 신관이 말했었지요?"

아빠가 고개를 끄덕여서 난 급히 말했다.

"삿된 자들은 조율자에게 집착해요. 도미니크 저하 말이에요!"

"그래."

"그런데 제가 만든 음식을 먹은 뒤 갑자기 도미니크를 멀리하고 큰오빠에게 빠지기 시작했어요."

란슬롯이 고개를 끄덕였고, 난 다시 말을 이었다.

"방금 들었는데, 슈라의 부족민 중에도 제 음식을 먹고서 삿된 자화가 진행되지 않은 사람도 있대요."

아빠가 고개를 끄덕였다. 삿된 자의 천적은 성녀라고 했다. 하지만 성녀는 삿된 자에게 어떤 위해도 가하지 못하니 천적이라고 부르긴 어렵다.

'성수가 있다고 해도, 마원이 있어야만 그들을 불러낼 수 있으니까.'

그런 내게 삿된 자를 정화시킬 능력이 있다면 '천적'이라고 불릴 만할 것이다.

"아탈란은 제가 로열 키친에 있는 것을 어떻게든 막으려고 했어요."

"그렇지."

"황족들에게 성식을 섭식시키고 있었고요. 만약, 제게 정화 능력이 있다면 앞뒤가 맞지 않나요?"

"황족들을 삿된 자화하여 주무를 계획이었는데 네가 정화를 시킨다면 방해가 되겠군."

"네. 가능성 있는 얘기예요."

란슬롯도 고개를 끄덕였다.

"고대 마법 중엔 매개체를 신체 내에 주입하여 몸을 보호하는 마법도 있다고 들었습니다."

"성녀의 손이 닿은 음식이 매개체가 될 수도 있다?"

"예."

아빠가 눈을 가늘게 뜨자 란슬롯이 말했다.

"만약 추측이 맞다면 우리도 루브스 산 부족의 방법을 써서 삿된 자들을 몰아낼 수 있습니다."

"검은 인간을 잡아 와라. 실험을 해 봐야겠으니."

란슬롯은 즉시 성문 쪽에 있는 칼립스에게 연락했다.

*　*　*

대사제는 신관들에 의해 꿇어 앉혀진 나베리우스를 보며 입꼬리를 올렸다.

"그 연세에 참으로 정정하십니다. 아직 입을 열 생각이 없으십니까?"

나베리우스는 대답하지 못하고 그윽 그윽, 쇳소리만 내며 숨을 몰아쉬었다. 한창의 청년들도 견디지 못할 모진 고문에 노쇠한 몸은 엉망이 되었다. 금방이라도 숨이 끊어질 것 같은 그를 보며 대사제가 끌끌 혀를 찼다.

"이만큼 당하셨으면 이제 현명해질 때도 되셨을 텐데요."

"……."

"이렇게 계속 제 화를 돋우셔서야 돌아가셔도 오래 살긴 글렀습니다."

늙은 몸이 고문의 여파를 견뎌낼 수 있을 리 없다. 나베리우스의 한쪽 눈은 떠지지도 않은 상태였다. 짓물러서 터진 것처럼.

"아서 프렌시프는 어떻게 영혼을 구별한 것입니까."

"……."

"당신들은 어떻게 약탈자와 성녀의 영혼을 구분할 줄 아는 거죠?"

나베리우스가 바짝 다가온 대사제의 얼굴에 침을 탁 뱉었다.

"이런!"

신관이 당황하자 대사제는 일그러진 얼굴로 나베리우스의 머리채를 잡았다.

"늙은이가 죽으려고 환장을 했구나!"

그가 근처에 선 성기사의 검을 빼앗아 나베리우스의 허벅지에 찔러넣었다.

"크아앗!"

"빌어먹을 노인네."

나베리우스의 머리채를 던지듯 놓은 대사제가 쯧, 혀를 차고 신관으로부터 손수건을 건네받았다. 피 섞인 침을 닦아낸 대사제는 짓씹듯 물었다.

"11대 프렌시프 후작이 고대 마법에 통달한 자였지? 너희 혈족에 어떤 힘을 남긴 거야. 그래서 약탈자와 성녀를 알아본 것이지. 맞지?"

"……할애비가…… 새끼를 못…… 알아볼까……."

"개소리."

"짖어대는 건…… 네놈이…… 잘하는 짓이지……, 신을 참칭하는 악마의…… 졸개들아."

대사제가 뻣뻣하게 굳었고, 신관들은 기함했다.

"미친, 신과 통하는 창구 안에서 신을 조롱해?!"

"아탈란이 신…… 이라. 우습군……."

"정신 나간 늙은이가!"

"너희가…… 대륙 전쟁에서 패배했을 때…… 너희 신은 무엇을 하였……느냐."

"우리의 발전을 위해 역경을 내려 준 것이다!"

"구원 없는 역경은…… 희롱이지. 너는 그저 악마에게 희롱당하고 있을 뿐."

흥분한 대사제가 검집으로 나베리우스를 후려쳤다. 몇 번이나 후려치다 검집을 내던지고, 구둣발로 그의 얼굴을 사정없이 밟거나 주먹을 내질렀다.

"거래도 전에 죽겠습니다. 그만하십시오, 대사—"

대사제를 뜯어말리던 신관 하나가 우뚝 멈추었다. 그제야 진정된 대사제는 인상을 찌푸렸다.

"뭐야?"

신관이 달려가 나베리우스를 살폈다.

"숨을 쉬지 않습니다."

"뭐라고?"

대사제는 잠시 당황하여 마른침을 삼켰다.

"빌어먹을 늙은이!"

곧 죽어도 고집은 버리지 못해서 명줄을 재촉했다. 그가 얼른 나베리우스의 맥을 짚었다. 아직 미약하게나마 맥이 잡히지만, 끊어지는 것은 시간문제였다. 신관이 발을 동동 구르며 "치료사들을—" 하고 외쳤으나 대사제는 칫, 혀를 찼다.

"어차피 노인네는 죽어야 할 운명이었다."

그의 말에 신관은 당황하여 소리쳤다.

"그럼 이대로 두신다는 겁니까. 하지만 성녀가—"

"성녀야 신전에 발 디딘 순간부터 우리 손아귀에 떨어질 테니 제 할애비가 산 채든, 시체로 나뒹구는 상태든 따질 겨를이 있겠느냐."

"그, 그렇기야 하지만……."

"내 눈에 띄지 않는 곳에 내던져 둬라."

신관은 마른침을 삼키고 성기사들에게 눈짓했다. 기사들이 축 늘어진 나베리우스를 옮기자 대사제가 물었다.

"성녀에게서 연락은?"

"아직입니다."

"조부나 손녀나 애먹이는 건 똑같군."

그가 짓씹듯 뱉은 말에 신관은 히죽 웃었다.

"발버둥일 뿐이지요. 영지의 함락과 함께 마차에 있던 자들의 명줄까지 일러 놓았으니 곧 연락이 올 겁니다."

대사제는 호언장담하는 신관을 보고 픽 실소를 흘렸다.

아탈란의 옥사 내에 갇혀 있던 프렌시프의 가신들과 사용인들은 성기사들이 내던진 나베리우스를 보고 기함했다.

"어르신, 어르신!"

"이놈들 어르신께 무슨 짓을 한 게야!"

울부짖는 사람들을 보고 성기사들은 입매를 비틀었다.

"혀를 잘못 놀리면 먼 길 떠나는 어르신 곁으로 가게 될 거요."

성기사가 침을 탁, 뱉고 떠나자 사용인들이 울부짖었다.

"어르신……!"

"금수만도 못한 놈들!"

가신이 분통을 터뜨렸다.

"공! 어떻게든 해 보십시오. 이러다 어르신 숨이 넘어가겠어요!"

나베리우스의 몰골을 본 자칼 자작은 신음하며 양손으로 얼굴을 덮었다. 어르신을 치료조차 해 주지 않는다는 것은 애초에 살려 줄 마음이 없었다는 것이다.

'어르신마저 이 꼴이 되었으니 우리는…….'

"영지에선 어째서 소식이 없는 겁니까!"

"우리가 끌려갔다는 걸 알고서도 연락이 없다는 건 역시 마차를 덮친 삿된 자들이 영지로 향한 게 아니겠습니까."

젊은 가신이 나베리우스의 옷깃을 꽉 말아 쥐었다.

'제길!'

할 수 있는 일이 아무것도 없었다. 그녀가 믿던 평화는 허상이었고, 그들이 이룬 모든 것은 북풍 앞 낙엽과 같았다. 긴 세월 영지를 지켜 온 자의 죽음을 도리 없이 지켜보기만 해야 하는 신세가 비참했다. 그때 옥사를 지키던 문지기들이 누군가를 향해 고개를 숙였다.

"프렌시프의 영감은?"

"다 죽어가는 중입니다."

문지기가 비열하게 웃자 옥사에 들어온 남자가 힐긋 창살 안을 바라보았다.

"너희는 나가 있어라."

"하지만 대사제께서 물샐 틈 없이 경비하라 명하셨—"

"나가 있어. 원수를 저리 편히 죽일 수야 없지. 저 늙은이는 차라리 죽고 싶다 애걸하다 벌레처럼 처절하게 뒈져야 해."

남자와 프렌시프의 사정을 아는 수위장이 문지기를 향해 눈짓했다. 그러자 문지기들이 더는 군말하지 않고 옥사를 나섰다. 수위장이 남자에게 옥사의 열쇠를 건넸다.

"시체가 더 상하는 일은 없어야 합니다. 곧 성녀가 도착할 테니까요."

"그래."

수위장은 고개를 수그리고 문지기들을 따라서 옥사를 벗어났다. 가신들과 사용인들은 기골이 장대한 남자가 옥사의 문을 여는 것을 보고 바짝 긴장했다.

"뭐, 뭐 하려는 거야!"

"어르신께 손가락 하나라도 대면—"

사용인들이 날카롭게 소리치자 남자는 쯧, 혀를 찼다.

"하여간에 주인이나 아랫것이나 멍청하기는 똑같군. 프렌시프의 것들은 제대로 된 놈이 없어."

"뭐?!"

"이 상황에서 목에 핏대를 세우면 명줄이 끊어지는 법이다, 애송이들아."

성큼성큼 들어온 남자가 흘깃 뒤를 쳐다보았다.

"큰 누이."

남자의 뒤에 서 있던 여자, 아니, 가브리엘라가 천천히 로브를 벗었다.

"……!"

프렌시프의 가신이 눈을 홉떴다.

"화, 황비!"

"황비? 황비라고요?"

가브리엘라는 쓰러진 나베리우스 앞에 무릎을 굽혔다. 그녀가 손을 뻗자 가신들이 날카롭게 소리쳤다.

"네년이 아탈란의 졸개였나!"

에단이 무표정한 얼굴로 뇌까렸다.

"프렌시프에 터를 둔 자와 말 섞을 생각 없으니 그 입 다물어."

"우리가 네게 뭘 어쨌다고……!"

"내 누이를 비난하고 홀대하였으니 너희 모두는 우리에게 원수다."

"누이……?"

가브리엘라가 "그만." 하고 경고하듯 말하자, 검은 머리칼 사이 흰머리가 성성한 가신이 가브리엘라를 빤히 쳐다보았다.

"당신, 설마……."

"……."

"미아 님의 혈족이오?"

"미아를 아나?"

숨을 크게 들이켠 가신이 엉금엉금 기어 가브리엘라를 떠밀고 나베리우스의 앞을 가로막았다.

"어르신께 무슨 짓을 하려는 거요!"

"비켜."

"우리가 각하와 미아 님의 결혼을 반대한 일로 앙심을 품은 모양인데, 어리석은 생각 마시오!"

"비키라고 하지 않았나."

"아탈란 신관과의 결혼은 애초에 말이 되지 않는 일이오. 당신네들이 제국민을 얼마나 죽였는지 잊었소! 어르신과 우린 응당 해야 할 반대를 했을 뿐―"

"그래, 맞아. 해야 할 반대였지."

가브리엘라와 에단 또한 그렇게 믿고 반대했다. 끝내 미아가 아서를 택해서 더는 남매로 여기지 않겠노라 소리치고 원망했다. 그 아이에게 낸 상처가 제게 곱절로 돌아올 줄 모르고.

"당신들도 우리처럼 후회했으면 좋겠군."

"뭐?"

팔짱을 낀 채 창살 밖을 쳐다보던 에단이 가신의 멱살을 잡고 질질 끌어냈다.

"그 소중한 어르신 뒈지는 꼴 보기 싫으면 비켜."

"무슨……!"

가브리엘라는 다시 나베리우스의 몸을 잡았다. 그의 턱을 벌린 그녀가 품에서 작은 약병을 꺼내 그의 입에 흘려보냈다.

"컥!"

나베리우스가 크게 몸서리를 치며 피고름을 뱉어 냈다.

"어르신!"

가신들과 사용인이 그에게 달려갔다.

"당신, 대체 무슨 짓을—"

"자, 잠깐."

"……?"

"보십시오. 어르신께서 제대로 숨을 쉬십니다."

"뭐?"

가신이 나베리우스에게 바짝 다가갔다. 쉬익, 쉭……. 곧이라도 끊어질 것 같지만, 시체처럼 조용하지는 않다. 그는 믿을 수 없다는 표정으로 가브리엘라를 쳐다보았다.

"왜 도와준 거요?"

"……."

"당신 남매에게 프렌시프는 원수일 텐데."

"우리 대신 미아의 딸을 아끼고 보듬는 자들이니 은인이기도 하니까."

가브리엘라의 말에 가신은 입을 닫았고, 에단은 못마땅한 듯 혀를 찼다.

"성인 났수. 아주 대단한 포용력 지니셨어."

빈정거리는 말에 가브리엘라는 "그만해." 하고 중얼거리다 힘이 빠져 비틀거렸다. 에단이 얼른 그녀를 부축했다.

"괜찮아."

새파랗게 질려 파들파들 떠는 그녀를 본 에단이 짓씹듯 중얼거렸다.

"우리 배려 같은 건 모를 거야. 누아제가 되어 눈뜰 테니, 곧 다시 악을 내지르며 돌려내라 소리치겠지."

가신이 "누, 누아제?" 하고 물었다.

"삿된 자가 되기 전 검은 인간들을 누아제라고 부른다."

"설마 어르신을 괴물로 만든 거요?! 치료를 한 게 아니라?"

"우리 사이에 치료까지 해 줄 정은 없지. 죽지 않은 것에 감사해라."

성식은 마치 마약과 같아서 처음 제대로 섭취했을 땐 몸에 이롭기도 했다. 곧 중독되어 누아제가 되는 수렁에 빠진다는 건 마약보다도 더 나쁜 점이었지만.

*　　*　　*

성공했다! 내 음식을 먹은 검은 인간은 잠시나마 이지가 돌아왔다.

“……보, 카밀리아.”

아내의 이름을 간절하게 부르던 검은 인간은 십 분이 채 지나지 않아 다시 짐승처럼 울부짖으며 송곳니를 드러냈다.

“아직 십 분이지만, 계속해서 제 요리를 먹이면 완전히 돌아올 수도 있어요.”

“그래.”

“게다가 성식을 먹고 검은 인간이 될 때까지는 시간이 필요하잖아요, 그러니까…….”

“그래, 검은 인간이 되기 전에 네 요리로 정화할 수 있겠구나.”

“제게 성식이 있어요.”

샤르파크 후작가의 성에서 카토 요리사의 성식을 가져왔기 때문이었다.

‘혹시 몰라서 영지에 보관하고 있길 잘했어.’

성식을 가져오려고 포털을 열지 않아도 되니까. 지금 상황에서는 한 번 한 번이 귀해서 되도록 포털을 쓰고 싶지 않았다.

“부족하면 삿된 자의 일부를 섭취하면 되겠지요.”

내가 고개를 끄덕였다. 지금까지 검은 인간을 잡아 와 내 요리를 먹이고 정화하는 장면까지 본 기사들이 침음을 흘렸다. 정화할 수 있다고 해도, 성식이라는 것 자체가 꺼려질 거다. 시체나 다름없다고 여겨질 테니까. 그런데.

"오빠!"

란슬롯이 내가 가져온 병을 채가서 성식을 마셨다.

"……윽."

몹시 역한 모양인지 그는 고개를 돌릴 채 몇 번이나 잔기침을 했다.

"괜찮아요?"

그는 희미하게 웃으며 내 머리를 쓰다듬었다. 그러곤 기사들을 돌아보았다.

"억지로 성식의 섭취를 명하지 않겠다."

"……!"

"가족을, 이웃을, 연인을 구하고 싶은 자, 프렌시프의 내일을 지킬 의지를 가진 자만이 지원할 수 있을 것이다."

나는 오빠의 마음을 이해했다. 그의 위치에서, 스스로 성식을 먹지 않고선 누구의 마음도 움직일 수 없다. 무엇보다 삿된 자에 가까울수록 강력한 힘을 지니므로 성식을 먹게 한다고 해서 삿된 자와 검은 인간에게 얼마나 통할지는 미지수였다.

명을 내려 성식을 먹인다고 해도, 싸울 의지가 없다면 저 많은 검은 인간과 삿된 자들을 이길 수 없을 것이다. 난 숨을 크게 들이켜고 오빠가 든 성식 병을 잡았다.

"세니아나?"

"……."

"뭐 하려는…… 잠깐!"

내가 성식을 꿀꺽꿀꺽 들이켜자 아빠와 란슬롯, 그리고 도미니크가 내 곁으로 달려왔다.

"너……!"

"으윽……, 역겨워……."

내가 울상을 짓자 란슬롯은 호통을 내질렀다.

"미쳤어! 네가 왜……!"

"저도 가족과 이웃, 연인을 구하고 싶으니까요."

"……."

"프렌시프의 내일을 지킬 의지, 제게도 있어요."

나는 양손으로 성식 병을 쥔 채 기사들 앞으로 내밀었다.

"뜻을 함께할 사람은 없나요?"

하지만 그들은 역시나 손을 들길 주저했다.

'틀린 건가.'

방법을 알았어도, 쓸 수 없는 걸까. 나는 긴장된 얼굴로 그들의 면면을 바라보았다.

* * *

"대사제!"

신관이 헐레벌떡 뛰어 들어오자 손안에서 체스 말을 굴리던 대사제가 느른히 눈꺼풀을 들어 올렸다.

"무슨 일이냐."

"연락이 왔습니다."

대사제는 움찔, 의자의 팔걸이를 쥐고 신관을 쳐다보았다.
"성녀가 드디어 마음을 굳혔구나!"
"예. 이제 사람을 보내겠습니다."
"그래, 그래야지. 네가 직접 가서 성녀를 데려와라."
신관이 고개를 숙이자 대사제가 손을 들며 말했다.
"성기사 몇도 함께 데려― 아니지, 아니지. 그 깜찍한 계집애가 또 어떻게 머리를 굴릴지 모르니, 소대 몇을 아니, 대대를 이끌고 가라."
"그리하겠……."
대답하던 신관이 인기척을 느끼고 고개를 돌렸다.
"샤를리나 님."
"저도 가겠어요."
"무슨―"
"그 계집애, 제가 가서 데려와야 그럴듯한 연출이죠. 안 그래요?"
대사제는 눈을 가늘게 뜨고 비죽 입꼬리를 올린 샤를리나를 쳐다봤다.
"흐음……."
그도 나쁘지 않은 생각이다. 세니아나 프렌시프, 그 계집애 하나에게 얼마나 당했던가.
'샤를리나가 직접 간다면 표정이 볼 만하겠는걸.'
"그래. 샤를리나, 네가 성녀를 신전으로 데려와라."
대사제가 그녀에게 짙은 감색의 작은 보석을 건넸다. 이전 세기에 존재하던 성녀의 마원이었다. 세니아나의 마원처럼 성수가 담겨 있지도 않고, 주인이 아닌지라 흑마법을 통해 개량할 수밖에 없어서 목적지가 신전으로 한정되어 있지만 마원은 마원.

'이번 일만 넘기면 다시 나를 성녀로 대접해 주겠다는 거야.'

마원을 쥔 샤를리나는 눈을 반짝였다. 두고 보라지. 그 망할 계집애에게 제가 당한 만큼, 아니, 그보다 수천 배 더 고통스럽게 만들어 줄 테니까.

'이제 더는 아무도 나를 무시하지 못할 거야.'

프렌시프의 진정한 주인이 세상을 호령할 일만 남았다. 샤를리나와 성기사단, 그리고 신관 마레농은 함께 프렌시프로 떠났다.

프렌시프 북문 앞에 도착한 샤를리나가 우후훗, 웃으며 주변을 둘러보았다.

"오랜만인걸."

"감회가 새롭겠습니다, 성녀님."

"물론."

손끝으로 성벽을 매만지던 그녀가 주먹을 꽉 말아 쥐었다.

'이제야.'

샤를리나는 성벽 앞의 병사를 향해 소리쳤다.

"아버지께 전해. 진짜가 돌아왔다고!"

그녀의 말에 병사들 사이에서 가웨인이 걸어 나왔다. 근사한 얼굴엔 곳곳이 상처로 가득하고, 얼마나 궁지에 몰린 건지 숨이 거칠었다.

"오랜만이에요, 오빠 ─ 라고 하는 건 이상하려나."

"……."

“그렇지만 성에서 뵈었긴 해도 본래 이름으로는 정말로 오랜만이니까.”

그녀는 제 가슴을 손끝으로 꾹 짚으며 말했다.

“가짜로 인해 도래한 절망에 얼마나 고통스러우셨어요. 하지만 대사제께서 말씀하셨답니다.”

“…….”

“신께선 프렌시프의 몰락을 아직 바라지 않으신다고.”

그녀가 천천히 가웨인에게 다가갔다.

“염려하지 마세요. 제가 프렌시프를 구원해 드릴 테니. 자, 가짜를 내어 주세요.”

샤를리나가 손을 뻗었다.

“쏴라!”

가웨인이 소리치자 성벽 위에서 화살 비가 내리기 시작했다.

“컥!”

아탈란의 성기사들이 단말마와 함께 주저앉았고, 샤를리나는 당황한 표정으로 그를 쳐다봤다.

“무, 무슨……!”

신관 마에농도 크게 놀라 소리쳤다.

“삿된 자들이 두렵지 않은 거요?”

그때였다.

“이걸 말하는 거야?”

익숙한 목소리와 함께 또 한 번 성벽에서 무언가 쿵! 떨어졌다.

‘삿된 자!’

그것도 한 구가 아니었다. 연이어 성벽 주변으로 삿된 자들이 떨어졌다.

"무, 무슨……!"

자그마치 여섯 구.

'누, 누아제는!'

그러고 보니 누아제, 그러니까 검은 인간들이 보이지 않았다. 굳은 얼굴로 세니아나를 노려보던 찰나 성벽 위의 그녀가 순식간에 사라졌다. 그리고.

"난 여기에 있어."

샤를리나의 눈앞에 나타났다.

"너, 너, 어떻게…… 어떻게 삿된 자들을!"

신관 마에농이 "무슨 짓을 한 겁니까!" 소리치며 손을 뻗자 세니아나는 단숨에 그의 배를 꿰뚫었다.

"커헉!"

그가 무릎을 꿇으며 무너졌다. 한 걸음, 한 걸음 다가오는 세니아나에게 겁먹은 샤를리나가 주춤 뒷걸음질 쳤다.

"신전의 위치를 대."

세니아나는 검을 내팽개치고 샤를리나의 멱살을 쥐었다.

"내가 지금 대사제의 목, 분지르러 가야겠으니까!"

샤를리나의 몸이 가늘게 떨렸다. 저 눈은 진심이었다.

'진심으로 날 죽이려는 거야.'

엄습한 죽음의 공포가 폐부를 꽉 옥죄였다.

*　　*　　*

"뭐라고?!"

대사제가 소리치자 신관들은 당황한 표정으로 서로 눈치를 보았다.

"그러니까 연락이…… 마에농 님과 연락이 닿지 않습니다."

"그게 무슨 소리야! 샤를리나는? 그 애와도 연락이 닿지 않는 게냐!"

"예."

프렌시프 령에 무슨 일이 벌어진 걸까.

'아냐, 그럴 리 없다.'

누아제를 일백 구(具)나 내려보냈고, 그중 마차를 덮친 여섯을 포함해 총 열두 구나 삿된 자가 되었다. 대륙 전쟁에도 이만한 수의 삿된 자가 동원되진 않았다.

'프렌시프에서 그 많은 수의 누아제와 삿된 자를 물리쳤을 리 없다.'

그들을 상대하는 것만으로 벅찰 텐데, 성기사들까지 대동하고 간 샤를리나와 마에농을 당해 낼 수 있을 리가 없다. 프렌시프에 타개책이 없다는 걸 알면서도 기이한 위화감이 스멀스멀 올라왔다.

"프렌시프에선 따로 연락이 없느냐?"

"아탈란 쪽에도, 황실에도 연락이 오지 않았습니다."

"빌어먹을!"

대사제가 의자의 팔걸이를 내리치며 몸을 일으켰다.

"당장 프렌시프에 사람을 보내."

"예."

"그리고……."

초조한 표정으로 마른세수를 하던 대사제가 낮은 목소리로 중얼거렸다.

"만약의 사태를 대비해 신전을 정리해라."

"정리라 하시면……?"

"감옥의 노인네와 프렌시프의 버러지들 말이다."

신관들은 고개를 숙인 후, 즉시 지하 옥사로 내려갔다. 수위장은 난데없이 몰려든 신관들을 보고 어리둥절한 표정이었다.

"무슨 일이십니까."

"나베리우스는 숨이 끊어졌느냐?"

"아직인 듯하지만…… 에단 님께서 다녀가셨으니 곧……."

"에단? 흥, 알아서 어련히 죽여 줄 텐데."

신관이 비죽 입꼬리를 올리자 수위장이 어색하게 웃었다.

"그분의 사정을 아시잖습니까."

"에단이 안쓰러워 옥사의 문을 열어 주었다고? 헛소리! 가브리엘라 때문이겠지! 네놈이 허튼 감정에 취했다는 걸 모를 줄 알아!"

신관이 소리치자 수위장은 커흠, 헛기침을 하며 고개를 돌렸다. 그는 수위장을 밀치고 옥사로 들어갔다. 신관들의 등장에 놀란 가신들이 나베리우스를 감싸며 "썩 꺼져라, 이놈들!", "어르신에게 무슨 짓을 하려는 거냐!" 하고 소리쳤지만 이내 성기사들에게 제압당했다. 옥사 안으로 들어간 신관이 미간을 좁혔다.

"뭐야."
"늙은이의 숨이 끊어졌습니까?"
"아니……."
옥사에 던져 주기 전보다 상태가 나아졌다. 고문으로 흉하던 피부에 새살마저 돋아 있었다.
'무슨 조화란 말인가.'
에단과 가브리엘라 남매는 미아의 일로 프렌시프에 유감이 많다고 들었다. 특히 에단은 프렌시프의 문장만 봐도 길길이 날뛰던 사내였는데, 어째서 그가 다녀가고도 이렇게 멀쩡하단 말인가.
'멀쩡할뿐더러 마치 치료를 한 것처럼…….'
신관이 눈을 가늘게 떴을 때였다.
"헉!"
누군가 숨을 크게 들이켰고, 고개를 돌리던 신관의 목 아래로 검이 들어왔다.
"누, 누구―"
"어르신 몸에서 손을 떼라."
"당신은!"
"쓸데없는 짓 하지 말고."
검을 들이민 사내의 얼굴을 확인한 신관과 프렌시프의 가신이 눈을 홉떴고, 그제야 눈을 뜬 나베리우스가 쉿소리와 함께 중얼거렸다.
"도…… 미니크 황자……."
"무사하십니까."

"……세니아나는?"

"곧 올 겁니다."

"왜 황자가 먼저 온 겁니까……."

"황족만 사사롭게 드나들 수 있는 공간이라서요."

아무렇지 않게 대화를 나누는 간 큰 두 남자를 본 가신들이 긴장했고, 신관들은 틈을 엿봤다.

'나베리우스가 살아 나가서 증언하면 우리는 끝이다.'

신관이 소매에서 은밀히 단도를 꺼내던 순간이었다. 스겅 — ! 신관의 목 아래로 툭, 투둑, 핏물이 떨어졌다.

"말하지 않았나. 쓸데없는 짓 말라고."

순식간에 급소를 베여 쓰러진 신관을 본 수위장과 성기사들이 검을 말아 쥐었다. 그러자 다른 신관들이 소리쳤다.

"조율자다!"

"상한 곳 없이 제압해!"

가신들과 나베리우스의 앞을 막아선 도미니크가 이죽거렸다.

"이런, 저는 날뛰어도 죽이지는 않는 모양입니다."

"하면 저희를 버리고 가시렵니까."

나베리우스가 흥, 코웃음 치며 묻자 가신들의 표정이 새파랗게 질렸다.

"저, 저하!"

"살려 주십시오……."

검을 말아쥔 도미니크가 기사들과 대치하며 물었다.

"살려 드리면 무엇을 해 주시겠습니까."

"뭐, 뭐든. 뭐든지요!"

나베리우스가 "이놈들이……." 못마땅한 얼굴로 가신들을 보았지만, 도미니크는 입꼬리를 바짝 올렸다. 챙! 수위장의 검과 도미니크의 검이 맹렬하게 부딪쳤다.

그 시각, 아탈란의 신전에 프렌시프의 군사들이 쏟아져 들어왔다. 한순간에 아비규환이 된 신전에선 신관들의 비명 섞인 목소리가 들렸다.

"무슨 짓……! 신이 두렵지도 않으냐!"

"지금 너희가 두려워해야 할 건 달리 있을걸."

빈정거린 기사 바커스가 등 뒤를 힐끗 쳐다보았다.

"우리 아가씨가 단단히 화나셨거든."

굳은 표정의 세니아나가 성큼성큼 신전 안으로 걸어 들어왔다.

'성녀!'

샤를리나의 멱살을 질질 끌고 들어온 세니아나는 신전 한복판에 그녀를 내던지며 소리쳤다.

"대사제에게 전해. 너희들이 그토록 원하는 내가 왔노라고."

"알고 있습니다."

낮은 목소리가 들려왔다. 새하얀 로브를 뒤집어쓴 노인이 휘장 뒤에서 천천히 모습을 드러냈다. 로브를 천천히 끌어내린 그가 허리를 굽혔다.

"성녀님을 뵙습니다. 인사드리지요."

"당신인가, 대사제가."

"그렇습니다. 제가 마르스 한, 서른세 번째 신의 대리자입니다."
그가 히죽, 입꼬리를 올렸다.

*　　*　　*

마르스 한이라고 자신을 소개한 대사제는 겉으로 보기엔 우아한 노인이었다. 할아버지와 비슷한 연배임에도 등 하나 굽지 않고, 풍채가 남다르며 기이한 위압감이 전신을 감싸고 있었다.

"대단도 하네. 이곳이 본거지일 줄은 몰랐어."

"때론 등불 아래 그림자가 가장 안전한 법이니까요."

"그래서 다른 신의 신관을 행세하며 아탈란을 모시고 있었나. 그것도 동부의 별궁에서!"

아탈란의 본거지는 내가 황후와 황비를 처음 만났던 동부 별궁이었다. 제국의 모신 타라신의 신관으로 분장하여 이곳에서 아탈란을 숭배하고 있던 것이다.

'처음부터였어.'

내가 '세니아나의 몸'을 되찾은 순간부터 그들은 내 주변을 맴돌고 있었던 거다.

'황후가 나를 동부 별궁으로 부른 것도 저들이 죽은 카렌듈라 후작에게 입김을 불어 넣었기 때문이구나.'

저들이 지금껏 얼마나 내 인생을 쥐고 흔들었는지 깨닫게 되자 참을 수 없는 분노가 치밀었다.

"할아버지를 어떻게 했어."

"저부터 질문하지요."

그는 천천히 내게 다가왔다.

"어떻게 삿된 자들을 물리친 겁니까? 어떻게 그 많은 누아제를 물리치고 이곳까지 올 수 있었던 거죠?"

"대답해야 할 의무가 있어?"

내가 아무렇지 않은 표정으로 말하자 대사제의 표정에 균열이 생겼다.

"……맹랑하기도 하셔라."

"지금 당신이 물을 건 하나야."

"무엇입니까."

"내가 당신을 죽이는 게 지금일지, 아니면 내일일지."

대사제의 표정이 그제야 완전히 굳어졌다. 입매를 비튼 그가 나를 매섭게 쏘아보았다.

"삿된 자 몇 마리와 누아제 몇십을 상대했다고, 나를 완전히 이겼다고 생각하십니까."

"아니면?"

그가 흘흘, 웃으며 양팔을 활짝 펼쳤다.

"이곳에 총 몇 구의 삿된 자와 누아제가 있을까요."

"……."

"저는 이 제국 각지에 몇이나 되는 삿된 자와 누아제를 숨겨 두었을까요?"

그와 시선을 마주치며 나 또한 생긋 웃었다.

"누아제라면 검은 인간을 말하는 거지?"

“그렇습니다.”

“그 누아제, 몇 구나 삿된 자로 만들 수 있어?”

“뭐라고요?”

“완전히 삿된 자로 만들지 않고 누아제로 만들어 보관하는 이유가 뭐지?”

“……”

“난 바보가 아니야.”

“……”

“너희들, 삿된 자들을 완전히 제어할 수 없는 거지?”

“……”

“그래서 일부러 누아제 상태로 사람들을 억누르는 거잖아.”

“……빌어먹을 년이 입만 살아서.”

“너희는 그 빌어먹을 년의 능력이 무서워서 지금껏 시시한 뒷공작으로 나를 황실에서 쫓아내려고 했잖아.”

“……뭐?”

“나한테 누아제를 정화할 능력이 있는 거, 언제까지 숨길 수 있을 줄 알았어?”

대사제가 희게 질린 얼굴로 주먹을 꽉 움켜쥐었다. 때마침 신전 밖을 정리한 아빠와 란슬롯, 가웨인, 그리고 우리 군사들이 쏟아져 들어왔다. 프렌시프 군이 거무죽죽한 얼굴로 주춤거리는 신관들을 향해 검을 겨누었다.

대신관은 로브 안에서 일전에 누아제를 제압하던 신관이 가진 것보다 짙은 자수정을 꺼내 들어 올렸다. 신전이 크게 진동하며 발끝에서부터 기묘한 진동이 웅웅 울려오기 시작했다. 그리고 무수히 많은 새카만 인간들이 신전을 둘러쌌다. 대사제가 비열한 얼굴로 소리쳤다.

"네가 누아제를 정화하는 동안 프렌시프의 군사들이 몇 명이나 살아 있을까! 네가 그리 사랑하는 네 가족들 중에 살아남는 사람은 누구일까!"

내가 겁을 집어먹었다고 생각했는지 대신관의 눈빛이 점점 오만해졌다. 난 아하하, 웃고 고개를 삐딱하게 젖혔다.

"그럼 죽지 뭐."

"뭐라고?!"

"아빠와 오빠가 죽으면 나도 따라가면 그만이야."

란슬롯과 가웨인이 눈을 동그랗게 떴다. "세, 세니아나, 너!" 가웨인이 소리쳐서 난 그의 입을 얼른 틀어막고 대사제를 보았다.

"난 우리 가족이 없는 세상에 미련이 없거든."

"허세 부리지 마라."

"내 첫 기억이 뭔지 알아?"

"무, 무슨……."

"한겨울에 내의만 입고 눈 쌓인 담벼락 밑에 쪼그려 앉아 있던 거야."

"……!"

"친부라고 믿었던 남자에게 어릴 적부터 셀 수 없이 맞았어. 그 남자가 도박하러 떠난 며칠 간은 굶주리다가 쓰레기통을 뒤져서 개중 성한 음식을 찾아 먹어야 했지."

"지, 지금 무슨 말을 하는 거야!"

"내가 처음 읽은 글자는 '분리수거함'이었어."

"뭐?"

"거기서 빈 병을 훔쳐 와 팔아야 하니까 어디 있는지 찾아놔야 했거든. 돈을 벌 줄 알면 아빠가 날 버리지 않을 것 같아서."

"……."

"하지만 기어이 버려졌어. 그래서 난 아직도 무서워, 누군가에게 귀찮은 대상이 되는 게. 버려질 것 같으니까."

대사제는 거짓을 찾으려는 것처럼 내 면면을 살폈다.

"그런 내가 겨우 진짜 가족을 찾았어."

"……."

"난 매일 잠에서 깨는 게 무서워. 눈을 뜨면 다시 눈 내리는 담벼락 아래일까 봐. 죽어서 지옥 불에 떨어져도 좋으니까, 가진 걸 다 털어서라도 보답할 테니까 제발 하루라도 더 이곳에서 살게 해 달라고 빌었어."

난 가라앉은 눈으로 대사제를 직시했다.

"그런 내가 뭘 못 할 것 같은데."

가웨인의 검을 빼앗아 스스로 목에 검 끝을 겨누었다.

"너희가 가장 두려워하는 건 이거지. '의식' 전에 내가 죽는 것."

"너, 너 ㅡ!"

"날 더 자극하지 마. 확! 죽어 버리기 전에!"

목에 검을 바짝 붙이자 쓰라린 감각과 함께 피가 툭, 툭 떨어졌다.

"그만!"

새파랗게 질린 대사제가 소리쳤다. 그는 이를 악물며 수정을 내려놓았다. 금방이라도 "키에엑!" 소리치며 달려들 것 같던 누아제들이 조금씩 신전에서 멀어졌다. 가웨인은 기가 막힌 얼굴로 날 쳐다보고 있었다. 내가 소리쳤다.

"뭐 해요!"

"뭐?"

"잡아!"

내가 소리치자 군사들이 달려들었고, 동시에 고레일이 "아가씨, 여깁니다!" 소리쳤다.

"옥사로 가는 길입니다! 어르신께서 밑에……!"

나는 얼른 고레일에게 달려갔다. 저들의 수법은 어찌나 음험한지, 한쪽 벽면을 차지한 만찬의 그림 뒤에 통로를 숨겨 두었다. 난 기사들과 함께 얼른 옥사로 달려갔다.

'할아버지는 무사하실 거야.'

몇 번이나 자신을 세뇌하듯 말했지만 손이 덜덜 떨렸다.

'도미니크를 보내 놨잖아.'

조율자인 그라면 나와 같이 신관들이 손댈 수 없는 존재다. 공격받지 않고 할아버지를 지켰을 거다. 그러니까, 그러니까!

계단을 내려가는 짧은 시간 동안 나는 끝없는 어둠 속에서 홀로 헤매는 기분이었다. 지하에서 할아버지의 주검과 마주할까 봐 너무 두려워서. 옥사 앞에 다다르자 온몸이 벌벌 떨렸다. 창살 안엔 익숙한 가신들이 누군가를 둘러싸고 있었다. 모두 침통한 얼굴이었다.

"아가씨!"

"……버지는?"

"괜찮으십니까?"

"할아버지는요?"

그들이 천천히 자리를 비켜 주었다. 가신들의 사이에 있던 도미니크와 시선이 마주쳤다. 그의 얼굴도 말이 아니었다. 그가 어두운 얼굴로 부축하고 있던 사람을 바라보았다.

쿵! 심장이 발밑으로 꺼지는 기분이었다. 늦어 버린 걸까.

"할아버지……."

"……."

"할아버지."

"……."

"할……!"

"……아직 귀가 멀지는…… 않았어."

그의 목소리를 듣는 순간 온몸에 힘이 빠졌다. 다리가 후들거려 주저앉았다. 양손에 얼굴을 묻은 채로 숨을 고르자 놀란 할아버지가 다가왔다.

"세니아나!"

"……랐잖아요."

"으응?"

"놀랐잖아요!"

난 으허엉! 울며 내게 다가온 그의 가슴을 퍽! 퍽! 내리쳤다. 그런데…….

"왜 웃어요!"

나는 잔뜩 화가 나서 소리쳤다.

"아니, 커흠!"

그가 싱글벙글 웃으며 말했다.

"그리 할애비 걱정을 했느냐?"

"당연하죠!"

"오냐, 오냐."

"웃지 마시라니까요?"

원망스럽게 보면서 히끅히끅 우는 데도 할아버지는 바람 빠진 풍선처럼 픽픽 실소를 흘릴 뿐이었다.

"으하하! 보아라. 내 새끼 얼굴이 아주 우스꽝스럽구나. 귀엽지 않으냐~?"

가신들도 기가 막힌 얼굴이었다. 난 이제껏 마음 졸인 게 억울하고 화가 났다.

"이게 뭐예요! 제가 얼마나……!"

"할애비는 괜찮아."

"……."

"내 새끼가 괜찮으면 난 늘 괜찮아."

"씨이……. 얼굴이 저보다 더 상하셨잖아요. 상처가 가득해요."

"상처는 남자의 훈장이지."

세상에서 제일 무섭다는 사람이, 악질 중의 악질이라는 노인은 나를 보면 늘 해맑게 웃었다. 두려워하지 말라고. 나를 사랑한다고. 한평생 쌓아온 명예 같은 건 나를 향한 애정 앞에선 모래성이라 여기며.

"사랑해요, 할아버지. 정말로, 정말로."

퉁퉁 부어 잘 떠지지도 않는 충혈된 눈이 잠시 흔들렸다. 그는 떨리는 손으로 내 얼굴을 어루만졌다.

"그래."

"저 할아버지 많이 사랑해요."

"그래, 그래."

애정에 답하는 법이 고작 이런 대답뿐인 나의 할아버지.

"내가 오늘을 위해 살아 온 모양이군."

"그게 뭐예요."

내가 히히 웃자 할아버지가 나를 감싸 안으며 떨리는 목소리로 말했다.

"무사해서 다행이다."

이렇게나 잔뜩 다쳐 놓고도 내가 우선인 나의 할아버지.

나는 후회했다. 애정의 말을 미뤄 둔 것을. 사랑한다는 한 마디가 그의 인생에 이토록 다정한 온기가 될 줄 알았더라면 더 많이, 더 이전부터 말할 것을. 그리고 결심한 것이다. 다시 얻은 기회에 감사하며 더 많이, 더 오래 사랑한다고 표현하자고.

나는 할아버지의 품에서 훌쩍훌쩍 울다가 문득 느껴지는 묘한 기분에 그의 팔을 얼른 잡았다. 그리고 소매를 걷어 올렸다.

"성식을 드셨어요?"

팔 안쪽이 금방이라도 흘러내릴 것처럼 기이한 색과 모양을 하고 있었다.

"……그래."

"어떻게! 대사제가 억지로 먹인 건가요?"

그러자 "그게 아닙니다, 아가씨." 하고 가신이 나섰다. 그는 자초지종을 설명했고, 가브리엘라 황비와 에단이 할아버지를 도왔다는 것을 알게 된 후에야 나는 겨우 안도의 한숨을 내쉬었다.

'시기가 좋았네.'

이제 누아제를 정화시킬 방법이 있다는 걸 알게 되었으니까. 나는 고개를 끄덕이고 할아버지를 부축했다. 그런데.

쾅—!

"으아악!"

"꺄악!"

굉음과 함께 벽과 바닥이 크게 흔들렸다.

"뭐야……!"

위에 무슨 일이 있는 건가!

나는 기사들에게 할아버지의 부축을 부탁하고 얼른 위로 뛰어 올라갔다. 계단을 올라가자마자 매캐한 연기가 코안으로 밀려들어 왔다. 사선으로 이어진 세 개의 제단 가운데서 희뿌연 아지랑이가 일렁였다. 제단 가까이 있던 군사들은 몸 곳곳에 화상을 입고 신음했다.

"무슨 일이에요!"

내가 소리치자 쯧, 혀를 찬 가웨인이 인상을 찌푸렸다.

"대사제와 신관들이 사라졌다."

"어떻게요? 그들은 포털도 없을 텐데요."

"있던 모양이지. 우리가 모르— 무슨 소리지."

우르릉! 땅이 울리고 천장이 크게 진동했다. 지하에 있던 사람들이 하나둘 올라오기 시작할 무렵 벽면에 균열이 생기더니 이내 콰광—! 요란한 소리와 함께 파편이 떨어지기 시작했다.

"피해! 무너진다!"

우리는 정신 없이 신전을 빠져나갔다. 다행히 지하에 있던 가신들과 할아버지까지 빠져나올 수 있었지만, 별궁의 신전은 폭삭 주저앉아 과거의 위용은 찾아볼 수 없었다.

"빌어먹을."

신전의 잔해를 둘러싼 병사들 사이에서 욕설이 흘러나왔다.

"이제 어찌합니까."

바커스가 묻자 아빠는 가라앉은 얼굴로 신전에서 끌고 나온 사람을 쳐다봤다.

"아직 하나, 남아 있지."

샤를리나. 그녀가 흠칫 놀라 나와 아빠의 시선을 피했다.

* * *

프렌시프 성.

세니아나가 연 포털로 귀성한 이들은 가족이며 연인, 이웃과 뜨거운 포옹을 나누고, 살아 있음에 감사했다.

"아가씨."

"아가씨!"

"돌아오셨습니까."

"무사하셔서 다행이에요."

사용인들이며 가신, 마담 버지니아와 알렉시아가 그녀의 귀환에 감사했다.

"다들 괜찮은 거야?"

"저희야 물론. 아가씨께서 지켜 주셨으니까요."

프렌시프의 함락을 막은 일등 공신이 세니아나라는 점에 누구 하나 이의를 제기하지 않았다.

버지니아는 무사히 돌아온 세니아나를 다행이라는 듯 끌어안았다. 성을 지키고 있던 가신들도, 영지를 방어하기 위해 검을 든 자들도, 아탈란의 신전에 끌려갔던 자들까지 모두 세니아나를 감싸고 다정히 웃었다. 주변으로는 사용인들과 가신들이 웃으며 그녀를 바라보았다.

병사들에게 제압당한 채, 그 모습을 보고 있던 샤를리나가 이를 악물었다.

"너와 내가 뭐가 다르기에."

짓씹듯 중얼거린 말에 성안의 시선이 모두 그녀에게 집중되었다.

"……."

세니아나는 표정을 굳힌 채로 그녀를 쳐다봤다.

"날 그렇게 쳐다보지 마."

"어떻게?"

"벌레 보듯 하지 말란 말이야!"

샤를리나가 악을 내지르자 그녀를 보던 이들이 모두 눈살을 찌푸렸다.

"저, 저―! 어디 아가씨께 감히 소리를 쳐!"

"더러운 아탈란의 졸개!"

"가짜 성녀!"

"이 악독한!"

"죽여라!"

"죽여라!"

힐난의 말이 쏟아지자 샤를리나는 새빨개진 눈으로 세니아나를 쳐다보았다.

"저 계집애와 내가 뭐가 다른 거야……. 너희는 다 속고 있는 거라고……!"

세니아나는 미아와 아서의 딸로 태어났다는 이유 하나로 모든 것을 차지했다. 이 얼마나 부당한 일인가. 저보다 나을 것 하나 없는 저 계집애가 차지한 그 자리. 그 자리 하나를 위해 제가 지금껏 무슨 짓을 강요받고, 험한 세월을 어떻게 견뎌 왔는지 누구도 알지 못할 것이다. 그 자리를 위해 애쓴 건 나인데, 그런데 왜.

고개를 푹 수그렸던 샤를리나가 짓씹듯 말했다.

"……빠."

"……."

그녀가 천천히 얼굴을 들었다. 아서와 그녀의 시선이 허공에서 마주쳤다. 눈물이 가득 고인 눈을 본 아서는 미간을 좁혔다. 그는 저 눈을 본 기억이 있었다. 딸의 모습과 악귀가 겹쳐 보였을 때. 얼굴을 잔뜩 일그러뜨리고, 샛노란 드레스 자락을 양손으로 말아 쥔 채 꼭 저런 눈빛으로 자신을 보며 말했다.

"아빠."

ㅡ하고.

당황한 표정의 가웨인과 군은 란슬롯이 서로를 잠시 쳐다보다가 다시 샤를리나에게 시선을 고정했다. 그녀가 이를 악문 채 중얼거렸다.

"내가 조금 투정을 부려도 나를 이해해 줘야 하잖아."

"……."

"가족은 그런 거니까."

"……."

"내가 화를 내고 소리쳐도, 나를 마냥 예뻐해 주고 내 쉼터가 되어 줘야 하잖아요."

치맛자락을 말아 쥔 손이 희게 질려 바르르 떨렸다. 처음 세니아나가 되었을 적을 기억한다. 고통 끝에 다시 눈을 떴을 땐, 프렌시프의 왕으로부터 물려받은 청녹발과 여린 적안이 자신의 것이었다. 그저 밉기만 했던 그 아이가 거울 속에 비쳤던 그때를, 샤를리나는 선명하게 기억했다. 그때만큼 환희에 찼던 적이 없으니까.

'나도 가족이 있는 거야.'

동부를 호령하는 할아버지. 아름다운 아버지. 다정한 큰 오라버니와 장난기 많지만, 속은 따뜻한 작은 오라버니까지. 밥투정을 한다고 혼낼 사람은 이제 아무도 없다. 눈부신 드레스를 입고 동화책에 나오는 공주님의 구두를 신고, 가족의 울타리 안에서 의기양양 뽐낼 날만이 있다고 믿었다. 아서의 눈을 보기 전까지.

[너, 누구냐.]

그는 '아빠'하고 부르는 자신의 어깨를 아프게 쥔 채 사납게 소리쳤다. 내 딸은 어디 있느냐고. 그 아이를 어떻게 한 거냐고.

[아서!]

[아버님, 그만 하세요!]

할아버지와 란슬롯이 뜯어말리고, 겁을 먹은 가웨인이 저를 끌어안았지만, 아서는 미친 사람처럼 악을 내질렀다.

[내 딸을 돌려줘!]

세니아나, 세니아나! 그의 입에서 나오는 그 계집애의 이름이 싫었다. 미아의 속박 같아서.

그가 자신을 알아본 그날, 얼마나 두려웠는지 아무도 알지 못할 것이다. 이불을 뒤집어쓰고 웅크린 채 한참을 떨었다.

모두 알아차리면 어쩌지. 내가 한 짓을 저들이 알아차리면 난 어떡하지.

실핏줄이 자글자글 터진 새빨간 눈으로 자신을 노려보는 미아, 그리고 자신의 이름을 부르며 고통에 몸부림치다 쓰러지길 반복한 세니아나가 머릿속에서 떠나지 않았다.

'아니야.'

아냐. 아냐. 아니야.

'난 잘못하지 않았어.'

대사제는 말했다. 아서 프렌시프는 그저 혼란스러울 뿐이라고. 그러니 곧 자신을 받아들일 거라고. 그의 다정한 속삭임에 안심했던 것도 잠시였다. 자신을 멀리하는 건 아서 뿐만이 아니었다. 란슬롯과 가웨인도 어느 순간부터 점점 저를 멀리했다.

[어디 가? 나랑 놀아 줘야지.]

[난 오늘 승마 수업이 있다니까. 스승님이 얼마나 귀찮게 하는지 알아? 말을 한 몸처럼 여기려면 정이 들어야 한다고 여물도 내가 직접 주라고 한단 말야. 그런데 아냐? 이벨린은 내가 준 여물밖에 안 먹는다? 참, 귀찮게 됐지 뭐야.]

[안 가도 돼.]

[뭐?]

[이제 그 말, 없으니까.]

가웨인은 헐레벌떡 마구간으로 뛰어갔지만, 말이 떠나고 남은 자리만 허망하게 바라볼 수밖에 없었다.

[이벨린한테 무슨 짓을 한 거야.]

[왜 화를 내? 오빠가 그 말이 귀찮다고 했으면서. 그래서 내가 치워 준 거잖아!]

란슬롯은 그런 자신에게 훈계했다.

[이벨린은 가웨인이 아끼는 말이야. 동생처럼 여기는……!]

[동생이 여기 있는데 동생처럼 여기니까 그런 거지.]

[너…….]

[내가 동생이잖아! 내가!]

떼를 쓰고, 응석을 부리고, 화를 내게 만든 건 그들이었다. 원한만큼 사랑해 주지 않았으니까. 모든 걸 다 버리고, 이따금 이불 속에 숨어 덜덜 떨면서까지 세니아나가 되었는데 그 애처럼 사랑해 주지 않았잖아.

"나는 그냥…… 그냥 아빠가 나를 다정하게 봐 주길 바랐다고요."

"……."

"오빠들이 나를 사랑해 주길 바란 것뿐이란 말이야."

아서는 가만히 그녀를 쳐다봤다.

"'그 애'구나, 너."

"……!"

샤를리나의 눈에 또 한 번 환희가 깃들었다.

기억하는 거지? 그렇지? 세니아나처럼. 세니아나를 기억했듯이.

"맞아요, 아—!"

그녀가 환히 웃던 찰나였다.

"컥!"

순식간에 다가와 샤를리나의 멱살을 잡은 가웨인이 소리쳤다.

"너냐."

"오…… 컥!"

"내 동생의 인생을 훔친 계집애가 너란 말이지."

놀란 이들이 가웨인을 부르며 그를 말리기 시작했다.

"저 계집은 아탈란이 범한 죄의 증거예요!"

"주군!"

"이거 놔!"

가웨인이 충혈된 눈으로 샤를리나를 노려보며 소리쳤다.

"고작 네 살짜리였어! 네 살배기 어린애가 굶어 죽지 않으려고 쓰레기통을 뒤지고, 친부라 믿던 작자에게 하루가 멀다 하고 얻어맞았다고!"

포털의 충격으로 잠시 어린애가 되었던 세니아나를 기억한다. 물 한 잔 얻어 마시지도 못하고 구석에 웅크려 눈치만 보았다. 화장실이 가고 싶어 얼굴이 샛노래졌으면서도 때릴까 봐, 맞을까 봐 무서워 한마디를 못 했다. 그렇게 살아온 것이다.

그 어린애가 폭력에 익숙해져서, 어리광부리는 법보다 참는 게 익숙해서. 하루가 멀다 하고 굶고, 아무도 없는 곳에서 얼어 죽을까 헌옷더미에서 실밥이 다 터진 낡은 외투를 끌어안은 채.

"너 때문에!"

"나, 나도 노력했을 뿐이야. 나도…… 나도 부모 없는, 불쌍한 아이였단 말이야."

흥분한 가웨인을 한 팔로 가로막은 아서가 표정 없는 얼굴로 샤를리나와 시선을 맞추었다.

"남의 것을 빼앗는 것을 노력이라고 부르나."

"……그건!"

"약탈이지."

"……."

"죽을죄고."

"나도 어렸다고요. 나도 아탈란에게 이용당했을 뿐이에요. 난 그냥, 사랑이 필요한 어린애였어요!"

병사들을 뿌리친 샤를리나가 아서에게 달려갔다.

"나도 고작 일곱 살이었단 말이에요. 그렇게 어린애 앞에 거짓말처럼 달콤한 것들이 놓여 있었단 말이야."

샤를리나는 온 얼굴을 적시며 울부짖었다.

"나도, 나도 무서웠어요. 내가 얼마나 두려웠는지 알아요? 세니아나만 어렸던 게 아니에요. 왜 내가 힘들었던 건 생각해 주지 않아요. 저 애만—! 나도 아이였는데!"

"지금은 아니지."

"……."

"어린애가 아닌 지금도 너는 똑같은 짓을 되풀이하고 있어."

"나는……."

그때, 사람들을 비집고 사용인에게 부축받은 채 성의 집사 안토니오가 다가왔다.

"샤를리나."

"……!"

그는 샤를리나가 하녀의 딸이었던 시절, 그녀를 보살핀 전대 총집사 알베르토의 동생. 알베르토와 같은 얼굴로, 몹시 비슷한 목소리로 그는 샤를리나를 쳐다봤다.

"너, 마리의 딸이구나."

"어떻게……."

알베르토는 죽었다. 자신을 세니아나로 알고 아탈란에게서 지키기 위해서. 그 시절의 자신을 알고 있는 사람은 모두 죽었다. 그녀가 본래의 이름을 쓴 건 과거를 기억하고, 돌아가고 싶지 않거든 아탈란에 충성하라는 대사제의 강요가 있었기도 하지만, 자신을 기억하는 사람이 아무도 없다는 믿음이 있기 때문이었다.

"마리?"

"마리의 딸이라고?"

"샤를리나!"

"그 애 말이지, 누나가 챙기던!"

사용인들이 수군거리기 시작했다. 성의 사용인들은 선대에 선대, 선대를 이어 프렌시프를 모신 이들이었다. 샤를리나를 직접 보살핀 사람은 없었으나 죽은 가족이, 친척과 이웃이 챙기던 아이가 있다는 것은 기억했다.

"누나가 살뜰히 보살피던 아이였어."

"할아버지가 마음 쓰던 아이였지. 상점가를 지날 때마다 그 애를 생각해서 과자를 샀거든."

"제프 아저씨가 귀여워하던 아이 말이지."

"이모가 천둥이 칠 적엔 그 아이가 두려워할 거라며 휴일에도 성을 찾았어."

사용인 숙소에서 지내던 아이. 붉은 머리칼을 가진 꼬마 숙녀. 모두 귀여워했잖아. 자식처럼 챙겼지.

사용인들이 하나둘 말을 보태기 시작하자 아서의 품에 안겨 있던 세니아나가 그녀를 쳐다보며 다가갔다.

"외로운 아이였다는 말이 얼마나 부끄러운 건지 스스로 깨달았으면 좋겠어."

"잘난 척하지 마! 나도 너로 태어났더라면 이런 일은 없었어. 내게 다정한 아버지와 나를 사랑하는 형제, 강인한 할아버지가 있었더라면……!"

"다른 세계의 나였더라면 너를 부러워했을 거야."

"뭐?"

"내게는 죽은 동료의 자식에게 이토록 마음 쓰는 사람이 없었어."

"……."

"밥투정에 혼을 내놓고도, 마음이 쓰여서, 더 많은 걸 해 주지 못하는 안타까움에 살이 에일 것 같은 추위 속에서 하루 종일 구두를 고르는 집사 할아버지도 ―"

"……!"

"주방에서 크림을 훔쳤다고 매질 당해도, 숙소에서 기다릴 널 생각해 퉁퉁 부은 다리로 달려가던 하녀 언니도, 아무도."

그 시절의 사용인들이 떠올랐다.

'샤를리나.'

'어쩌면 이렇게 예쁠까.'

'귀여워.'

'많이 먹고 쑥쑥 커라.'

다정하게 머리를 쓰다듬던 손이 아득히 멀어졌다. 샤를리나는 치맛자락을 꾹 말아 쥔 채로 입술을 꽉 깨물었다.

"가르치려고 하지 마. 어차피 전부 위선일……!"

"네가 부러웠던 게 정말 가족이었어?"

"……."

"아니, 넌 프렌시프의 영애님이 되고 싶었던 거야. 동부 왕의 손녀가, 후작의 딸이."

"너……."

"비열하고, 악독한 어린애였을 뿐이라고. 그러니까."

짝! 샤를리나의 뺨을 내려친 세니아나가 그녀를 노려보았다.
“대가를 치르도록 해.”
“뭐?”
“제대로.”
“무슨 짓을 하려는 거야, 너……?”
쿵, 쿵, 쿵, 쿵! 등 뒤에서 워커 소리가 들려왔다. 고개를 돌린 샤를리나는 새파랗게 질렸다.
‘황군!’
“이거 놔!”
샤를리나의 비명이 영지의 성안에 메아리쳤다.
“내가 나쁜 게 아니야, 아빠! 아빠!”
새빨갛게 충혈된 눈으로 소리치는 샤를리나를 보는 사람들의 시선은 마치 악귀를 볼 때와 진배없었다. 황군들에게 포박당해 꿇어앉혀진 그녀의 앞으로, 모여 있던 이들이 홍해 갈라지듯 양쪽으로 나뉘었다. 그 사이로 나베리우스가 마담 버지니아와 칼립스의 부축을 받으며 걸어왔다.
“할아버지…….”
샤를리나의 목소리가 가늘게 떨리자 할아버지는 가라앉은 눈으로 그녀를 바라보았다.
“반백 년이 넘도록 살았지만 너와 같이 악독한 자를 보지 못했다.”
“난 열심히 산 죄밖에 없어요! 당신 핏줄만 온갖 금은보화를 끌어안고, 당신이 만든 황금탑 안에서 살 수 있다면 나도 당신 핏줄이 될 수밖에!”

"아둔하고, 처량하다."

"그런 나를 손녀라고 부르던 시절이 있었어요. 할아버지……."

나베리우스는 천천히 무릎을 꿇고 그녀에게 손을 뻗었다. 샤를리나의 눈에 잠시 희망이 스쳤을 때였다.

"컥!"

"내 모든 명예와 남은 생을 걸고 단언하지."

살이 떨리는 위압감이었다. 붉은 눈동자가 타오르듯 일렁였고, 목소리 곳곳엔 살기가 배여 있었다.

"훗날 너를 사랑하는 자, 혹은 네가 사랑하는 자가 생긴다면 늙은 것, 젊은 것, 어린 것 가리지 않고 도륙할 것이다."

"흐……."

"곁에 누구 하나 남지 않은 널 세상 끝까지 쫓을 터. 내가 두 눈 뜨고 사는 한, 내 자식이, 그 자식의 자식이, 내 피를 이어받은 자가 단 하나라도 존재하는 한 너는 필사적으로 도망쳐야 해."

"……."

"피죽도 얻어먹지 못하고, 아사의 공포 속에서 하루하루 살얼음판을 걸어야 할 거야."

"……."

"차라리 죽여 달라고 애원하도록!"

성안의 고요가 노성에 의해 찢어 발겨지고, 나베리우스의 목엔 핏줄이 굵게 돋아났다.

"나를, 내가, 손녀로 어여뻤던 시절이 있었을 거예요. 단 하루라도!"

"너를 사랑한 적 없어. 단 하루도."

샤를리나와 나베리우스의 시선이 허공에서 얽혀 들었다. 그가 다시 몸을 일으키며 읊조렸다.

"몹시 다행인 일이지."

희망 한 줌 남기지 않은 완벽한 부정이었다.

*　　*　　*

샤를리나는 황군에게 끌려가고, 우리는 폐허가 된 영지에 불을 밝혔다. 혹독했던 밤이 지나고, 빛과 함께 남은 건 무너진 건물과 가족을 잃은 사람들이었다.

"……니아나."

"……."

"세니아나."

멍하니 성 아래를 내려다보던 나는 흠칫 놀라 뒤를 돌았다.

"네? 네!"

"무슨 생각을 그렇게 해?"

란슬롯과 가웨인이었다.

"그냥…… 그냥요."

삿된 자들로 인해 망가진 영지를 보자니 마음이 아프다.

'너무 약한 것 같아, 나.'

나는 영주의 가족이고, 프렌시프 령을 책임질 사람 중에 하나다. 누구보다 강한 힘을 가진 만큼 책임감도 막중해서 아수라장이 된 영지를 보니 괴로웠다.

"폐하께 친서가 왔다."

"할아버지와 아빠에게요?"

"프렌시프 모두에게."

나는 고개를 끄덕이고 오빠들을 따라갔다. 귀빈 접견실에 이르자 황제의 성지를 받든 사자와 그 아래 무릎을 굽힌 할아버지와 아빠가 보였다.

'할아버지…… 몸도 좋지 않으신데.'

내가 걱정하는 얼굴로 그를 쳐다보자 오빠들이 등을 가볍게 두드리고는 사자에게 턱짓했다. 나는 오빠들과 함께 아빠와 할아버지 뒤에서 함께 무릎을 굽혔다. 사자가 황제의 성지를 읽기 시작했다.

"프렌시프 령에 일어난 흉사에 참담한 마음 감출 길이 없노라."

영지에 일어난 사건에 관련하여 몇 마디 위로를 전하고, 삿된 자와 관련해서는 즉시 조사에 임할 생각이라고 했다. 그때까지만 해도 난 영화에 나오는 '전쟁 후의 황제의 위로' 같은 건 줄로만 알았다.

"영지를 수비한 세니아나 프렌시프의 공을 치하하는 바, 로열 키친에서 중앙군 수비대로 이동을 명한다."

뭐라고? 가족들의 표정이 굳어졌고, 나는 눈을 홉뜬 채 사자를 쳐다봤다.

"중앙 수비대로 이동이라니요?"

내가 묻자 사자는 오만하게 웃었다.

"제국의 아버지 폐하께서 영애의 능력을 발휘할 수 있는 곳으로 이동하도록 배려해 주신 게지요."

배려라고? 이건 배려가 아니라 강압이다.

'그렇구나.'

삿된 자들을 몰아낸 게 모두 내 공인 줄 아는 거야.

대륙 전쟁의 몇 배나 되는 삿된 자를 영지의 인력만으로 처리한 게 꺼림칙한 거다. 프렌시프의 힘이 황궁을 넘어선다고 생각한 황제가 이번 일의 중심인 나에게 수비군 감투를 씌워서 옴짝달싹할 수 없게 만들려는 수작이었다.

"말도 안 돼!"

가웨인이 버럭 소리쳤다.

"폐하의 성지 앞에서 말을 가리시오."

사자가 눈을 부라리자 가웨인은 인상을 찌푸렸다.

"로열 키친의 셰프는 일반 궁인과 다릅니다. 특별 입관자라고요! 이제껏 파트가 이동되는 경우는 없지 않습니까!"

"그러니 폐하께서 영애를 아끼신다는 증거가 아니겠습니까."

"그런—!"

"어허!"

사자가 날카롭게 소리쳤다.

"제국의 아버지께서 명하신 바요. 자식 된 도리를 잊지 마시오!"

언제나 미소를 잃지 않는 란슬롯마저 차게 식은 얼굴로 그를 올려다보았다. 사자는 다시 입꼬리를 끌어당기고 할아버지를 향해 성지를 건넸다.

"프렌시프 령의 영주는 성지 앞에 절하고 제국의 아버지께서 내린 명을 받드십시오."

성지와 함께 온 황궁의 사자들과 군사들은 오만한 얼굴이었다. 아무리 금좌 11석의 수장이며 동부의 왕이라도 제국 황제에게 항명할 수 없으리라 여긴 것이다. 할아버지의 눈썹이 꿈틀거리던 찰나, 나는 입을 열었다.

"그렇지요. 폐하께선 제국의 아버지시고, 우리는 모두 그분의 자식이지요."

"과연 영민하십니다."

"그런데 아버지께선 자식이 위험할 때 어디에 계셨나요?"

"……뭐라고요?"

"이 많은 자식이 죽어갈 때, 아버지께서 무슨 일을 하셨어요?"

잠깐 얼이 빠진 얼굴로 날 보던 사자가 이내 정신을 차리고 버럭 소리쳤다.

"영애! 그 무슨 무엄한—!"

"황궁의 사정도 이해는 갑니다. 너무 빠르게 전투가 진행되어 황군을 보낼 시간이 없었던 거겠지요?"

사자는 큼, 헛기침을 하고 "당연히—" 중얼거렸지만, 나는 바로 말을 끊었다.

"그래서 어쩔 수 없이, 마침, 우연히! 전투가 끝나자마자 황군을 보내신 걸 테고요."

"그, 그건……."

"제게 포털을 열라는 말씀 한마디만 하셨어도 될 일이었으나, 수비를 지휘하던 제 정신이 사나울까 봐 전투에 집중하라 연락하지 않으신 걸 거예요."

내가 순진한 표정으로 빈정거리니 사자는 꿀 먹은 벙어리가 되어 마른침을 삼켰다.

"마음으론 몇 번이고 황군을 보내고 싶으셨겠지만, 다른 귀족들이 형평성을 운운할 일이 생기면 안 되니까요. 다른 곳에선 전투가 벌어져도 황군을 투입하지 않으니까."

"……."

"그러니까 무려 대륙 전쟁의 두 배가 넘는 수의 삿된 자들에게 프렌시프 령이 괴멸을 앞두었어도, 참담한 심정으로 황군을 이동하지 않으셨지요!"

가물가물한 얼굴로 날 보던 사자들도 내 원망을 읽고는 얼굴을 딱 굳혔다. 사자 중 하나로 온 클류어드 백작 부인이 인상을 찌푸리며 앞에 나섰다.

"이 얼마나 어리석은 말씀인지 아십니까."

"압니다. 그래서 저는, 저 또한 폐하와 같은 참담한 마음으로 배려를 물려 주시길 청합니다."

"……그 말씀, 그대로 전하지요."

그녀가 엄포를 놓듯 말해서 난 산뜻한 표정으로 고개를 숙였다.

사자들이 돌아간 후 좀 전의 광경을 목격한 가신들이 발을 동동 굴렀다.

"어찌합니까. 황제가 노하면 아가씨는—!"

"섣부른 판단이 아니었을까요."

"하지만 속은 시원하였지 않습니까, 허허."

인상 좋은 가신이 껄껄 웃자 다른 가신들이 그에게 핀잔을 주었다.

"공은 정말이지! 이 와중에 속 얘기가 나오십니까."

"누가 감히 폐하께 그런 말을 전하겠습니까. 우리 아가씨나 되어야—"

"공!"

"진정하게, 자작. 나 또한 파비르 공에게 일견 동의하네."

"그래. 속은 시원했지……."

내심 황제의 명에 속이 부글부글 끓었던 모양인지 하나둘 낄낄거리기 시작했다. 할아버지는 불편한 몸으로 꽥 소리치셨다.

"정신 빠진 작자가! 전투 내내 관망하다가 내 손녀 능력이 제 생각보다 출중하니 빼앗겠다고 나서는 게지! 염려하지 마라, 세니아나! 이 할애비가 황제 멱살을—"

"쥐시면 안 돼요. 소리치셔도 안 되고요."

내가 허리에 손을 바짝 붙이고 인상을 찌푸리자 할아버지는 시무룩해지셨다.

"칼립스."

"예, 아가씨."

"할아버지를 방으로 모셔 주세요."

할아버지는 우울한 목소리로 "하지만……." 하고 웅얼거렸다.

"걱정하지 마세요. 폐하는 제게 쉽게 손을 대지 못하실 테니까요."

"어떻게……?"

“폐하께서 갑질을 하시면, 저라고 못할 건 없지요.”

“갑질?”

갑질이라는 말을 모르는 사람들은 어리둥절한 표정이었다.

“갑질이라니?”

나는 황제의 성지를 노려보며 흥, 콧방귀를 뀌고, 팔 한 짝과 다리 한 짝에 나란히 부목을 댄 파르뎅 자작을 불렀다.

“공.”

내가 손짓하자 그 또한 성지를 노려보고 씨근덕거리며 대답했다.

“예!”

“우리가 유통하는 보그의 값을 이제부터 일곱 배로 올리세요.”

“예, 예?!”

다들 눈이 휘둥그레졌다.

“그렇게 되면 담합하여 구매하지 않겠다고 할 텐데요. 영지가 망가진 지금은 재물이 아주 많이 필요합니다, 아가씨.”

마담 버지니아가 날 달래듯 말했다.

“그래도 사게 될걸요.”

“어떻게요?”

“먼저 사겠다고 나서는 사람에겐 기존가의 여섯 배만 올리겠다는 말을 덧붙일 테니까요.”

다들 눈이 휘둥그레졌다. 난 벽면에 붙은 제국의 지도를 쳐다보며 다시 입을 열었다.

“저도 이제 포털 장사를 해야겠어요.”

"사비에르처럼 말입니까?!"

"네. 포털 이용료는 사비에르 영애의 반값이나 이용자는 내부 기준을 통해 심사합니다."

"내부 기준이라고 하시면……."

악랄한 표정으로 히죽, 입꼬리를 올린 난 쐐기를 박았다.

"제 마음에 드는 사람이요."

내가 오만한 표정으로 고개를 바짝 올리니, 눈을 동그랗게 뜨고 있던 가신들이 하나둘 킬킬거리기 시작했다. 마담 버니지아는 할아버지를 부축하며 말했다.

"아가씨는 정말이지……. 어르신의 핏줄이 확실합니다."

—하고.

* * *

"이런 고얀—!"

황제가 버럭 소리치자 프렌시프와 척을 진 귀족들이 얼씨구나 하여 그의 화를 돋웠다.

"폐하의 머리 꼭대기에서 놀겠다는 게 아닙니까."

"방종한 계집입니다."

"포털 하나 가지고 있다고 제가 또 다른 황제라도 되는 양 구는 꼴이……!"

황제가 테이블을 쾅! 내리쳤다.

"알면 방도를 내시오, 방도를!"

“당장 중앙군을 프렌시프에 내려보내 방만한 성녀를 잡아들이셔야 합니다.”

“그렇습니다, 폐하!”

황제가 인상을 찌푸린 채 신경질적으로 다시 테이블을 두드렸다.

“그게 본질적인 해결책이 아니잖소!”

“하, 하지만 성녀도 사람이 아닙니까. 그것도 어린 여자애입니다.”

“예, 폐하. 황명으로 잡아들이면 겁을 먹고…….”

“겁을 집어먹고 내 명을 따를 아이였다면 애초에 삿된 자들 앞에 나서지 않고 도망쳤겠지!”

“하면 프렌시프를 두고 거래를 하셔야—”

“삿된 자들로 인해 망가진 터에서 전전긍긍하는 백성들을 두고 제국의 아비가 거래를 하라! 백성들이 짐을 우러러보겠소이다!”

지금은 겨울이고, 계절이 계절인 만큼 보릿고개를 겨우 넘고 있는 백성들이 수두룩했다. 이 와중에 프렌시프를 그렇게 쥐어짜면 가뜩이나 힘든 백성들이 무슨 생각을 하겠나.

지금 성녀는 삿된 자들을 물리친 영웅이다. 영웅과 맞서는 자는 악당이 되는 것이다. 그것이 물꼬가 되어 제국 곳곳에서 봉기를 들고 민란을 일으킬 터. 백성만 황제의 눈치를 보는 게 아니었다. 황제 또한 민심을 살폈다.

‘내게 항명한 데다 보그의 가격을 올리고, 포털로 장사를 해?’

누가 그 할애비에 그 손녀가 아니라고!

‘짐이 너무 귀여워한 게지.’

그러니 이리 날뛰는 게 아닌가. 황제는 이마를 쥔 채 벌떡 일어났다.

"헬리오스와 미카엘을 서재로 불러라."

귀족들은 시종장에게 소리치며 나서는 황제의 눈치를 보았다.

'이런.'

프렌시프의 딸이 황제에게 항명한 데다, 지금 프렌시프는 영지를 살피느라 정신이 없을 때였다.

'기회를 제대로 잡아야 하는데.'

'구심점이던 카렌듈라 후작이 죽었으니 뜻을 모아도 지휘할 자가 없으니 오합지졸의 꼴이 아닌가.'

'황후는 프렌시프 영애에게 푹 빠졌고, 로웨나 황비 또한…….'

그들의 고민이 깊어졌다.

황제의 부름을 받고 서재 앞에 도착한 황태자 헬리오스와 4황자 미카엘은 싸늘한 눈으로 서로를 쳐다봤다.

"형님께서도 부름을 받으셨습니까."

"폐하께서 무슨 일로 너 같은 종자를 불러들이셨을까."

"저야 늘 폐하의 말벗이었지요."

"혀엔 여전히 기름칠을 하는군. 네 모후가 기뻐하겠어."

근래 보이는 황후와 미카엘의 삭막한 사이를 조롱하는 말이었다. 미카엘은 빙그레 웃으며 어깨를 으쓱했다. 그러곤 황태자 가까이 다가가 속삭였다.

"가뜩이나 병약한 몸, 심보를 곱게 쓰지 않으면 더 망가집니다."

"뭐라고?"

"갈기갈기 찢어져 내장을 쏟고 싶지 않으면 입단속 잘하라는 뜻이야, 형님."

평소와 다른 살벌한 말투였다.

"너……!"

"내가 지금 형님을 참아 주고 있습니다."

다시 빙그레 웃은 미카엘이 먼저 서재 안으로 들어갔다.

'저놈이…….'

등줄기가 오싹할 만큼 살기 가득한 눈빛이었다. 나라 제일가는 외조부가 죽고 기세가 꺾였으리라 여겼는데, 전혀 아니었다. 오히려 방해꾼이 사라진 듯 미카엘은 한 꺼풀 벗은 것만 같았다. 새로 나온 알맹이에선 소름 끼치는 악취가 났다. 괴물이라도 깨어난 양.

황태자는 께름칙한 시선으로 그의 뒷모습을 보다가 서재로 들어갔다. 소파에 앉아 있던 황제가 아들들의 인기척을 느끼고 고개를 들었다.

"프렌시프의 행보가 과하다."

황태자는 큼, 헛기침을 하며 말했다.

"이야기는 들었습니다. 감히 폐하를 협박하였다고. 하지만 그런 말 몇 마디가 어찌 폐하께 영향을 줄 수 있겠—"

"……먹혔어."

"예?"

"빌어먹을! 먹혔단 말이다!"

황제가 술잔을 내던지듯 내려놓으며 머리를 쥐었다.

"보그를 일곱 배나 올렸어. 일곱 배!"

"평민들에게서 먼저 앓는 소리가 나올 겁니다. 원망의 시선은 자연히 프렌시프에게 — "

"고가의 보그를 어디 평민들이 쓰겠느냐!"

가만히 둘의 대화를 듣고 있던 미카엘이 입을 열었다.

"고가인 데다 유통된 지 얼마 되지 않았으니 아직까진 귀족들의 전유물이겠죠. 앓는 소리는 귀족들에게서 나올 겁니다."

황제가 쯧, 혀를 차며 고개를 돌렸다.

"귀족이란 것들 생각이야 빤하지. 프렌시프에 맞서기보단 권력에 융화되기를 원할 거다."

"성녀는 권력을 탐하는 성정은 아니니 — "

황태자가 은근히 세니아나를 감싸자 황제의 눈이 희번득 빛났다.

"제1황자궁에서 정이 깊었는가 보군, 으응?"

"폐하, 저는 그런 게 아니라……."

황태자가 어색한 표정으로 고개를 돌렸다.

'은혜를 입은 몸이니까.'

이전 같았으면 자신이 황제의 서재로 불려오는 일은 없었을 것이다. 황제는 도미니크를 총애했고, 지지기반이 없어 늘 살얼음판을 걷는 도미니크를 생각하여 공적인 일엔 되도록 미카엘을 부르는 편이었다.

병약하고 정 없는 맏이는 늘 뒷전이었던 터라 서재에 출입할 수 있게 될 줄은 몰랐다. 세니아나가 사신 접대의 공을 황태자에게 돌려준 일로 여기까지 왔다.

'폐하께서도 내막은 눈치채고 계셨겠지만.'

오히려 내막을 알고 있기에 자신에게 '사람을 얻는 재주'가 있다고 여기는 듯했다. 황제가 난처한 표정의 황태자를 가늘게 뜬 눈으로 쳐다봤다.

'아직 부족해.'

저렇게 속내를 감추지 못해서야. 이런 부분에선 시종일관 미소 띤 얼굴의 미카엘이나 포커페이스의 도미니크가 낫다.

'하지만…….'

미카엘은 께름칙한 부분이 있었다. 카렌듈라 후작의 외손주라는 것을 차치하고서라도 어릴 적부터 묘하게 신경이 거슬렸다.

미카엘은 독사였다. 부황이라 할지라도 조금만 경계를 낮추면 단숨에 독니를 드러낼. 그런 주제에 명석한 두뇌와 폭넓은 시야, 사람을 구슬리는 법을 알았다.

'군왕의 면모로 따지면 삼 형제 중 제일이지.'

그러했기에 미카엘은 더더욱 꺼림칙한 아들이었다. 황태자는 워낙에 병약했고, 속을 숨기지 못했다. 정이 많은 점을 기특하게 여겼지만, 오히려 그 점이 황위를 잇기에 큰 단점이었다. 그래서 도미니크를 유난히 아꼈다. 정이 넘치지도, 야욕이 강하지도 않은 아들.

곁에 두고 키울 수 없어서 유독 마음이 쓰이기도 했다. 황태자와 미카엘은 서로를 견제하며 외줄 타기를 했으나, 지켜 줄 황후와 황비가 있었다. 때문에 직접적으로 목숨이 위험할 일 같은 것은 없었던 것이다.

하지만 도미니크는 달랐다. 나기는 황자의 아들로 태어났지만 자라며 매 순간 죽을 위기에 놓였다. 적국에 넘어가 사경을 헤맨 것도 여러 번이었다. 오직 살아남는 것만이 목표였던 아이. 그래서 황태자와 달리 인간적인 부분을 숨기고 제어할 수 있었고, 미카엘처럼 탐욕에 빠지지 않는다.

'그 녀석이 지지기반만 확실했어도.'

아니, 아탈란에서 나고 자란 신관 어미의 태생만 아니었더라도 황위 문제로 골머리 썩을 필요는 없을 텐데.

"제기랄!"

황제가 욕설을 뱉으며 헝클어진 머리를 쓸어 넘겼다.

'아서의 자식 복은 ─ !'

첫째인 란슬롯 프렌시프는 그린 듯한 후계자감이었다. 현명하고 영리하지만, 이상을 따르기보단 현실을 가늠할 줄 알았다. 그러면서도 나베리우스나 아서처럼 너무 곧지 않고, 유한 구석이 있었다.

둘째에겐 권력가의 차남이 가져야 할 최고의 면모가 있었다. 장남에겐 부족한 천부적인 검술이라든지, 군사학에 유난히 뛰어난 점은 차치할 정도로 가장 중요한 점. 우애가 깊고, 욕심이 없는 것.

거기에 막내는…….

'말해 무엇 하겠는가.'

근래에 길라게온의 사람들은 세니아나를 일컬어 '신의 사랑을 받는 아이'라고 불렀다. 역사에 다시없을 강력한 포털과 단신으로 군대에 맞설 수 있는 성수를 소유했다. 유하고 사랑스러운 데다, 성실한 성격은 어디에서나 사랑받았다. 프렌시프 일가뿐 아니라, 가신, 영지민…… 거기에 몇몇 귀족과 황족까지도.

프렌시프에 일이 터진 후, 그는 세 명의 부인으로부터 닦달을 들었다. 로웨나야 세니아나를 귀여워하는 것으로 워낙에 유명하니 올 줄은 예상하고 있었다.

[폐하, 동부는 폐쇄적인 편인데 황실과 이어지는 거점인 프렌시프의 위기를 관망하는 것은…… 그러니까…… 폐하, 무슨 말씀을! 제가 영애를 아껴서 하는 말을 아니옵고, 황실의 안정을 책임지는 자로서 충언을 올리는 거예요.]

로웨나 후엔 황후가 찾아왔다.

[다른 것도 아니고 삿된 자이지 않습니까. 프렌시프가 뚫리면 황궁까지 올라오지 않을 것이란 보장이 어디 있습니까. 수가 적을 때 나서는 것이 아무래도……]

세니아나가 어떻게 구슬린 것인지 황후는 제 상황을 타파할 방법이 오직 프렌시프뿐이라고 여겼다.

'둘이야 그럴 수도 있겠다고 여겼지만, 가브리엘라까지 날 찾아올 줄은 몰랐지.'

[동부에 다녀오게 해 주십시오.]

[동부 귀족들에게 도움을 청하려는 건가.]

[저는 동부의 황비입니다. 폐하의 고민을 알고 있기에 청하지 않을 것이나, 저 스스로 나설 수 있도록 윤허하여 주십시오.]

늘 조용하고, 사려 깊기만 하던 가브리엘라의 눈이 그처럼 단호한 것은 처음 보았다. 후·비들뿐만이 아니었다.

[출정 명을 내려 주신다면 이 땅을 아수라장으로 만든 삿된 자들을 토벌하고 귀환토록 하겠습니다!]

금좌 중 하나인 오뵈르 백작이 갑주를 차고 와선 부르짖듯 외쳤다.

[곧 한 아이의 아버지가 될 공이 굳이 지원군의 선봉에 설 필요는 없네.]

그러자 남편과 함께 온 서부의 거두 오뵈르 백작 부인이 말했다.

[은혜를 입었습니다. 영애가 아니었더라면 저희는 끝내 이 아이와 만나지 못했을 테지요.]

[백작 부인.]

[폐하, 저는 아이에게 은혜를 입었으면 응당 보답해야 한다고 가르칠 생각입니다. 아이가 신의를 배우며 태어나길 바랍니다.]

그 뒤로 샤르파크 후작 부부도 찾아왔다. 황제의 이종사촌 누이인 후작 부인이 말했다.

[여전히 배포가 작으십니다, 폐하.]

[가뜩이나 시끄러운 속을 더 어지럽히지 말고 네 영지로 썩 돌아가라.]

[제가 폐하의 속을 모를 성싶으십니까?]

[허.]

[프렌시프에게 지원군을 내리자니 병사를 빼앗길까 봐 전전긍긍하는 귀족들이 한데 뭉쳐질 것 같아 불안하시지요? 카렌듈라 후작이 갔으니, 새로운 구심점이 필요할 텐데, 이 기회에 뭉쳐질 수도 있을 테니까요.]

[제왕의 고민을 가늠치 말라!]

[서부의 우두머리로 가장 가능성 높은 건 미카엘 황자인데, 외조부를 잃고 조급해진 미카엘 황자가 황위 싸움은커녕 폐하의 금좌를 노려올까 봐 염려하시는 거죠?]

[이 녀석!]

샤르파크 후작은 '부, 부인.' 하며 그녀를 말렸지만, 후작 부인은 태연하게 말을 이었다.

[황군을 투입하면 적국이 기회를 노리고 쳐들어올까 두려운 것일 테고요.]

[그만!]

[동쪽으로는 카르스토 국이 눈을 부라리고 있고, 서쪽으로는 레겐이, 남쪽으론 럭스탄트가 침략의 때를 보고 있죠. 참 열심히도 적을 지셨습니다.]

[…….]

[그러니까 왜 독선가를 자처하셔서 협력국 하나 만들어 두지 않으셨습니까? 이건 폐하가 겁쟁이인 탓인데, 왜 마땅히 지원받아야 할 프렌시프가 위기에 놓여야 합니까?]

[자네 부인을 데리고 돌아가게! 아니면 내가……!]

[그러니 저희가 나서겠습니다. 저희가 프렌시프를 지원할 테니 황명만 내리면 된다고요.]

샤르파크 후작까지 눈치를 보며 '저희는 같은 동부에 터를 두고 있으니 명분도 있지요……. 프렌시프가 뚫리면 금세 샤르파크 령입니다.' 하고 말했다.

나라의 권력자들이 차례대로 와서 들들 볶아 댔다.

'보내지 않으려던 게 아니야.'

고작 이틀 새에 일어난 일이었다. 아무리 급한 일이어도 처리할 시간이 필요했단 말이다.

'그걸 아는 놈들이 다 짐만 천하에 다시없는 폭군 보듯 몰아붙여서는―!'

씨근덕거리는 황제를 보던 황태자가 "저……." 하며 입을 열었다.

"세니아나 프렌시프는 아직 어립니다. 혈기가 왕성할 때이니 서운한 마음을 다스리지 못해서……."

"짐이 그를 모를 듯하느냐."

"……송구합니다."

"문제는 왕성한 혈기가 아니라 왕성한 혈기를 가진 자가 나라를 뒤집을 힘이 있다는 것이다."

황제의 목소리가 낮아졌다.

"이번 일로 그 아이는 제가 가진 힘이 어느 정도인지 증명한 것이야. 이제 오만 국가에서 모두 접촉을 해올 것이다."

"……."

"그 아이가 레겐이나 카르스토에 넘어가면 어찌 될 것 같으냐."

"그건……."

술잔을 돌리던 황제가 서늘하게 중얼거렸다.

"전쟁이라 부를 수 없겠지. 그건 재해와 같을 테니까."

"……."

"세니아나 프렌시프는 빼앗기느니 차라리 없애야 할 존재다."

황태자가 마른침을 삼켰고, 미카엘은 날카로운 눈빛으로 황제를 주시했다.

"짐은 그 애가 두렵고도 탐이 난다. 하여 짐의 수비군으로 첨탑을 만들어 '보관'하려던 것이다."

"……."

"……."

"짐의 자리를 이을 수 있는 너희는 짐과 같은 고민을 언제고 하겠지. 하면 묻겠다. 너희라면 어찌할 것이냐. 재해일 수도 있고, 선물일 수도 있는 존재라면."

황태자는 어두운 얼굴로 답했다.

"두렵습니다. 하지만…… 폐하, 저는 안정을 바랍니다. 협력을 바라고, 그를 위해 노력할 것입니다."

이번엔 미카엘이 대답했다.

"탐이 납니다. 그런 것이라면 날개를 꺾어서라도 제 곁에 두어야죠. 발전을 위해."

안정과 발전이라. 아들들을 가만히 쳐다보던 황제는 이내 고개를 끄덕이고 퇴실을 명했다. 그가 테이블 한 편에서 빛나고 있는 통신석을 응시했다.

"네 형들은 그렇다더군. 네 생각은 어떻지, 도미니크."

프렌시프 령의 귀빈실에서 황제와 황자들의 대화를 듣고 있던 도미니크가 무표정한 얼굴로 통신석을 매만졌다.

내뱉지 못한 진심을 갈무리하고. 그녀가 레겐의 사람이 되길 원한다면 레겐을 수복하리라. 카르스토의 사람이 되길 바란다면 제국을 송두리째 카르스토 왕에게 바치겠다.

[도미니크.]

“폐하의 물음에 영애의 의사는 어디에 있습니까.”

[뭐라.]

“재해일지, 선물일지 택하는 것은 오직 그녀 자신뿐.”

[그것이 일국의 황자에게서 나올 대답인 것이냐.]

그때 노크 소리가 들렸다. 한참 꾸물거리다가 “계세요?” 하고 묻는 목소리에 그는 고개를 돌렸다. 그가 문을 열어 주자 세니아나가 활짝 웃었다. 도미니크의 눈매가 부드러워졌다. 대답하지 않고 통신을 종료한 그가 세니아나의 손목을 가볍게 잡았다.

“왜 쉬지 않고.”

“할아버지와 성의 사람들에게 치료식을 만들어 줘야 해서.”

헤헤 웃다가 “그래서 저하는 뭘 드시고 싶은지 여쭤보려고 왔어요. 참고할게요.” 하며 눈을 빛냈다.

“글쎄요. 해산물은 싫습니다.”

“편식하시면 안 돼요~!”

“의사를 물으러 오신 게 아닙니까.”

“좋아하는 걸 물으러 왔죠.”

“해산물이 아닌 것을 좋아합니다.”

“나 참. 어? 그런데 왜 이렇게 얼굴이 새하야시지? 몸이 안 좋으세요?”

“조금.”

세니아나는 걱정이 담뿍 배인 눈으로 그의 얼굴을 덥석 잡고 이리저리 돌렸다.

"감기일까요? 찬 데서 계속 있었잖아."

"글쎄요."

"기다리세요. 약 가져올게요."

세니아나가 쪼르르 달려나가자 도미니크와 함께 방 안에 있던 알베르가 어두운 표정으로 그를 보았다.

"환궁해야 합…… 저하!"

새하얗게 질린 얼굴로 문을 닫은 도미니크가 문에 기대 미끄러졌다. 알베르는 서둘러 그의 셔츠를 열고 몸을 살폈다. 태어날 적부터 가지고 있던 문장이 짙어졌다.

그는 신관인 어머니로부터 물려받은 치유력으로 숱한 전쟁에서 살아남았다. 에이레네가 삿된 자가 되었을 때도 살아남은 건 문장의 덕이었다.

친모의 피가 남긴 선물이라 여겼다. 그러나 사실은 목을 조일 밧줄이었음을 안 건 최근이었다. 가브리엘라 궁에서 쓰러진 세니아나를 치유한 후, 사경을 헤맸으니까.

"가브리엘라 황비의 말을 잊지 마십시오."

[삿된 자화 된 사람이 저하께 빠지고, 삿된 자들이 당신에게 애정을 느끼는 이유는…… 당신이 절망이기 때문이에요.]

조율자는 삿된 자들 만 구가 모이면 '절망'이 되고, 성녀는 절망을 제어하는 '병'이 된다. 절망은 삿된 자들의 사념을 힘으로 하는 자, 삿된 자들에게 천적인 성녀를 치유하게 되면 육체가 반발한다.

알베르가 식은땀을 흘리는 도미니크를 살피며 빈정거렸다.

"이렇게 될 줄 알면서 내내 영애를 치유하셨으니 이 얼마나 멋진 순애보입니까."

"그만."

"현명한 판단이십니다. 얼마나 현명한지 저 같은 소인배는 드릴 말씀이 없습니다."

"입을 찢어 줘야겠어?"

별궁으로 군사들을 옮기고, 다시 성으로 되돌아올 수 있었던 것은 도미니크가 내내 그녀를 치유하고 있었기 때문이었다.

손을 잡을 때. 눈을 마주칠 때. 사랑한다는 말을 삼킬 때. 언제나.

문 넘어 타다닥, 작은 발소리가 들려왔다. 도미니크는 알베르의 도움으로 가까스로 몸을 일으켰다. 다시 문을 열어 준 그는 "저인지 어떻게 아셨어요?" 하고 눈을 동그랗게 뜨는 그녀를 보며 희미하게 웃었다.

"당신 발소리, 숨결, 눈빛."

그가 조심스레 손목 안을 짚었다.

"고통까지도 모두 새겨 두고 있으니까."

세니아나가 빙그레 웃으며 그의 눈가를 매만졌다.

"나도 그래야겠다. 당신 눈빛ㅡ"

그녀의 손이 코끝에 닿고.

"숨결ㅡ"

그의 가슴에 손을 올리고.

"고동까지 다 새겨 둬야지."

"그래."

"그보다 쉬세요. 죽을 쒀서 올—"

세니아나를 끌어안은 그가 그녀의 머리칼에 입술을 묻었다.

"그러자."

"저하……?"

그녀의 어깨를 가볍게 잡은 도미니크가 진중한 눈으로 말했다.

"포털 거래를 할 적엔 황도로 이동하는 자들을 우선하십시오."

"네?"

"되도록 강력한 포털을 열어서 황궁의 결계까지 흔들리게 해야 합니다."

"어째서요?"

"그래서 부황이 겁을 먹고 선불리 당신을 압박해 오지 않을 테니까."

그녀가 묘한 표정으로 도미니크를 바라보았다.

"지금 아버지를 협박하라고 하시는 거예요?"

"해야만 한다면 할 수밖에요."

그녀가 아하하 웃으며 "이상해." 하고 중얼거렸다.

"당분간 나를 돌려보내지 마세요."

"그건 또 왜요?"

"전 인질입니다. 부황에게 먹힐 테고요."

"좋아요. 신난다!"

"황제를 협박하는 게 신이 납니까?"

그가 짓궂은 표정으로 묻자 "저하와 오래 있을 수 있잖아요!" 하고 세니아나는 활기차게 대답했다.

그날 밤, 황제는 뒷목을 잡았다.

"도미니크—!"

그의 노성에 놀란 궁인들이 황급히 고개를 수그렸고, 그에게 물을 가져다주던 시종장은 당황스러운 얼굴로 물었다.

"무슨 일이십니까?"

쾅! 그가 통신석을 테이블 위로 내던지자 도미니크가 보내온 문자가 홀로그램처럼 일렁였다.

[……하여 저는 프렌시프에 구금되길 자청하였으니 부황 심중에 있는 모든 계략은 가여운 아들을 헤아리시어 접어 두시길 청합니다. 안타깝지만, 부황의 생각보다 제 입은 무겁지 않습니다.]

음지에서 황제의 밀명을 수행하던 그가 입을 연다면 황실의 체면이 상하는 건 당연하고, 나라가 두 쪽이 날지도 모르는 일이었다.

[추신. 프렌시프에 재정 지원 바랍니다. 통 크게 쓰십시오.]

그가 전송한 내용을 읽던 황제의 눈에 불똥이 튀었다.

"쌍놈의 새끼—!"

그는 기어이 체통을 잃고 황자 시절에나 쓰던 걸걸한 입담을 자랑했다.

다음 날, 아침. 눈을 뜬 나는 침대에서 폴짝 내려와 손과 발을 흔들었다.

'좋아.'

며칠 내내 과하게 힘을 썼으니 곤죽이 되거나, 최악의 경우 영영 다시 눈을 뜨지 못할 거라고 생각했는데 의외로 난 괜찮았다. 하지만 평소처럼 쌩쌩한 건 아니고, 몸살기 정도는 있었는데 이제 웬만큼 회복이 된 모양이었다.

'회복이 빨라서 다행이야.'

할 일이 쌓여 있어서 쉬면서도 마음이 불편했다.

'일단 씻고 내려가자.'

그렇게 생각하고서 욕실에 들어가자 눈치 빠른 사용인들이 물을 받아두었다. 난 향긋한 오일을 푼 욕조 안에 들어가서 "하아아." 한숨을 내쉬었다.

"아침 목욕 최고……."

일어나자마자 후다닥 해야 하는 샤워와는 차원이 다르다. 따뜻하고 향기로운 물속에서 꾸벅꾸벅 졸며 머릿속으로 하루 일정을 정리하는 기분이란.

'물고기가 되면 좋겠다.'

—라는 생각이 들 정도란 말이지요.

삼십 분쯤 지나자 똑똑, 노크 소리와 함께 하녀들이 들어왔다.

"돕겠습니다."

하녀장이 고갯짓하자 하녀들이 다가왔다. 아무것도 하지 않고 욕조에 기대어 있으면 하녀들이 머리맡에서 거품을 잔뜩 내선 머리를 감겨 주었다.

'이런 일은 어색했는데.'

시트론이 목욕을 도와준다고 하면 낯부끄러워서 어쩔 줄 모르던 것이 벌써 일 년 전이었다. 나는 기분 좋은 목욕을 마치고 편한 옷으로 갈아입은 뒤, 방을 나섰다.

"아가씨, 좋은 꿈 꾸셨나요?"

하인들이 상냥하게 물어서 난 밝게 "응!" 하고 대답했다. 조금 걷다 보면 서류를 옆구리에 낀 사무관들이 날 발견하고 인사했다.

"좋은 아침입니다. 저는 아니지만."

"왜요?"

"어제도 철야였거든요."

"저런."

파르뎅 자작은 샛노란 얼굴로 아침 해가 너무 밝다며 끙끙 앓았다. 할아버지 방 앞에선 마담 버지니아와 가신들이 행정관들과 이런저런 이야기를 나누다 날 발견하고 미소지었다. 그녀가 팔을 활짝 열어서 난 포옹으로 인사하고 그들이 들고 있는 서류를 보았다.

"영지 복구 예상액인가요?"

"예."

"저도 봐도 돼요?"

"물론이죠."

사실 난 서류 같은 건 잘 볼 줄 모른다. 이 서류도 그랬다. 꼬부랑 글씨와 숫자들이 한데 얽혀 왈츠를 추는 것만 같았다.

'저쪽 세계에서도 여기서도 요리만 했으니까 이런 건, 으으음…….'

내가 인상을 쓰면서 서류를 보고 있는데, 머리 위로 무언가 툭,

올라왔다.

"작은오빠."

가웨인이 정수리에 턱을 걸친 채 내가 들고 있는 서류를 대충 훑었다. 곧이어 란슬롯이 빙그레 웃으며 다가왔다.

"우리 아가씨, 잘 주무셨나요?"

"네, 도련님."

그러자 가웨인이 짓궂게 웃으며 "이제 받아칠 줄도 아네." 하더니 내 손째로 서류를 잡았다.

"생각보다 피해 규모가 더 큰걸."

란슬롯도 고개를 끄덕였다.

"필사본 있습니까, 이 서류."

"그럼요."

"이쪽은 제가 가져가죠."

"예."

우리는 가신들의 인사를 받으며 셋이서 나란히 복도를 걸었다. 난 란슬롯의 소매를 흔들었다.

"있잖아요."

"음?"

"이런 서류는 어떻게 쓰는 거예요? 수리공들에게 하나하나 물어봐서요?"

"우리 같은 경우엔 노역을 쓸지, 영지민의 지원을 받을지 등을 결정한 후 자재 비용을 검토하고…… 그런 걸 우리 공주가 왜 궁금해하실까."

"저도 이런 걸 써야 할 때가 있지 않을까 싶어서요. 그래서 꼼꼼하게 작성하는 법을 알면 좋지 않을까 싶었어요."

"알면 좋겠지만……."

란슬롯이 곤란한 듯 웃자 가웨인이 내 코를 살짝 흔들었다.

"쓰는 건 행정관들이 할 일이지. 우리에게 필요한 건 판단력이야. 이대로 실행하느냐, 마느냐."

"그리고요? 또 뭐가 필요해요?"

"사람을 보는 눈이라든가…… 인재는 항상 부족하니까."

가웨인은 쯧, 혀를 차며 창밖으로 지나가는 사무관의 무리를 힐끔 쳐다봤다.

"창고를 안전하게 지킬 사람인지, 쥐새끼가 되어 숨어들 사람인지도."

"그리고, 그리고?"

란슬롯과 가웨인은 묘한 눈으로 시선을 교환하다가 이내 픽 웃어 버렸다.

"이제 행정까지 배워 보시려고?"

가웨인의 말에 "도움이 되면 좋지요!" 하고 말했다.

"이러다 형 자리도 노려 오는 거 아니야?"

"아니에요!"

"어째서?"

"그야…… 큰오빠가 훨씬 잘할 테니까요."

란슬롯은 쿡쿡 웃으며 내 머리를 쓰다듬었다.

"얼마든지 뺏어 봐. 우리 아가씨께 뭘 못 드릴까."

"아니라니깐……."

"서류 보는 법부터 알려 줄게. 이건……."

나는 란슬롯과 가웨인의 곁에서 이것저것을 배웠다.

'아, 설명을 듣고 보니까 어떻게 해야 할지 알겠다.'

선생님은 식당을 차리며 내게 '식당을 운영하는 법'을 알려 주었는데, 차이가 아주 크긴 하지만 도움이 됐다. 돌이켜 보면 그게 선생님 나름의 교육이 아니었을까 싶었다. 내가 이 세계로 돌아와도 잘 적응하도록.

우리는 점심을 먹고 성 앞 계단에 나란히 앉아서 지나가는 사람들을 구경했다.

"저 녀석은?"

가웨인이 파르뎅 자작을 가리켰다.

"음, 신경질적이고 호전적이긴 하지만…… 데리고 있어야 할 사람!"

"정답. 신경질적이란 건 섬세하다는 거고, 호전적이라는 건 나 대신 판을 뒤집어 버릴 수 있다는 거니까."

란슬롯이 잘했다며 쿠키를 쥐여 줬다.

"그럼 저 사람은?"

"유피스 공은……. 언젠가는 쳐내야 할 사람이요. 하지만 지금은 곁에 둘래요."

"왜?"

"야욕이 강하다는 건 발전엔 크게 도움이 되지만, 그가 위로 올라왔을 땐 안정이 되지 않겠지요."

"훌륭해."

나는 쿠키 하나를 더 받고 활짝 웃었다.

* * *

난 도미니크가 쉬고 있는 정원으로 향하다가 알베르를 발견했다. 그는 굳은 얼굴로 내게 인사했다.

"영애님을 뵙습니다."

"……충신."

"예?"

"아니에요, 저하는요?"

"……."

그는 잠깐 침묵하다가 "안 계십니다." 하고 답했다.

'응?'

하녀들이 금방 여기서 봤다고 했는데.

"어디 가셨어요?"

"예."

"어디에 계실까……."

나는 중얼거리며 걸음을 돌리려다가 우뚝 멈춰 섰다.

"거짓말이다."

내 말에 알베르는 움찔했다.

"저하가 안 계신데 왜 여기에 서 있지요?"

"산책 중이었습니다."

"아닐걸요."

"예?"

"알베르는 생각이 많은 사람이잖아요. 황족의 부관이 영지 성을 함부로 거닐 때의 최악까지도 생각하는."

"……."

"왜 그런 거짓말을 했어요?"

"영애는 바쁘시잖습니까. 저하를 뵐 틈이 없으실 텐데요."

"그건 내가 결정할 일이죠."

오후부터는 삿된 자들을 물리치기 위해 누아제가 된 사람들을 정화하기 위한 요리를 만들어야 했다. 하지만 그를 볼 짬이 전혀 없는 건 아니었다.

알베르는 처음엔 나와 도미니크의 만남을 기껍게 생각하는 편은 아니었다. 아카데미에서도 한 차례 이야기를 나눈 적이 있었다.

'하지만 그 후엔…….'

오히려 응원하는 듯한 모습을 보여 줬는데. 나는 잠깐 고민하다가 얼굴을 굳혔다.

"무슨 일이에요."

"……."

"저하께 지금 무슨 일이 있는 거죠?"

"아닙니다."

"저하가 그렇게 말하라고 시켰을 테고요."

"아닙…… 영애!"

난 문고리를 잡고 정원의 문을 벌컥 열었다.

"저하!"

테이블 밑에 주저앉은 그가 새하얀 얼굴로 식은땀을 흘리고 있었다. 난 얼른 그에게 다가가려 했다. 그런데, 쿵! 정원과 온실을 가로막은 문이 거세게 흔들리며 성수 셋이 모두 현신했다.

"누나, 안 돼!"

테디가 나를 붙들었고, 멀린과 쵸가 도미니크의 앞을 가로막았다.

"무슨—"

발밑으로 무언가 스멀스멀 밀려왔다. 검은 기운.

'삿된 자의 것이다.'

검은 기운의 진원지는 도미니크였다. 그는 새빨갛게 충혈된 눈으로 내 쪽을 노려보고 있었다. 마치 정신이 불안정한 사람처럼.

그의 잇새에서 으득, 소리가 나자 쵸가 그르륵 울며 순식간에 여우로 변했다.

"안 돼, 쵸! 그만!"

"하지만, 주인님, 저건……!"

"그만해! 저하, 저—"

도미니크가 몸을 일으키기 무섭게 주변의 풀이 검게 물들며 바스러졌다.

'도미니크가 누아제로 변한 거야? 왜?'

아탈란이 황궁에 성식을 들이긴 했지만, 그동안 그는 아카데미에 있었다. 다른 황족들보다 성식의 섭취가 현저히 적으니, 그가 누아제가 되었다면 다른 황족들은 이미 삿된 자가 되었어야 할 터.

멀린은 그에게 다가가려는 날 끌어안았다.

"다가가지 마시오."

"그렇지만……!"

"저건 이제껏 느껴본 바 없는 불온한 기운이야!"

늘 내게 정중한 말투였던 멀린이 강경하게 소리쳤다. 쵸가 이빨을 드러내자 테디까지 성수의 몸이 되어 크르릉, 낮게 울었다.

핏물이 고인 것처럼 도미니크의 눈이 새빨개졌고, 그의 손은 허리춤에 있는 검에 닿았다. 나는 가느다랗게 속삭였다.

"저하."

"……."

"저하, 정신 차리세요."

"……."

"정신 차려, 제발."

금세라도 이를 드러내고 공격해 올 것 같았던 도미니크가 이를 악물고 팔을 잡았다.

"저하."

"……나."

"……."

"세나."

나는 멀린을 뿌리치고 그를 향해 손을 뻗었다.

"검을 놔요."

"……나."

"할 수 있지? 응?"

"……세나."

순간, 그의 몸에서 힘이 빠졌다.

"저하!"

나는 얼른 달려가 그를 잡았다. 새빨갰던 눈이 점차 제 색을 되찾고 있었다.

"정신 들어?"

"……그래."

"왜 갑자기 이런…… 언제부터!"

내가 소리치자 알베르가 달려왔다.

"부축하겠습니다, 방으로 돌아가시죠."

"언제부터 이랬어요. 왜 내게 말하지 않았어요."

"……."

"내가 묻고 있잖아!"

알베르가 난처한 표정으로 그의 팔을 잡았다.

"알베르 피아텐!"

"……이곳에 도착했을 때부터 몸 상태가 좋지 않았습니다. 영애를 치유하며 점점 상태가 나빠졌고, 프렌시프 영지민들이 누아제가 된 다음부터는 하루에 한두 번 이처럼 눈이 붉어지고 정신을……."

"나를 치유했다고요?"

내가 몸 상태가 좋았던 이유가 도미니크 때문이었단 말이야?

"그런데 왜 돌아가지 않고……."

"영애를 지키기 위해서죠."

나는 금방이라도 숨이 끊어질 것 같은 도미니크의 뺨을 매만졌다.

"이런 바보가 어디 있어……."

가슴이 너무 아려서 차마 그를 부를 수조차 없었다.

*　*　*

[또 만나.]

늘 그리던 소녀의 목소리가 아득하게 멀어졌다. 꿈속의 존재라 믿던 이가 현실이 되어 나타난 기적. 기적과 조우한 후 도미니크는 운명을 믿었다.

쓰린 눈꺼풀을 억지로 들어 올렸다.

"정신이 드십니까."

알베르의 목소리에 도미니크는 천천히 주변을 둘러보았다. 제2 황자궁인 것으로 보아 잠든 새 그녀가 포털을 연 모양이다.

"성수를 셋이나 현신시켜서 벅찰 텐데 포털을 열도록 내버려 둔 거냐."

"하마터면 그 성수에게 목덜미가 물어뜯길 뻔했는데 할 말이 고작 그뿐입니까."

"그럼?"

"심장이 떨어질 뻔한 부관을 챙겨 주실 정은 없으시고요?"

알베르가 쳇, 혀를 차며 말하자 도미니크는 침대에서 벗어났다.

"세니아나는."

"함께 오셨습니다."

"황궁에?"

도미니크의 얼굴이 대번에 굳어졌다. 이미 황제와 한 차례 척을 졌다. 그의 부황은 겉으론 호탕해 보여도 속은 뱀처럼 간교했다. 스스로 덫에 들어온 나비를 풀어 줄 리 만무하다. 도미니크는 당장에 셔츠를 걸쳤다.

"저하, 일단 휴식을……!"

"그녀는 어디에 있어."

"몸 상태가 말이 아닙니다. 가브리엘라 황비가 살폈지만, 차도가 없을 거라고 ―"

"어디에 있어!"

이런 눈의 도미니크는 말려 봐야 소용이 없었다. 알베르는 짙은 한숨을 내쉬며 말했다.

"폐하를 만나 뵙고 계십니다. 황태자와 4황자가 함께 계시지요."

"그 둘은 왜."

"둘만이 아닙니다."

"귀족들도 함께 있단 말이냐."

"폐하께서 아탈란의 계략이 밝혀졌으니 자세한 이야기를 들어야겠다고 하셨습니다."

낮은 목소리로 중얼거리던 그가 눈살을 찌푸렸다.

"허울이겠지만요."

"다른 일이 있었나."

"저하를 모셔오기 전, 프렌시프에 청혼서가 도착했습니다."

"청혼서라니. 세니아나에게?"

"예."

알베르가 창밖에 보이는 아발론으로 시선을 옮기며 말했다.

"황태자와 4황자가 프렌시프 영애에게 청혼하였지요."

후계 싸움 중인 두 황자가 모두, 라는 것은 황제에게 의중이 있다는 것이다.

"프렌시프 영애와 맺어지는 자가 황위를 이을 겁니다."

알베르는 서늘한 눈빛을 도미니크에게 고정했다.

"세니아나 프렌시프에겐 그런 힘이 있습니다. 길라게온 제일의 권력가에서 태어나 삿된 자를 물리쳐 민중의 영웅이 되었고, 홀로 황군에 필적하는 힘을 가졌죠."

"……."

"포기하십시오."

알베르가 그의 눈을 지그시 응시했다.

"이제 그분은 기반조차 없는 황자가 손을 잡을 수 있는 사람이 아닙니다."

"입 닫아."

"죽습니다! 권력 혈투에 엮어 저하는 비명에 가실 테죠!"

도미니크는 말없이 문을 열었다.

"저하!"

도미니크의 걸음이 빨라졌다. 이 상황을 예견하지 못했던 게 아니다. 그녀를 보며 하루하루 불안에 발목을 잡혔다. 그럼에도 한순간이나마 네 손을 잡을 수 있다면, 네 미소를 볼 수 있다면 목숨 따위야 내줄 수 있었다.

그가 아발론에 도착했을 때는 귀족들이 구름떼같이 몰려 있었다. 그 사이로 황제와 마주 보는 세니아나가 보였다. 황제의 앞에 성장(盛裝)한 황태자 헬리오스와 4황자 미카엘이 보였다.

황태자의 앞으론 로웨나 황비를 비롯한 북부의 거두들이, 미카엘의 앞엔 카렌듈라 후작 사후 흡수된 금좌들과 서부의 거두들이 있었다. 황제는 입꼬리를 올리며 세니아나에게 물었다.

"그래, 영애가 내게 할 말이 있다는 것은 오후에 일어난 불미스러운 사건과 관련된 것이겠지."

황제는 두 황자의 청혼을 난처한 일로 치부하며 발을 빼기로 결정한 모양이었다. 세니아나는 시침을 떼는 황제를 보다가 고개를 숙였다.

"예, 폐하."

그녀만 황도에 올라온 것이 아니었다. 몸이 미령한 나베리우스 대신 아서와 란슬롯, 가웨인이 함께 있었다. 가웨인이 울컥 인상을 쓰자 란슬롯이 한 팔로 그를 가로막았다. 세니아나는 황제의 뜻대로 움직이기로 결심한 모양이었다. 그녀는 무릎을 굽히며 말했다.

"두 황자님의 결정에 난처하실 폐하를 모르지 않으나, 폐하께 꼭 청하고 싶은 것이 있습니다."

"그래."

"폐하, 제게 아드님을 주세요."

맹랑한 말에 대전에선 웃음이 터졌다. 황제마저 껄껄 웃으며 "아드님이라. 그가 누구이려나." 하고 세니아나를 쳐다봤다.

"저는……."

헬리오스가 마른침을 삼켰고, 미카엘의 입가엔 호선이 드리웠다.

"도미니크 님을 사랑합니다."

세니아나의 목소리는 아주 또렷하고도 진중했다. 아발론이 크게 술렁였다. 사람들은 "2황자?", "도미니크라니.", "말도 안 돼!" 떠들썩해졌고, 이내 좌중 속에서 도미니크를 발견했다. 그의 주변 사람들이 홍해가 갈라지듯 나뉘었고, 도미니크는 틈 안에 오롯이 서서 그녀를 바라보았다.

묻고 싶었다.

'너는 어떻게 그토록 용감한 걸까.'

기반 없는 황자. 신관의 핏줄이라 드러난 자. 평생을 음지에서 살았고, 남은 생 또한 양지를 기대할 수 없는 사람. 그런 이에게 내딛는 걸음이 어쩌면 저리 강인하단 말인가. 자신의 시선을 피하지 않고 말갛게 웃는 그녀를 보며 다시 묻고 싶어졌다. 그런 널 어떻게 사랑하지 않을 수 있을까.

황제는 묵묵히 서서 세니아나와 시선을 교환하는 도미니크를 보고 혼이 나갈 지경이었다.

'대체 어떻게 된 거야!'

도미니크라니. 황실의 장자로 태어나 가장 막강한 정통성의 헬리오스도 아니고, 작고한 외조부 대신 서부 귀족을 모두 흡수한 미카엘도 아닌 도미니크라니!

언제 둘이 그런 사이가. 아카데미인가. 아니면 마원을 찾으라는 밀명을 받고 프렌시프 령에 내려갔을 때? 그래서 아카데미로 떠나라는 명을 순순히 따른 것인가. 그럼 언질이라도 할 것이지. 짐만 바보가 되지 않았나. 아니, 그게 아니라……!

'도미니크는 안 돼.'

세니아나 프렌시프가 원한다면 그 누구라도 그녀의 짝이 될 수 있겠지만, 도미니크만은 안 된다. 지금껏 도미니크가 재능이 부족하여 황위 싸움에 참전할 수 없었겠는가.

그에겐 제국의 그 누구도 메꾸지 못할 결함이 있었다. 신관의 아들이라는 것. 사람들은 도미니크의 모후를 제국의 모신 타라를 섬기는 신관 레오나라 알고 있었지만, 사실은 달랐다.

아탈란의 품에서 나고 자란 세실. 그녀가 그의 모후였고, 그것은 황족과 귀족 사이에선 공공연한 비밀이었다. 삿된 자를 물리친 영웅과 아탈란 신관의 아들이 결혼을?

위험할 것이다. 두 사람 모두. 도미니크가 프렌시프의 사위가 된다면 황자 중 가장 앞서게 되는 것은 자명한 일. 헬리오스를 따르는 북부와 미카엘을 따르는 서부는 결탁하여 가장 우세한 도미니크를 떨쳐 내려 할 것이다. 그에겐 결함이라는 명분까지 있지 않은가.

'빌어먹을.'

하필 왜.

*　　*　　*

황제는 제국에 삿된 자가 출현한 지금 나눌 이야기가 아니라며 자리를 피했다. 파장은 엄청났다. 프렌시프가 황위 싸움에 관여하기 시작했다는 둥 시끄러웠다. 황위에 눈을 부릅뜨던 북부 귀족들, 미카엘에게 규합된 서부 귀족들까지 혼란스러웠다.

외부 세력뿐 아니라 프렌시프를 따르는 귀족들이며 영지 내 가신들까지 우왕좌왕이었다. 프렌시프 측의 귀족과 가신들은 황도 저택에 모여 목소리를 높였다.

“영지의 피해 복구는 시작되지 않았고, 군사의 대부분은 누아제가 되었습니다. 이러한 상황에 상의 없는 결정은……!”

“하지만 황실의 뜻이 빤하지 않소. 어떻게든 영애를 황실에 구속하려는 거요. 황태자비나 4황자비가 된다면 우리는 영애를 북부와 서부에 눈 뜨고 빼앗기게 되는 게 아니오.”

“제 말이 그 말입니다. 차라리 세력이 없는 도미니크 황자 쪽이…….”

“아가씨가 물건입니까. 어디에 넘기다니요!”

“선부른 판단이었습니다. 이런 큰일에 언질조차 주지 않으신다면 우리가 프렌시프를 어떻게 신뢰할 수 있겠습니까.”

“이제 황제와는 완전히 척을 진 게 아니오. 폐하의 성정에 이런 일을 용서하실 리가…….”

“황제의 생각이야 뻔하지. 혹여라도 타국과 혼맥을 가질까 전전긍긍하는 게 아니겠습니까. 도미니크도 일단은 황자, 아가씨의 생각이 옳습니다.”

저택의 회의실은 밤중에도 터져 나갈 듯 시끄러웠다. 나는 묵묵히 주방에 있었다. 누아제가 된 사람들 중에 진행이 빠른 자들은 그냥 둘 수 없어서 데리고 왔다. 그들에게 뭐라도 먹여야 진행을 늦출 수 있을 테니까.

“역시 오트밀로 할까요?”

시트론과 마릴린은 내 눈치를 보며 물었다. 그녀들은 오늘 일어난 일로 마음이 괴로울 거라고 생각하는지, 그쪽으로는 얘기를 꺼내지 않으려 애썼다.

"괜찮아, 누아제들은 환자가 아니니까."

"환자가 아니면요?"

"오히려 일반인보다 건강한 편이지. 삿된 자가 되면서 힘이나 체력이 오르고, 회복력도 사람의 것과는 달라지는 것 같아."

"괴물이 되어 가고 있는 거군요. 강력한……."

마릴린이 중얼거리자 시트론이 "마릴린 님." 하며 그녀를 주의시켰다.

"아……, 제 말은 그게 아니고요, 아가씨."

"맞는 말이지."

괴물이 되어가고 있다. 괴물이.

'도미니크.'

차라리 그가 누아제라면 마음이 편할 텐데. 내가 정화시킬 수 있으니까.

보통 인간은 삿된 자의 일부를 섭취하면 누아제가 되는 게 당연한 수순이었다. 도미니크처럼 인간의 이성과 삿된 자의 힘이 맹렬히 부딪치지 않는다.

'괜찮을까.'

그는 황제에게 불려갔다. 불안한 얼굴로 보는 내게 그는 희미하게 웃으며 입 모양으로 중얼거렸다.

[괜찮아.]

뭐가. 뭐가 괜찮은데.

머릿속이 헝클어지는 기분이었다.

"……가씨."

"……."

"아가씨!"

"응?"

"타요!"

"아앗!"

나는 매캐한 연기가 오르는 프라이팬을 보고 당황해서 허둥거렸다.

"주세요."

시트론은 내게서 뒤집개를 받고 프라이팬의 손잡이를 잡았다.

"못 쓰겠네요. 뒷면이 다 탔어요."

"미안……."

"그런 말씀이 어디 있어요. 이렇게 열심히 하시는데."

그러자 마릴린이 "맞아요!" 하며 맞장구를 쳤다. 그녀들은 시무룩한 날 보며 말했다.

"머릿속이 복잡할 수도 있지요. 아가씨에겐 너무 많은 일이 일어났잖아요."

"누아제가 된 영지민을 보살펴야지, 아탈란을 경계해야지, 잡혀간 샤를리나의 재판까지 신경 쓰셔야지, 삿된 자 때문에 미뤄진 로열 키친 경합도 준비해야지, 결혼도 생각하셔야지. 할 일이 얼마나 많아요."

"내가 그걸 다 할 수 있을까……."

우울한 얼굴로 고개를 숙이자 시트론이 날 주방 한쪽에 놓인 작은 간이의자에 앉히고, 무릎을 굽혀 시선을 맞추었다.

"못 해요."

"……."

"못 하는 게 당연한 거예요."

"……."

"남자친구에게 일이 생기면 우울한 게 당연한 거고, 가족이 납치될 뻔한 위기를 겪었으면 의기소침해질 수도 있고."

"……."

"그렇게 많은 짐을 어깨에 얹고 있으면 요리쯤은 태워도 돼요."

"시트론……."

"아가씨는 모든 일을 혼자서 끌어안으려는 경향이 있어요."

날 빤히 보던 시트론이 내 손을 다정하게 잡으며 조그맣게 중얼거렸다.

"그건 저희는 알지 못하는 과거의 경험 때문이겠지요."

마릴린도 영지민들로부터 대강 이야기를 전달받은 모양인지 의아한 기색이 없었다. 다정한 사람들이었다. 내게 일어난 일을 전부는 아니어도, 일부 눈치채고 있을 텐데 사용인들이나 가신들은 내색하지 않았다. 감당할 수 없는 일이라 쉬쉬하는 게 아니라 나를 위해서.

'내게는 이런 사람들이 있구나.'

이곳에서의 일 년간 나는 이토록 다정한 내 편을 만들었다.

"응. 혼자 할 수는 없는 일이네."

시트론과 마릴린은 빙그레 미소지었다. 그녀들을 보며 그런 생각이 들었다. 나는 더 잘할 수 있어. 더 많은 내 편을 만들 수 있어.

—그런 생각.

* * *

프렌시프 군의 주축인 칼립스는 오랜 세월 나베리우스의 곁에서 영지에 헌신한 군인이었다. 나고 자란 고향을 사랑했고, 고향을 굳건히 지켜온 프렌시프 일가에 충성했다. 그랬기에 군사들 중 가장 처음으로 성식을 섭취했으며 동시에 가장 많은 성식을 먹은 인물이기도 했다.

누아제 중 제일 진행이 빠른 그는 세니아나와 함께 황도에 올라왔다.

"크……."

저택의 사용인들에게 간호를 받던 그가 시트를 말아 쥔 채, 신음했다. 누아제가 아닌 사람을 보면 저도 모르게 공격적이 된다. 살해욕구가 번뜩, 고개를 들 때면 눈앞이 캄캄해졌다. 침대에 엎드려 누워 사람의 기를 읽지 않으려 애쓰는데 순간, 커튼을 치는 소리가 들려왔다.

'하녀인가.'

칼립스가 지내는 병실은 진행 빠른 누아제 중에서도 실력이 좋은 기사들이었다. 그는 이불을 걷어 내며 인상을 찌푸렸다.

"위험하니 들어오지 말라고 분명히……."

"아……."

새빨갛게 충혈된 그의 눈과 커튼을 친 하녀의 눈이 마주쳤다.

"아가씨가 기사님들은 햇빛을 많이 보아야 한다고 해서……."

황도 저택 총집사의 딸인가. 아가씨 곁에서 하루 종일 종알거리던 것을 본 기억이 있었다. 칼립스는 땀으로 젖은 머리칼을 쓸어올리며 고개를 끄덕였다.

"내가 할 테니 너는 나가 봐라."

"아니에요, 제가, 앗!"

고집스레 다른 커튼을 치려다가 커튼 걸이를 엉키게 만들었다. 마릴린이 얼른 창틀에 올라가 커튼 걸이로 손을 뻗었을 때였다. 순간, 균형을 잃고 휘청였다.

'넘어진다!'

놀라서 눈을 꽉 감았는데.

"어……?"

단단한 것이 허리를 감쌌다.

"위험해."

"……."

"……?"

"섹시해……."

무심코 중얼거리자 칼립스는 미간을 좁혔다.

"뭐?"

마릴린은 멍하니 그를 내려다보았다. 땀에 젖어 반질반질 빛나는 약간 짙은 근육이라든가, 나른한 눈, 낮은 목소리.

"너, 침."
입을 헤, 벌리고 있었더니!
마릴린은 새빨개진 얼굴로 입을 가렸다.
"아니, 그게 그러니까!"
"나 참."
칼립스는 픽 웃으며 손등으로 가볍게 그녀의 입술을 문질렀다. 그러한 찰나에.
"둘이 뭐 해?"
세니아나의 목소리가 들렸다. 그녀의 곁엔 음식 트레이를 밀고 있는 시트론이 보였다.
"오빠."
시트론의 말에 칼립스는 마릴린을 가볍게 들어 바닥에 내려 주곤 허리를 굽혔다.
"아가씨를 뵙습니다."
"으응, 나를 뵙기 전에 뭐 하고 있었어?"
"이 아이가 넘어질 뻔해서 도와주었습니다."
"그으래?"
세니아나는 장난스러운 얼굴로 몽롱한 표정의 마릴린을 쳐다보았다. 그녀의 시선을 느낀 마릴린은 퍼뜩 놀라 소리쳤다.
"네! 저를 도와주셨어요."
"흐음, 그렇구나."
"정말, 정말로 도와주시기만!"
"응, 그래."

세니아나가 시트론을 보며 “이건 아무래도 마릴린이 먹여 주는 게 좋겠지?” 하고 물었다. 시트론은 웃음을 삼키며 대답했다.

“아무래도요.”

“시트론 님~! 그런 게 아니라니까요.”

“네네.”

*　　*　　*

나는 칼립스와 기사들에게 음식을 나눠 주고 나온 마릴린을 슬쩍 보며 말했다.

“나 모르게 연애도 하고 말이야.”

“여, 연애라니요!”

“좋을 때야.”

“아가씨!”

“어휴, 난 남자친구와 어떻게 될지 모르겠는데 여긴 봄이네.”

그러자 시트론이 “그렇네요.” 하며 쿡쿡 웃었다. 마릴린은 새빨개져선 “정말…….” 하고 웅얼거렸다.

“연애는 무슨. 그런 거 아니에요. 그런데…… 시트론 님은 칼립스 님과 잘 아는 사이인가 봐요?”

“같은 마을에 자랐거든요. 제가 부모님을 잃었을 무렵 칼립스도 키워 주신 할아버지를 보내드렸어요. 그러다 보니 서로 의지하는…… 물론, 완전히 형제 같았지만요.”

“형제?”

"남매도 아니고 형제요. 불안해하지 않으셔도 된답니다."

우리는 킥킥 웃으며 복도를 걸었다. 마릴린은 시트론을 힐끔힐끔 보면서 물었다.

"하지만 칼립스 님은 저렇게 멋지신데 전혀 마음이 없으셨던 건가요? 저기, 시트론 님. 절 생각하셔서 하는 말씀이라면 정말로 ─ !"

"절대! 절대로요. 칼립스의 어디가 멋진지도 모르겠는데요."

"말도 안 돼! 엄청 멋지시잖아요. 제국에서 제일 잘생겼다는 도미니크 저하보다……!"

나는 "에엥!" 소리치며 마릴린을 보았다.

"도미니크가 더 멋져."

"하지만 남자는 얼굴이 다가 아닌걸요. 목소리라든지……."

"도미니크의 목소리가 얼마나 멋진데!"

"성격도."

"좋단 말야."

나는 흥분해서 "정말로!" 하고 소리쳤는데, 왜인지 마릴린과 시트론에겐 대답이 없었다. 의아해진 나는 그녀들이 보는 방향을 향해 시선을 돌렸다.

'헉.'

왠지 무섭다. 란슬롯과 가웨인이 눈을 가늘게 뜨고 날 쳐다봤다.

"아, 그래?"

"그렇게 멋졌나. 도미니크가."

어쩐지 목소리가 싸늘한 것 같아서 난 무심코 뒷걸음질 쳤다.

"아니……. 사실이잖아요……."

"나보다?"

가웨인이 물었다. 나는 대답 없이 눈을 도르륵 돌렸다.

"……."

"하, 말도 안 돼. 장난이지?"

"……."

"어디가!"

"오빠는 좀…… 무섭게 생겼잖아요."

"도미니크는 아니야?!"

"저하는 무섭진 않은……."

"그럼 형은!"

가웨인이 란슬롯의 어깨를 끌어안으며 물었다. 란슬롯은 아주아주 상냥하게 웃으며 고개를 모로 꼬았다.

"궁금한걸."

"그 오빠는, 뭐랄까, 그림 같은, 으으음……. 잘생겼지만요."

나는 당황스러워서 시트론을 보며 "그, 그렇지?" 하고 물었다. 시트론은 대답 없이 고개를 수그렸다.

"제깟 게 어떻게 도련님과 저하의 외모를 평하겠습니까."

우와, 치사해! 나는 "배신자!" 하며 그를 보았고, 오빠들은 양쪽에서 내 손을 잡았다.

"그렇다니까 네게 자세히 이야기를 들어야겠네."

"살살해라, 가웨인."

"으아아, 잘못했어요!"

나는 울상을 짓다가 구원자를 발견하고 "아빠!" 소리치며 후다닥 달려갔다. 아빠의 허리를 끌어안고 등 뒤에 쏙 숨어 경계 어린 눈으로 그들을 바라보았다.

"무슨 일이냐."

"괴롭혀요……."

아빠가 싸늘한 시선으로 란슬롯과 가웨인을 쳐다보자 가웨인은 큼, 헛기침을 하며 말했다.

"장난을 치던 중이었습니다."

"무슨 장난이기에 동생의 입에서 비명이 나오게 해."

"세니아나는 도미니크 황자가 그렇게 잘생겼다더군요."

"……."

아빠가 날 힐끔 쳐다봤다. 정말이냐고 묻는 것 같아서 난 고개를 끄덕였다.

"잘생기긴 했지요?"

"……."

아빠는 여느 때처럼 표정이 없었다. 나는 해맑게 "그렇죠?" 하고 물었다.

20장

누아제가 된 병사들까지 살핀 뒤에 난 방 안에서 내내 고민했다. 시트론, 마릴린과 주방에서 나눈 대화가 머릿속을 떠나지 않았다.

'그래.'

나 홀로 모든 것을 처리할 수는 없다. 아빠와 오빠들, 그리고 주변 사람들이 날 생각한다는 이유로 홀로 많은 일을 끌어안으려고 한다면 난 몹시 서운할 것이다. 결심을 마친 뒤 아빠를 찾아갔다. 밤이 늦었지만 집무실엔 불이 켜져 있었다. 똑똑, 노크하며 고개를 빼꼼 내밀었다.

"들어가도 돼요?"

"그래."

난 헤헤 웃고 의자를 끌어와 아빠의 책상 앞에 앉았다.

"드릴 말씀이 있는…… 그건 뭐예요."

아빠가 책상 위에 사진 같은 그림을 올려 두었다.

"도미니크 나이의 나."

"아빠요?"

"그래."

"……?"

그런데 이걸 왜 보여 주시지요? 난 고개를 갸웃하며 사진을 들었다.

'와.'

인화한 마법사가 건드린 것이 아니라면 정말로 제국의 절세 미남이라 불릴 만한 외모였다. 매끈한 피부라든지, 긴 눈매, 그 속에서 묘한 이채를 띤 눈동자, 오뚝한 콧날과 약간 얇지만 보기 좋게 자리 잡은 입술, 칼날로 뚝 베어 놓은 것 같은 턱선.

'선생님이, 아니, 엄마가 왜 그런 말을 하셨는지 알겠다.'

[선생님은 첫사랑의 어디에 매력을 느끼셨는데요?]

잠시 고민하던 엄마는 아주 단호한 말투로 말했다.

[얼굴.]

그리곤 몹시 진지한 표정으로 덧붙였다.

[그만하면 성격이 더러워도 데리고 살 수 있을 것 같았거든.]

대체 어느 정도일까 싶었는데, 고개가 절로 끄덕여지는 모습이었다.

"근사하다."

내가 중얼거리자 아빠는 날 흘깃 보며 말했다.

"도미니크보다?"

"네?"

"……."

"……?"

난 어리둥절한 표정으로 아빠를 보았다.

'잘못 들었나.'

사진을 내려놓고 자세를 고친 후 다시 그와 시선을 맞추었다.

"그보다 드릴 말씀이 있는데요."

"……."

어쩐지 못마땅한 눈빛이었지만, 그는 이내 고개를 끄덕였다.

"부탁드릴 게 있어요."

그가 대수롭지 않은 표정으로 고개를 끄덕여서 난 냉큼 손가락 세 개를 폈다.

"세 가지."

"세 가지나?"

"네……."

아빠가 눈을 가늘게 뜨곤 "일단 들어 보지." 하고 말했다.

"첫 번째는, 샤를리나의 처분이에요."

"사형."

아빠의 말투가 차가워졌다.

"그 외에 다른 결정은 있을 수 없어."

샤를리나는 지금껏 못 할 짓을 많이 했다. 아탈란에서 명을 받고 천에 가까운 수의 영지민을 죽였고, 제 정체를 숨기려 충성스러운 사용인들의 숨을 끊어 냈다. 뿐만 아니라 몇 번이고 날 해치려고 한데다가 영지에 아탈란의 신관과 성기사들을 끌고 왔으니, 아빠는 단호할 수밖에 없을 터였다.

"알아요. 다만 사형의 이유에 어머니, 그러니까 미아의 납치와 살해가 포함되어야 한다는 뜻이에요."

"너……!"

나는 결연한 표정으로 고개를 끄덕였다.

"두 번째 부탁과 연관된 일이죠. 아빠, 저는 더 이상 엄마를 숨기고 싶지 않아요."

"……."

"제가 '미아의 딸'이란 것을 공표해 주세요."

"그게 명분이 되어 황실의 개가 될 수도 있어."

알고 있다. 그렇다고 해도 나는 우리 엄마를 숨기고 싶지 않았다. 엄마의 죄를 짊어져야 할지언정.

"그리고 세 번째는……."

나는 손을 꼼질꼼질 매만지다가 아빠를 슬쩍 쳐다봤다.

"도미니크와의 사이를 인정해 주세요."

"안 돼!"

아빠의 목소리가 짐짓 엄해지는 것과 동시에 문이 벌컥 열리고 오빠들이 들어왔다.

'듣고 있었어?'

가웨인은 "말도 안 되는 소리!" 하며 길길이 날뛰었다. 란슬롯도 드물게 굳은 얼굴로 내게 다가왔다. 란슬롯이 한쪽 무릎을 굽히고 내 손을 잡았다.

"황제에게 도미니크와의 결혼을 청한 건 황태자와 4황자의 청혼을 물리기 위한 계책이었어. 그렇지?"

"……."

그렇게 말하고 아빠와 오빠들의 허락을 얻어 내긴 했지. 나는 눈을 도르륵 굴렸다.

"하지만 이미 청한 일이고…… 엎지른 물은 다시 담을 수 없기도 하고……."

"물이 엎질러졌으면 새로 따르면 될 일이야."

가웨인도 맞장구를 쳤다.

"아직 열아홉이라고, 너."

아빠와 란슬롯이 고개를 끄덕여서 환히 웃었다.

"저 이제 곧 생일이잖아요!"

가웨인은 움찔하더니 다시 눈을 부릅떴다.

"황태자와 황자의 청혼서도 완전히 물린 게 아니고……."

"그건 곧 처리될 텐데요."

"누아제가 된 영지민과…… 그래! 조부님의 몸 상태도……."

"영지민들은 차도를 보이고 있어요. 할아버지께도 좋아하시는 음식 잔뜩 만들어 드리고 왔으니까 곧 회복하실 거예요."

가웨인은 더 할 말이 없는지 "크윽." 신음하다가 아빠를 쳐다봤다. 테이블을 툭, 툭, 두드리던 아빠가 천천히 입을 열었다.

"아직 네 오빠들도 결혼 전이지 않으냐."

"아……."

큰오빠 란슬롯이 결혼도 안 했는데, 막내인 내가 먼저 약혼하는 건 보기에 좀 그런 걸까. 가웨인과 란슬롯은 아빠와 시선을 교환하다가 나를 쳐다봤다.

"그래, 아직은 이른 얘기야."

"찬물도 위아래가 있는 법이다, 동생아."

걸핏하면 형에게 대드는 아우가 자랑스레 말했다.

* * *

아빠와 오빠들은 '세 번째 부탁'에 몹시 단호했다. 결국, 난 그것과 관하여는 별 소득 없이 방으로 돌아왔다.

'그럼 어떻게 한담.'

황제도 난색, 우리 가족도 난색. 가족들의 동의가 없으면 약혼조차 힘들 텐데. 잠옷으로 갈아입고 침대에 배를 깔고 누운 난 통신석을 매만지며 고민했다.

'더는 도미니크를 황궁에 두고 싶지 않아.'

황태자를 제외한 길라게온의 황자들은 결혼 후 작위를 받고 황궁 밖에서 가정을 꾸린다. 그에게 황궁은 감옥 같은 곳이었다. 삿된 자의 힘과 싸우고 있는 지금은, 훨씬 위험한 곳이 되었고.

'황태자나 미카엘 측에 그걸 들키면 어떻게 될지 몰라.'

그때는 할아버지가 직접 나서도 구할 수 없을 터. 내가 이번에 그와의 관계를 밝힌 이유도 그 때문이었다. 나는 끙끙 신음하며 중얼거렸다.
“어렵다, 연애…….”
원래 이렇게 어려운 거야?
시무룩하게 중얼거리고 있는데 통신석이 깜빡였다.
‘도미니크의 코드!’
나는 냉큼 통신을 연결했다.
“저하!”
[예.]
“폐하와는 이야기를 잘 끝내셨어요?”
[예.]
아닐 텐데. 나를 위한 그의 거짓말이 쓰라려서 난 한숨을 내쉬었다.
[프렌시프는 어떻습니까.]
“누아제가 된 사람들이요? 아니면 영지 복구? 우리 결혼에 대한 가신들과 귀족들의 의견이요?”
[당신.]
나는 멈칫하고 통신석을 꽉 쥐었다. 내가 도미니크를 청했던 그날, 황제는 말을 삼켰다. 그리고 난 그가 무슨 말을 삼켰는지 짐작할 수 있었다. 도미니크의 무엇이 헬리오스나 미카엘과 다르냐고.
그가 생각하는 도미니크의 ‘다른 점’은 오직 정치적 견해일 것이다. 그리고 사실 나도 그가 수많은 남자와 뭐가 다른지 정확히 알 수 없었다. 그저 막연하게 그가 꿈속의 소년이라서, 이제껏 나를 도와준 사람이라서, 내게 다정한 사람이라서 좋다고 생각했다. 그런데 이제 보니 알겠다, 도미니크가 좋은 진짜 이유를.

그에겐 오직 나뿐이다. 궁금한 것도, 염려하는 것도. 그를 아프게 하고 슬프게 하며, 또 행복하게 할 수 있는 것도 오직 나뿐이었다. 그의 물음은 언제나 나였다.

"보고 싶어."

내가 중얼거렸을 때였다. 창문에 무언가 부딪치는 소리가 들렸다.

"아, 설마."

[…….]

"아니죠?"

[글쎄요.]

"말도 안 돼. 이런 거 드라마에서만 봤단 말이에요."

나는 얼른 테라스의 창문을 활짝 열었다. 아래에 있는 인물을 보고 난 입을 틀어막았다.

"아, 진짜……."

"이번에도 내가 빨랐습니다."

"뭐가?"

"먼저 보고 싶었거든."

"아니, 대체 어떻게 온 거람. 경비병들이 순순히 문을 열어 줘요?"

"프렌시프 령에 있는 어린 아들이 내 덕에 살았더라고. 은혜는 입혀 둘 만하군요."

내가 난간을 꽉 잡은 채 몸을 기울이자 그가 미간을 좁혔다.

"위험해."

"진짜 신기하다. 실제로는 이런 기분이구나. 갑자기 찾아오는 거."

"위험하다니 ―"

그때 인기척 소리가 들렸다. 나는 깜짝 놀라서 통신석에 속삭였다.

"순찰병들 중에도 은혜를 입혀 둔 사람 있어요?"

[글쎄요.]

위에 있던 나는 도미니크 쪽으로 가고 있는 사람을 볼 수 있었다.

'빅터, 카터 형제다!'

으아아. 저들은 은혜를 입었어도 얄짤 없다. 황자고 뭐고 침입자는 즉시 두드려 팰 것이다. 나는 얼른 포털을 열어 그를 내 방으로 옮겼다. 테라스 안으로 이동한 그가 잠시 휘청이더니 중심을 잡았다. 난 재빨리 테라스 문을 닫고 커튼을 쳤다.

"안 봤겠죠?"

"쫓아오지 않는 걸 보면요."

"정말이지. 이렇게 오면 어떻게 해요."

"싫습니까?"

"아니요, 좋아서! 그런데 정말로 왜 오신 거예요? 그냥 내가 보고 싶어서? 진짜, 진짜?"

도미니크는 픽 웃곤 내 뺨을 매만졌다.

"오늘 프러포즈 받았잖습니까."

"아……."

[폐하, 아드님을 제게 주세요.]

나는 얼굴이 조금 붉어진 채로 헛기침을 했다.

"그건…… 그러니까……."

어떻게 변명할까 하다가 그의 눈빛을 보고 늦었다는 걸 깨달았다. 나는 입술을 삐죽이며 말했다.

"그건 내가 빨랐네요."

도미니크는 나를 지그시 보곤 낮은 목소리로 물었다.

"당신이 살던 곳에선 프러포즈를 어떻게 합니까."

"프러포즈요? 으음…… 무릎을 꿇고, 반지를 주고, '결혼하자' 하지요."

도미니크는 천천히 내 앞에 무릎을 굽혔다.

"……!"

난 깜짝 놀라서 그의 어깨를 잡았다. "저하!" 소리치자 그는 아주 아주 조심스럽게 내 손을 잡았다.

"나는 당신처럼 재밌는 사람을 본 적이 없습니다."

"……내가 웃기다는 거예요?"

그는 쿡쿡 웃고 말을 계속했다.

"당신처럼 사랑스럽고, 사랑하는 사람도 내 인생엔 없었어요."

"치……. 거짓말, 전 애인들은?"

그가 잠깐 당황했다.

"그건 폐하의 명으로 선을 본 거고, 어쩔 수 없이……."

"거짓말쟁이."

"첫사랑도 마지막 사랑도 당신일 거예요."

나도 쪼그려 앉아서 양손으로 턱을 괴고 그를 흘겨보았다.

"거예요? 아닐 수도 있다는 거네요."

"……프러포즈가 원래 이런 겁니까? 하다가 싸우는 연인도 있습니까?"

나는 킥킥 웃고 "알았어요." 하고 고개를 끄덕였다.

"계속하세요, 저하."

그는 잠깐 한숨을 내쉬고 말을 이었다.

"당신과 함께라면 평생을 재밌고, 행복하게 보낼 것 같은데."

"글쎄요~"

내가 자꾸 장난을 치자 그의 눈이 가늘어졌다. 그는 내 뺨을 가볍게 잡고 약간 골이 난 듯한 눈빛으로 쳐다봤다.

"아니, 부끄러우니까…… 난 프러포즈는 처음이라서."

"두 번째면 안 될 텐데?"

"그렇긴 하지만, 그래도 어색하단 말이야."

도미니크는 내 눈을 지그시 응시했다.

"결혼하자."

"……."

"내 곁에 있어 줘."

나는 입술을 살짝 베어 물고, 손을 살짝 내려 그를 곁눈질로 보았다.

"맨입으로?"

"어떻게 할까요."

"뭐, 그런 거 있잖아요. 설거지는 누가 할 건지, 외식은 한 달에 몇 번, 이런 구체적인 거."

"설거지는 하인이 할 테고, 외식은 원한다면 매일 하죠."

"으음……, 그것만으론……."

"내 인생을 다 줄게."

그의 눈빛이 진지해졌다. 나는 손을 무릎에 포개고 그를 빤히 바라보았다.

"세나."

"……."

"세나야."

"응."

"네 전부를 달라고 하지 않을게. 내가 첫 번째가 아니라도 좋아. 너는 하고 싶은 일을 모두 해."

"……."

"요리사가 되어도 좋고, 산적이 되겠다고 해도 함께 산채로 들어갈게."

"……."

그가 내 손등에 입술을 맞댄 채 말했다.

"결혼해 주십시오."

그는 애원하듯 덧붙였다.

"부디."

—하고.

나는 붉어진 얼굴을 양손으로 숨기고 그를 곁눈질로 힐끔힐끔 쳐다봤다.

"생각해 볼게요……."

그러자 눈이 가늘어진 도미니크가 내 턱을 끌어와 다정히 입을 맞추었다. 입술이 부드럽게 뭉개지고 달콤한 숨결이 느껴졌다. 오늘의 입맞춤은 평소와 달랐다. 아주아주 다정하고도 깊고, 어쩐지…….

'야, 야해!'

한참을 그에게 끌려다녔더니 숨이 차서 어깨를 쿵쿵 내리치자 겨우 입술이 떨어졌다.

"더 장난쳐 보든가."

그가 짓궂은 표정으로 "프러포즈에 관한 답변은?" 하고 물어서 난 붉어진 얼굴로 웅얼거렸다.

"좋아요. 결혼하자."

그렇게 말하며 그의 목을 확 끌어안았다. 도미니크는 이제껏 본 적 없이 아주아주 환히 웃었다.

*　　*　　*

다음 날 아침, 뜬 눈으로 하얗게 새벽을 보낸 난 침대에 누운 채 이불을 끌어안았다.

'나 어제…… 프러포즈 받았어.'

왼손 약지에 그가 끼워 준 반지가 반짝였다. 반지를 끼워 준 후 약지에 입 맞추던 그는 엄청 달콤했다. 멍하니 반지를 쓰다듬다가 "아가씨." 하는 음울한 목소리를 듣고 눈을 떴다.

"시, 시트론, 마릴린!"

"행복하신가요……."

"행복하시군요……."

두 사람은 퀭한 눈으로 각각 자신의 팔을 주물렀다.

"……미안."

내가 헤헤, 어색하게 웃자 두 사람은 동시에 한숨을 푹 내쉬었다. 동틀 무렵, 난 그를 이동시켰다. 황궁엔 결계가 있으니 포털을 열어 줄 수 없어서, 그가 타고 온 말이 있는 뒷문으로 이동시켰다. 그런데 혼자 보내는 건 너무 아쉬워서 뒷문에서 한참 시간을 보내다가 마일로에게 들켰다.

마일로는 아빠와 오빠들에게 일러바치진 않았지만, 다른 면에서 날 곤란하게 했다. 나를 제대로 보필하지 못한 전속 하녀들을 몇 시간이나 벌세운 것이다.

"열두 살 이후로 팔 들고 벌서는 건 처음이에요."

"저도 아주 오랜만이었어요. 그것도 두 시간이나."

두 사람이 음울하게 중얼거려서 난 손을 꼼지락거리다가 어색한 얼굴로 말했다.

"소갈비 해 줄까?"

"……."

"……."

"붕어빵도 만들어 줄게."

"……호떡보다 맛있나요?"

"……그런가요?"

나는 냉큼 고개를 끄덕였다.

"붕어빵에 팥도 넣고, 슈크림도 넣어 줄게. 엄청 맛있을걸!"

그들은 큼, 헛기침을 하며 말했다.

"네 개 해 주시면 안 되나요? 두 개는 칼립스 님께 드려도 돼요?"

"그럼 저도 네 개."

나는 활짝 웃으며 "좋아!" 하고 말했다. 그렇지 않아도 누아제가 된 사람들에게 소갈비와 간식을 만들어 줄 생각이었다.

'그리고 달랠 사람도 있고.'

황궁에. 나는 곧장 세수를 하고 옷을 입었다.

* * *

그 시각, 프렌시프의 남자들은 몹시 기분이 좋지 않았다. 세니아나는 보고가 들어가지 않았다고 생각했지만, 프렌시프의 경비는 그리 만만한 것이 아니었다. 도미니크가 몰래 저택에 숨어들어 새벽녘까지 세니아나와 함께 있었다는 것은 이미 그들 귀에 들어갔다.

'빌어먹을.'

'제기랄.'

'개자식.'

즉시 불호령을 내려 쫓아내면 세니아나에게 미움받을까 나서지 못했지만 언짢은 기분이 도무지 나아지지 않았다.

"그 새끼를 어떻게 죽이지."

"쳐죽일 놈."

"……."

세 남자가 살해 계획을 세우고 있던 그때, 마일로가 급히 들어왔다.

"주인님, 손님이 오셨습니다."

"예정도 없이 온 자는 받지 않는다."

"하지만……."

마일로가 곤란한 얼굴로 중얼거리다가 문을 힐끔 쳐다보았다. 아서와 란슬롯, 가웨인의 시선이 문가로 향했다. 그리고.

"저 새 — 아니!"

가웨인이 벌떡 일어나 불청객을 쳐다보았다. 도미니크였다.

"좋은 아침입니다, 아버님."

"……예고도 없는 불청객이 내 집을 막무가내로 들어왔는데 좋은 아침일 리가."

그가 대답하자 도미니크는 약간 긴장한 얼굴로 허리를 구부렸다.

"예뻐해 주십시오, 아버님!"

가웨인은 당황한 얼굴로 그를 쳐다봤고, 아서는 싸늘한 눈빛이었다. 얼어붙은 듯한 고요 속에서 먼저 말을 꺼낸 사람은 란슬롯이었다.

"황망한 말씀 거두어 주십시오. 제왕께 충성하는 것이 도리인 저희가 어떻게 제왕의 핏줄을 어여삐 여길 수 있겠습니까."

미소짓고 있으나 그것은 완곡한 거절이었다. 도미니크는 허리를 깊게 굽히며 말했다.

"저는 귀댁의 금지옥엽을 포기할 마음이 없습니다."

속을 알 수 없는 눈빛으로 도미니크를 주시하던 아서가 천천히 입을 열었다.

"가문의 사정을 알고 계실 테니 긴 설명은 하지 않겠습니다. 우리는 한 번 그 아이를 잃었고, 다시 만난 지 겨우 일 년입니다."

도미니크가 의자에서 몸을 일으키는 아서를 바라보았다. 도미니크의 앞에선 아서는 아주 낮고도 또렷한 목소리로 말을 계속했다.

"그렇다 한들 언제까지 품에 끼고 살 수는 없을 겁니다. 언젠가는 다른 사내의 품에 그 아이를 보내야 한다는 것을 저는 알고 있습니다."

"……."

"다만, 그 사내가 제 딸의 안전한 쉼터가 되어 주길 바랍니다."

"……."

"필연적으로 황위 싸움에 얽혀 내 딸에게까지 검 끝을 향하게 할 사내가 아니라."

"……."

"그릇된 핏줄이라 여겨져 전장을 전전한 살인귀가 아니라."

"……."

"유년의 기억으로 감정이 메마르고, 오직 살아남는 것이 목표인 가련한 자가 아니라."

아서의 눈빛이 도미니크의 몸 곳곳에 닿았다. 목 끝으로 올라온 실금 같은 상처 자국, 가라앉은 눈빛, 타고 남은 재와 같은 청회색 눈동자. 가만히 그를 눈에 담던 아서는 물었다.

"저하께선 제가 바라는 사내이십니까."

"……아닙니다."

"포기하십시오. 전 나라가 두 쪽이 날지언정 딸의 행복을 포기할 수 없습니다."

아서의 양옆으로 선 란슬롯과 가웨인의 표정은 차갑고도 무거웠다. 도미니크가 그들 앞에 부복했다.

"무슨-!"

가웨인이 소리치자 고개를 든 그가 아서의 눈을 응시했다. 도미니크가 부복하며 말했다.

"제가 황실의 핏줄이라 저어되신다면 자리를 버리겠습니다."

"……."

"제 사람 하나 지키지 못할 나약한 사내라 여겨지시면 황위에 오르겠습니다."

"……."

"뭐라도 합니다, 저는. 그 어떤 벽이라도 뛰어넘을 생각입니다."

팔짱을 끼고 있던 아서가 느른히 물었다.

"뛰어넘지 못할 벽이라면. 산맥이고, 해일이라면."

"부숴서라도."

얼어붙은 분위기 속에서 란슬롯은 환히 웃었다. 그러자 가웨인은 인상을 쓰며 제 형의 팔을 툭 쳤다.

"이 상황에서 웃음이 나와?"

란슬롯이 어깨를 으쓱했다.

"벽도 뛰어넘고, 산맥이며 해일은 부순다는 분을 어떻게 말리겠습니까."

"뭐?! 형, 너!"

가웨인이 소리치기 무섭게 란슬롯이 다시 입을 열었다.

"열심히 해 보십시오. 잘될지는 모르겠으나."

"형!"

"저쪽은 저쪽 일을 하면 되고, 우리는 우리 일을 하면 되는 거지."

그러며 의뭉스러운 표정으로 도미니크를 흘긋 바라보곤 말했다.

"기사들이 마구간의 건초더미를 옮기고 있다고 했나."

"이 상황에서 무슨―"

"묻잖아."

"……뭐, 병영 마구간에 문제가 생겼다고는 하더군. 기병 훈련이 코앞이라 기사들까지 자원해서 마구간을 수리 중이라던데."

"이거 곤란한걸."

란슬롯이 가웨인을 힐끔 쳐다보았다. 가웨인은 잠시 어리둥절한 표정이었으나, 이내 "아!" 하며 고개를 끄덕였다.

"그렇지, 곤란하지!"

그들의 속내를 눈치챈 도미니크가 가는 한숨을 내쉬고 손을 들었다.

"그럼 제가."

"무슨! 어떻게 저하께 그런 부탁을 하겠습니까. 곤란한 말씀은 거두시고 환궁하시죠."

"아닙니다. 프렌시프의 기병은 훌륭하다는 평판이 자자하니 황궁의 발전을 위해 훈련법 등을 살피고 가겠습니다."

"정 그러시다면야……. 가웨인, 안내해드려라."

가웨인이 히죽 웃었다.

'하여간 독사라니까.'

사내란 팔을 걷어붙이고 말리면 오히려 불이 붙는다. 오기가 생겨서 어떻게든 난제를 해결하겠다고 들 터. 자존심이 상해야 스스로 나가떨어지지.

"안내해 드리죠."

가웨인이 문을 열어 주자 도미니크는 아서에게 또 한 번 허리를 굽히곤 문을 나섰다.

* * *

'강적이다.'

네 시간째 이어진 마구간 수리를 지켜보던 가웨인의 얼굴이 점점 새파래졌다. 란슬롯의 표정도 드물게 좋지 않았다. 근사한 얼굴에 땀이 송글송글 맺히고, 머리칼은 약간 젖은 데다 너무나 필사적이라 오히려 기사와 사용인들이 당황했다.

"저하, 망치질은 저희들이 하겠습니다."

“됐어. 너희는 목재를 더 가져와라.”

‘저 미친놈이!’

가웨인은 안절부절못했다. 기사들 사이에서 우왕좌왕하다가 이내 포기할 거라고 생각했던 도미니크는 겉옷까지 벗어 둔 채 수리를 돕고 있었다.

“이거 소문나면…….”

“소문이 나야 우리에겐 이득이지.”

“무슨 소리야?”

“황자 신분에 저택까지 와서 막노동을 했다는 얘기가 돌면 황궁에선 면이 상해서 길길이 날뛸 테고, 세니아나의 청혼은 당장에 물릴 거다.”

황제는 기분 나쁜 내색이야 하겠지만, 프렌시프를 벌하진 않을 거다. 그가 내린 명에 프렌시프는 강경책을 썼고, 황제 입장에선 어떻게든 구슬려서 관계를 돌이키고 싶을 테니까. 이건 좋은 구실이 될 것이다.

“게다가 이쪽에서 됐다는데 부득불 나선 건 황자 본인이고.”

그보다 문제는……

“세니아나가 알면?”

“…….”

란슬롯이 구겨진 얼굴로 짓씹듯 말했다.

“입단속 철저하게 해.”

“저 새끼…… 고단수인가.”

“누가 이기나 해보자고.”

가웨인은 눈빛이 싸늘한 제 형을 보며 한숨을 삼켰다.

* * *

쇠고기의 경우엔 돼지고기보다 살이 부드러워서 간이 쉽게 밴다. 나는 핏물을 뺀 쇠고기를 한 시간가량 재워 놓고, 바로 냄비에 넣었다.

'압력 밥솥이 있으면 좋겠지만, 없으니까…….'

냄비 뚜껑 위에 납작한 돌을 잔뜩 올려 두고 그대로 오븐에 넣었다.

"아가씨, 반죽은 이 정도면 될까요?"

"음, 좀 더 묽어도 돼."

"빵을 하는데요?"

"틀에 넣어서 구울 거라 괜찮아."

"네."

반죽을 잘 섞은 마릴린이 "여기요!" 하며 소리쳤다. 시트론은 그런 마릴린을 보며 쿡쿡 웃었다. 마릴린이 "왜, 왜요?" 하고 묻자 시트론이 어깨를 으쓱했다.

"오늘은 유난히 열심히시라."

"저, 저는 언제나 열심히 했거든요?!"

난 눈을 동그랗게 뜨고 물었다.

"정말?"

"그럼요!"

"난 칼립스에게 줄 거라서 그런 줄 알았는데."

"무, 무슨, 전혀 아니에요!"

말을 그렇게 하면서 얼굴은 새빨개졌다. 나와 시트론은 시선을 교환했다. 마릴린이 우물거리다가 "빠, 빨래를, 이, 잊었네!" 하며 주방에서 후다닥 도망쳐서 우리는 웃음을 터뜨렸다.

"귀여워라. 사랑하는 사람들은 왜 저렇게 항상 귀여운지."

마릴린 대신 반죽을 젓던 시트론이 중얼거려서 난 고개를 끄덕였다.

"그러게 말이야."

"아가씨도요."

"나?"

"요리하시면서 눈이 반짝반짝하신걸요. 이거 혹시 황자님께 드리려는 건가요?"

오븐 안을 살피던 내가 움찔하며 "아니!" 하고 소리치자 시트론은 "흐응." 하며 고개를 모로 꼬았다.

"아니시라고요?"

"아, 아닌, 아닌데!"

"그런가요?"

"아, 아니야!"

"정말?"

"……맞아."

내가 울상을 지으며 "아빠랑 오빠들한테는 비밀이야?" 하고 말하니 시트론이 깔깔 웃으며 고개를 끄덕였다.

"그럴게요. 그럼 병영으로 가실 거죠?"

"병영?"

"저하께서 병영에 계시잖아요?"

"정말? 왜?!"

"글쎄요. 듣기론 각하와 도련님들을 뵈었다고 하신 것 같은데."

아빠와 오빠들을 보고 병영에 갈 일이 뭐가 있지?

'뭔가 군사에 관해서 얘기할 게 있는 걸까.'

황자들은 어느 정도 나이가 차면 중앙 기사단 기사서임을 받는다. 가웨인처럼 기사단에 몰두하지는 않지만, 도미니크는 황태자나 미카엘에 비해 기사단과 관련한 공무가 많았다.

'아무튼 다행이다.'

식기 전에 전해 줄 수 있겠어. 음식은 갓 완성해 따뜻할 때가 제일 맛있으니까! 나는 헤헤 웃고 평소보다 열심히, 세심하게 요리했다. 겨울이 되기 전에 영지 대장장이들로부터 의뢰한 붕어빵 틀을 꺼내서 버터를 슥슥 발랐다.

"그런데 아가씨."

"응?"

"이 빵은 꼭 붕어 모양이어야 할 이유가 있나요?"

"왜인지 맛있어져."

"네?"

사실 빵을 틀에 구워서 그 안에 팥이나 슈크림을 넣는 것뿐인데, 붕어 모양이면 이상하게 맛있단 말이지. 중앙이 볼록하고 위아래로 갈수록 납작한 모양이라서 그럴지도 모른다.

'빵은 모양에 따라 미묘한 맛 차이가 나니까.'

내 말에 시트론은 "그게 뭐예요." 하며 킥킥 웃었지만, 난 진심이었다.

'비슷한 특징을 이용해서 색다른 요리도 할 수 있지 않을까?'

이제 장뤼크의 로열 셰프 경합을 도와야 하는데, 애피타이저나 디저트는 보조들이 맡는 경우가 더러 있다.

'대개 디저트를 맡는다고 했지.'

카렌듈라 후작의 갑작스러운 죽음과 삿된 자들의 일도 진정되었으니 조만간 경합을 치르겠지. 나도 집안일이 정리되는 대로 장뤼크를 도울 방법을 궁리해야겠다.

나는 얼마 지나지 않아 요리를 완성했다. 누아제가 된 사람들이 먹을 만큼 나누어 준 후에 도미니크가 먹을 양을 따로 담아서 쟁반에 올렸다. 요리에 돔을 씌운 후, 뜨겁게 달군 돌멩이까지 돔 안에 넣어서 식지 않게 했다. 그리고 병영으로 향했다.

"아우우, 춥다."

"마지막 달이니까요. 그래도 이번 주는 유난히 추운 것 같아요."

"응, 그러게."

나는 어깨를 부르르 떨며 시트론이 걸쳐 준 숄을 꽉 끌어안았다. 정원을 지나 병영 앞으로 가자 익숙한 인영이 보였다.

"오빠!"

가웨인과 란슬롯이 병영 안에서 걸어 나오고 있었다.

"세, 세니아나?"

가웨인은 조금 당황한 표정으로 나를 보았다. 나는 활짝 웃으며 그들에게 종종걸음으로 다가갔다.

“여기 계셨어요?”

“뭐, 그…… 렇지. 그런데 너는 웬일로?”

“그…… 러니까, 그게…….”

도미니크에게 주러 왔다고 하면 구박받을지도. 나는 고민하다가 병영 뒤로 보이는 유리관을 발견하고 “저거요!” 소리쳤다.

“유리관에서 먹으려고요. 하늘 구경하면서.”

내가 재빨리 변명하자 가웨인은 ‘정말이냐?’ 하는 눈빛으로 날 쳐다봤다.

“그건 뭔데.”

“소갈비요.”

“갈비라면 저번에 만든 그거?”

“그건 돼지갈비고요. 이건 소! 더 부드러워요.”

가웨인이 돔을 살짝 들어 보더니 “그 옆에 있는 건?” 하고 물었다. 붕어빵이었다.

“그건 붕어빵이라고 하는 거예요.”

“빵이라고, 이게?”

“특이한 모양이죠? 오빠들도 드셔 보실래요?”

내가 란슬롯을 쳐다보며 물으니 그는 빙그레 웃으며 고개를 끄덕였다.

“좋지.”

난 시트론이 든 쟁반에서 돔을 완전히 올리고 접시 위 붕어빵을 그들에게 하나씩 건넸다.

"큰오빠가 든 건 슈크림이고, 작은오빠가 든 건 팥이에요."
"팥?"
"콩처럼 생긴 건데 콩보다 더 달콤하고, 으음…… 일단 드셔 보세요."
붕어빵을 하나씩 든 란슬롯과 가웨인은 잠시 당황한 얼굴이었다.
"이건 어떻게 먹는 거지? 위에서 아래로? 아니면 생선을 먹을 때처럼 등 쪽으로?"
"아무렇게나요. 그냥 드시고 싶은 대로."
가웨인은 미묘한 표정을 짓더니 머리 위부터 단숨에 물었다. 란슬롯은 붕어빵의 중앙을 뜯어서 중앙부터 먹는 쪽이었다. 내가 히히 웃자 시트론이 "왜요?" 하는 표정으로 물어서 난 속삭였다.
"나는 머리부터 먹는 파거든."
붕어빵은 먹는 법을 보는 것도 재밌단 말이지.
가웨인의 눈이 동그래졌다.
"빵인데 따뜻해! 호떡 같은 거냐?"
가웨인은 호떡을 몹시 좋아했다. 일전에 내가 만든 호떡을 먹은 후로 가끔씩 주변을 어슬렁거리며 "따뜻한 게 먹고 싶은데." 하고 중얼거렸다. 그래서 따뜻한 밀크티나 커피, 차, 코코아 등을 추천하면 "그거 말고! 든든한 거 말야." 하고 말했다.

[그럼 스튜?]

[축축한 건 싫어.]

[고기를 구워 드세요.]

[그…… 밀가루로 된 거 말이다.]

[아~! 만두요!]

그때 시무룩해지던 가웨인의 얼굴이 기억난다. 한참 뒤에 란슬롯이 조언해 준 후에야 알았다. 호떡이 먹고 싶었다는걸.

"호떡과 비슷하면서 다르지요. 그건 기름기도 많고 너무 달아서 한두 개 먹으면 질리는데 붕어빵은 그렇진 않거든요."

"이쪽이 더 마음에 들어!"

"속에 팥 말고 이것저것 넣을 수 있어요."

"이것저것?"

"큰오빠가 먹는 슈크림이나 피자…… 또 불고기 같은 것도 넣을 수 있고…… 그리고!"

하나를 금세 해치운 가웨인은 "호오." 눈을 빛내며 고개를 끄덕이더니 란슬롯을 쳐다보았다.

"그거 맛있어?"

"너도 먹었잖아."

"슈크림 말이야."

"그래, 아주 맛있어."

란슬롯은 호떡보다 슈크림이 든 붕어빵이 더 마음에 드는 모양이었다.

'이거 괜찮은걸.'

슈크림이라면 황비들이 아주 좋아하는 것이다. 겨울이니 따뜻한 빵도 좋아할 거고, 황궁에서 선보이면 정말로 괜찮겠다. 가웨인이 "나도 줘 봐." 하고 란슬롯이 들고 있는 슈크림을 쳐다봤다. 란슬롯은 붕어빵을 흘깃 쳐다보더니 단숨에 입에 넣었다.

"치사하게!"

"더 있잖아. 달라고 하든지."

가웨인이 큼, 헛기침을 하며 말했다.

"그, 하나로는 맛을 잘 모르겠군."

"네?"

"내가 맛 평가를 해 볼 테니까, 그, 뭐, 하나 더 줘 보든지."

내가 대수롭지 않게 고개를 끄덕이며 슈크림 붕어빵을 집던 그 때였다.

"……저하?"

땀에 젖은 채 재킷도 입지 않고 병영에서 나오는 도미니크가 보였다. 시선이 마주치자 도미니크는 내게 가볍게 묵례한 후 란슬롯과 가웨인에게 다가갔다.

"끝냈습니다. 더 도울 일은 없겠습니까?"

돕다니? 마침 아빠까지 병영으로 다가오고 있었다. 나를 발견한 아서가 움찔하고 걸음을 멈추었다. 나는 미간을 좁힌 채 가족들을 쳐다봤다.

"이게 무슨 말이에요?"

*　*　*

프렌시프의 사내들은 생각했다. 동시에.

'큰일 났다.'

―하고.

가족들이 대답하지 않자 세니아나는 도미니크를 쳐다보았다.

"여기서 뭐 해요."

"프렌시프의 기마술을 배우는 중입니다. 도중에 마구간에 문제가 생겨 돕던 중이었고요."

"저하께서?"

"군의 훈련은 황자라 할지라도 쉽게 참여할 수 없습니다. 프렌시프의 일원으로 참여할 수 있는 기회를 놓치고 싶지 않아서ㅡ"

"그 몸으로!"

세니아나가 버럭 소리쳤다. 그녀의 얼굴은 창백했고, 굳어져 있었다. 가족들 앞에선 보인 바 없는 모습이라 모두가 당황했다.

일 났다, 정말로. 가웨인이 당황해서 허둥거렸고, 란슬롯이 곤란한 미소를 지으며 그녀의 손목을 잡았다.

"세니아나, 이번 일은 저하께서 강권하신지라 어쩔 수 없었어. 상황이 민망했기 때문에 우린 쌓여 있는 일도 뒷전으로 하고 저하를 지켜보고 있었거ㅡ"

"놓으세요."

"……뭐?"

"놔."

란슬롯이 당황하여 굳어지자 세니아나는 매정하게 그에게서 손을 빼냈다. 그녀가 도미니크의 손목을 거칠게 잡고 끌어냈다.

"가요."

"잠깐, 영애ㅡ"

"가자니까!"

세니아나가 또 한 번 소리치자 아서가 나섰다.

"세니아나."

"……저하는 아파요."

"뭐?"

가웨인과 란슬롯의 눈도 커졌다. 세니아나는 입술을 꾹 베어 물고 가족들을 쏘아보았다.

"영지에 삿된 자들이 왔을 때, 우리를 돕느라 몇 번이나 혼절했었어요. 내색도 없이."

"……."

"제게 아빠와 오빠들이 귀한 만큼, 아빠와 오빠들에게도 귀한 딸이고 동생이라는 걸 알아요. 하지만."

"……."

"내가 귀하다고 해서 남이 하찮은 건 아니잖아요."

세니아나가 눈물을 뚝, 뚝, 흘리자 프렌시프의 사내들은 말을 잃었다.

"아빠는 내가 도미니크를 좋아한다는 이유로 황제 폐하께 구박을 받아도 좋으세요?"

"그건—!"

"큰오빠는 몸이 이렇게 안 좋아도 폐하의 눈치를 보느라 내가 억지로 몸을 움직이길 바라는 거예요?"

"아니."

"작은오빠는 내 감정 때문에 타인에게 자존심 상하고, 비참해도 애써 괜찮은 척하는 걸 보고 싶어요?"

"절대!"

세니아나가 씨근덕거리며 가족들을 흘겼다.

"진짜 미워!"

흐어엉! 울며 도미니크를 끌고 가는 세니아나를 보며 가족들이 탄식했다.

"빌어먹을, 이게 다 형 때문이야."

"좋다고 말 맞춘 사람이 누구더라."

"너희들이 지금 싸울 때냐."

그들이 동시에 한숨을 내쉬었다. 란슬롯은 쟁반을 든 채 미묘한 표정을 짓고 있는 시트론을 바라보았다.

"세니아나를 잘 다독여 주어라."

"그러기야 하겠지만…… 외람되지만 한 말씀 올리자면."

그녀가 속으로 혀를 차며 패잔병 같은 몰골의 프렌시프 사내들을 둘러보았다.

"큰일 나셨습니다."

가웨인이 힘 빠진 목소리로 "네가 보기에도?" 하고 중얼거리자 시트론은 단호히 고개를 끄덕였다.

"망하셨지요."

……어떻게 하냐, 이거.

* * *

도미니크는 훌쩍훌쩍 우는 내 눈가를 엄지 끝으로 매만졌다.

"저는 괜찮다지 않습니까. 그만 우십시오."

"거기서 왜 그런 걸 하고 있어요!"

"기사들이며 하인들도 하던 일입니다."

"당신은 내 기사나 하인이 아니잖아!"

화가 나고, 미안하고, 면목이 없었다. 그가 날 좋아한다는 이유로 가족들에게 기를 펴지 못하고 종노릇을 하는 건 정말로 보고 싶지 않았다. 도미니크가 나를 끌어안으며 머리를 쓰다듬었다.

"이 정도 일은 애교지."

"……."

"프렌시프 공이나 경들이 정말로 나를 당신 인생에서 배제하려 했다면 나라가 두 쪽이 났을 겁니다."

"……."

"진심으로 나선 아서 프렌시프는 이렇게 녹록한 사람이 아니에요. 아시지 않습니까."

나는 입술을 삐죽 내밀고 고개를 숙였다. 그의 말이 맞다. 아빠나 오빠들이 진심으로 도미니크를 쫓아내려 했다면, 그는 저승에 있었을지도 모른다.

"공과 경들은 내 몸이 좋지 않다는 걸 몰랐고."

"……하지만."

"나라도 그럴 겁니다. 당신과 내 자식 곁에 위험 인자가 있다면 당신 가족들보다 더한 짓도 서슴없이 했을 거예요."

나는 그의 가슴을 퍽, 때리며 노려봤다.

"다시 이런 짓 하기만 해 봐. 나도 황궁에 가서 잡초를 잔뜩 뜯을 테니까. 막 폐하께 구박도 받을 거예요!"

도미니크가 픽 웃으며 "그건 너무 무서운 협박인데." 하고 미간을 좁혔다.

"누우세요."

"당신 방에서?"

"빨리! 식은땀 흘리잖아요."

나는 도미니크를 내 침대에 눕히고 이불을 끌어 올렸다.

"식사도 안 하셨죠?"

"아직입니다."

"저하 주려고 소갈비를 했는데……."

그녀가 우울한 목소리로 말을 이었다.

"너무 화가 나서 두고 왔어요. 어쩌죠?"

"그건…… 아쉽긴 하군요."

"주방에 조금 남긴 했어요. 가져올 테니까 여기 누워 계세요."

"예."

"믿을 수가 있어야지……. 절대로 움직이면 안 돼요. 약속."

새끼손가락을 내밀자 도미니크는 어리둥절한 얼굴로 내 손을 쳐다봤다.

"약속을 할 땐 이렇게 손가락을 거는 거예요."

그는 진지한 얼굴로 물었다.

"어기면 손가락 관절을 뽑아 버리겠다는 암시입니까?"

"그렇게 될지도 몰라요."

"……예."

나는 몇 번이나 그와 손을 걸고 방을 나섰다. 주방으로 가려다가 마주친 가족들이 날 불렀다.

"세니아나."

가웨인이 다급히 날 부르며 소리쳤다.

"이번 일은 우리의 실수—"

내가 싸늘한 눈빛으로 쳐다보자 그의 눈동자가 란슬롯 쪽으로 데루룩 굴렀다.

"—가 아니라 형의 실수야."

란슬롯이 그를 노려보았고, 난 인상을 찌푸리며 란슬롯 쪽으로 홱, 고개를 돌렸다.

"못됐어."

"아니, 세니아나, 그건—"

"흥!"

내가 다시 고개를 돌리고 주방으로 들어가자 세 남자가 나를 졸졸 좇아왔다.

"오해다, 막내야. '우리'는 저하의 몸이 미령하신 건 정말로 몰랐어."

"몰랐으면 그런 일 시켜도 돼요? 자존심 상하게 하려고 일부러 한 거죠?"

"저하께서 강권하시는지라 어쩔 수 없이……."

내가 팔짱을 끼고 그를 쳐다보자 그는 아빠에게로 시선을 돌렸다.

"—아버님께서 허락하셨어."

"아빠가요?!"

아빠는 굳은 얼굴로 란슬롯과 가웨인을 노려봤다.

"너무해요, 아빠."

"난 아무 말도 하지 않았다."

다시 오빠들을 쳐다보니 가웨인은 아빠의 시선을 피하며 말했다.

"침묵은 곧 허락…… 그 자리에 계셨지만, 아무런 말씀하지 않으신 건……."

"아무래도."

가웨인과 란슬롯의 협공에 아빠의 눈매가 매서워졌다.

"오해다, 세니아나."

나는 인상을 쓰며 세 남자를 보다가 남은 붕어빵을 챙겼다. 그러자 가웨인이 눈을 빛냈다.

"슈크림이 든 걸 내게 준다고 했지?"

"오빠."

"응?"

"당분간 제가 만든 것 못 드실 줄 아세요."

"왜!"

"왜?"

내가 눈을 부라리자 그는 시무룩한 표정으로 어깨를 떨구었다.

"아니……. 내가 미안하다고……."

그제야 난 시선을 거두었다.

*　　*　　*

세니아나의 화는 쉽게 풀릴 기미가 없었다. 도미니크가 돌아간 후에도 온종일 졸졸 쫓아다녔지만, 저녁이 되어서는 말도 섞어 주지 않았다.

"이제 어떻게 하냐고."

가웨인이 세니아나의 방을 흘끔거리며 묻자 란슬롯이 의자의 팔걸이를 검지 끝으로 툭, 툭, 두드리며 중얼거렸다.

"쉽게 풀리진 않겠지."

"그걸 누가 몰라서 물어? 저녁도 안 먹었잖아!"

세니아나는 화가 나면 일단 음식을 입에 대지 않았다. 그리고 그건 프렌시프 남자들이 가장 두려워하는 것이었다. 가뜩이나 작고 마른 녀석이 식사까지 하지 않으면, 삐쩍 곯아 뼈가 툭툭 부러질 것 같았다.

"빈혈이라도 생기면."

"속이라도 쓰리면."

형제가 음울한 목소리로 중얼거리자 차를 테이블에 내려놓던 마일로가 어색한 표정을 지었다.

"저, 도련님……?"

그들이 마일로를 쳐다보자 그는 단호히 말했다.

"저녁을 한 번 굶었다고 없던 병이 생기진 않습니다."

그러자 가웨인이 버럭 소리쳤다.

"아무것도 안 먹는데 병이 안 생긴다고! 저 녀석은 작고! 여리고!

연약하단 말이다!"

그 작고 여리고 연약한 아가씨가 삿된 자들과의 전투에서 누아 제들을 거의 쓸어 버렸다는 기억은 지워진 모양이었다. 세니아나의 공복 시위로 발을 동동 구르는 건 아서나 란슬롯, 가웨인뿐만이 아니었다.

시트론, 마릴린, 그리고 호위 기사들은 그녀가 쓰러지기라도 한 듯 야단이었다. 마릴린은 세니아나의 방 앞에서 거의 울부짖다시피 소리쳤다.

[아이고, 아가씨! 우리 아가씨 어쩌나!]

펑펑 우는 딸이 기가 막혀서 '너 애비가 한 끼 굶어도 그리 울 테냐?' 하고 묻자 그녀는 무슨 소리를 하느냐는 듯 눈을 희번덕 빛냈다.

[아빠는 좀 굶어야지. 뱃살 어떻게 할 거야, 뱃살! 성인병 걸린다고?]

[……]

[아이고, 아가씨! 우리 아가씨! 저 포악한 주인님과 도련님들! 작고! 연약하고! 여린! 우리 아가씨가 식사를 안 하시다니! 으허엉!]

빅터, 카터 형제나 고레일, 바커스도 발을 동동 굴렀다.

[쓰러지십니다, 아가씨!]

[차라리 저희가 굶겠습니다!]

난리가 아니었다. 눈을 가늘게 뜬 채 고민하던 란슬롯이 몸을 일으켜 아서 앞에 부복했다.

"아버님."

"……."

"가문을 위해 희생해 주십시오."

"뭐?"

"오늘의 죄는 분담하는 것보다 한 사람이 책임지는 게 아무래도."

그러자 가웨인이 의자에서 튀어 오르듯 일어나선 제 형 옆에 무릎을 굽혔다.

"아버님의 은혜, 희생! 잊지 않겠습니다."

"이 새끼들이……."

아서가 골치 아프다는 듯 관자놀이를 주물렀다.

"왜 나야. 일을 벌인 건 너희들이니 너희들 중에서 한 놈이 희생해야지."

"이럴 땐 역시 가문의 대들보인 아버님께서……."

"다물어."

아서와 란슬롯, 가웨인은 한참을 싸워 댔다. 먼저 도미니크를 구박하자고 물꼬를 튼 건 란슬롯이니 그가 희생해야 한다. 그렇지 않다. 군의 책임자는 가웨인이니, 역시 가웨인이 희생하는 쪽이 옳다. 가문의 일이니 가주인 아서가 나서는 게 백번 맞다. 어느새 가신들과 사용인들까지 나서 그들 토론에 끼어들었다.

"이러다 끝이 없겠다고!"

가웨인이 버럭 소리쳤다.

"운에 맡기는 수밖에. 제비라도 뽑읍시다."

"제비에 무슨 수작을 할 줄 알고!"

"다수결! 다수결이어야 한다!"

"수작 부리기엔 그게 가장 좋지!"

곧 멱살이라도 잡을 기세의 사람들을 보며 시트론이 "저어……." 하고 손을 올렸다.

"이럴 때, 쓰기 좋은 방법을 제가 압니다. 아가씨께서 가르쳐 주셨지요."

시트론에게 시선이 모였다. 마일로가 물었다.

"그게 무엇이냐."

"가위바위보, 라고 한답니다."

그녀는 세니아나에게서 배운 가위바위보를 가르쳐 주었다.

"호……. 이거 괜찮군."

"전략과 반사 신경을 필요로 하지만, 짧은 시간에 모두의 앞에서 해야 하는 만큼 반칙하긴 쉽지 않군요."

"훌륭합니다."

아서와 란슬롯, 가웨인이 나서자 가신들과 사용인들이 그들을 빙 둘러서서 긴장된 표정으로 마른침을 꿀꺽 삼켰다.

"자, 그럼!"

가위, 바위, 보!

세 남자의 운명이 결정되는 순간이었다.

* * *

다음 날 아침, 잠에서 깬 나는 눈을 느리게 끔뻑이며 비척비척 일어났다.

'아우, 피곤해.'

해가 떨어지기 무섭게 잠들었다. 누아제가 된 사람들에게 음식을 먹이고 정화시킨 탓에 피로가 몹시 축적된 모양이었다.

'세상모르고 잠들었네.'

눈을 비비다가 뱃속에서 꾸륵, 소리가 나길래 아랫배를 살살 문질렀다. 그러고 보니까 저녁도 안 먹었잖아.

"뭐라도 먹어야겠다."

가웨인은 새벽부터 기사단 훈련에 참관하는 경우가 많아서 주방은 아침마다 샌드위치 등의 가벼운 음식을 준비해 놓는다.

"샌드위치, 샌드위치."

나는 요리를 하는 만큼 먹는 것도 좋아해서 샌드위치를 먹을 생각에 신이 나 방을 나섰다. 신선한 양상추와 토마토를 잔뜩 넣고, 햄을 두툼하게 썬 샌드위치를 먹어야지.

계단을 콩콩, 내려가다가 하녀장을 발견했다. 그녀가 고개를 숙여서 나도 밝게 인사했다.

"안녕!"

"어머, 아가씨. 오늘은 기분이 좋으신가 봐요."

"오늘? 으음, 평소와 같은데?"

"어제 화가 많이 나셨잖아요?"

맞다. 나 화났었지. 자느라 다 풀렸다. 게다가 도미니크가 돌아가면서도 가족들의 변명을 해 주어서 마음이 많이 가벼워졌다. 무엇보다 가족들의 마음이 이해가 가기도 하고.

'나를 사랑하니까.'

그리고 나도 가족들을 너무나 사랑한다. 도미니크만큼. 아무리 화가 나도 사랑하는 사람에겐 오래 이어지지 않는단 말이지요. 참 신기한 일이었다.

1층으로 내려가서 주방에 들어가려던 나는 깜짝 놀라 걸음을 멈추었다.

"으앗!"

눈이 퀭하고 좀비 같은 사람들이 나를 보며 울먹이고 있었다.

"아가씨……."

마릴린이 내 손을 덥석 잡으며 울먹였다.

"이제 방에서 나와 주시는군요. 저희가 얼마나 걱정했는지 몰라요."

그러고 보니까 잠결에 '아이고, 아가씨!'라든지 '제발 식사만이라도 해, 세니아나!'라는 목소리를 들은 것 같은데.

'꿈이 아니었단 말이야?'

나는 의아한 표정으로 마릴린을 쳐다봤다.

"걱정했어?"

"당연하지요. 어제 아무것도 못 하고―!"

"어제, 칼립스에게 간다고 하지 않았어?"

"아, 맞다."

좋아하는 남자가 아니라 내가 우선인 건 기쁘지만, 묘한 기분이다. 내가 어색하게 웃고 있던 찰나, 뒤에서 무거운 걸음 소리가 들려왔다. 아빠와 오빠들이었다. 그중 한 사람이 나를 보며 우울한 얼굴로 말했다.

"내가 이번 일을 주도했다."

가웨인이었다.

"네?"

"내가 도미니크에게 마구간에서 청소를 하라고…… 하지만 세니아나, 부디 '미워'는 하루에 한 번만 해 줘."

"잉?"

이게 무슨 소리람. 나는 기가 막힌 얼굴로 가웨인을 보다가 픽 웃어 버렸다.

"미운 짓을 안 하면 되지. 밥 먹으러 가요. 배고파요."

내가 헤헤 웃자 어리둥절한 표정으로 서로를 쳐다보던 사람들이 활짝 웃었다. 커다란 창밖으로 햇살이 쏟아져 들어왔다. 집 안은 부지런한 하인들이 살뜰히 보살핀 허브의 달콤한 향으로 가득했고, 나를 둘러싼 온기는 다정하고 또 다정했다.

좋은 아침, 정말로 좋은 아침이었다.

식사를 한 후엔 가족, 가신들과 앞으로의 일을 상의했다. 영지 복구는 할아버지가 몸을 회복하는 대로 전담하기로 하였고, 마담 버지니아를 필두로 한 가신들이 그를 보좌하기로 의견을 모았다. 할아버지가 황도에서 보던 일은 아빠의 몫이, 아빠가 진행하던 일은 란슬롯이 대신하기로 했다.

"그럼 큰오빠에게도 작위가 필요하겠군요."

"아무래도."

"괜찮을까요?"

가웨인이 쿠키를 집어 먹으며 가볍게 대답했다.

"형은 다른 가문의 후계자들보다 작위 수여가 늦은 편이지."

"왜요?"

"아버님과 조부님 성정을 알잖아. 완벽한 준비가 되지 않았다고 판단하시면 시작도 않으시지."

란슬롯만큼 훌륭한 후계가 어디에 있다고?

로열 키친에서 일할 때도 귀족들은 모였다 하면 프렌시프의 후계를 부러워했다.

'세심한 데다 지혜롭고, 시류를 잘 읽되 휩쓸리진 않으며 판단이 빠르고 정확하다.'

좋은 말만 들려서 나마저 어깨가 으쓱으쓱할 정도였다.

'솔직히 중앙과 마찰이 있는 이 시점엔 할아버지보다 란슬롯에게 믿음이 간단 말이지요.'

할아버지는 이따금 너무 대쪽같으니까. 하지만 란슬롯은 융통성과 여유가 있는 편이었다.

"그럼 이제 큰오빠는 백작님이네."

내가 중얼거리자 란슬롯은 다정하게 웃으며 가웨인이 집으려던 마지막 쿠키를 빼앗아 내 손에 쥐여 주었다.

"난 늘 우리 막내의 '오빠'였으면 좋겠는걸."

"오빠이자 백작님이고, 가문의 든든한 후계님이시지요."

"말도 예쁘게 하시긴."

그가 턱을 괴며 내 머리카락을 귀 뒤로 넘겨 주었다. 나는 쿠키를

오독오독 씹고, 아빠를 쳐다봤다.

"그럼 아탈란의 추적은요."

"그건 이 자작님이."

가웨인이 슬쩍 손을 올리자 아빠가 팔짱을 꼈다.

"누구 마음대로 '자작님'이야."

"저도 이제 작위를 주셔야……."

"쓸데없는 소리."

아빠가 일축하니 가웨인은 시무룩해졌다. 란슬롯이 그런 가웨인을 싱글싱글 웃으며 쳐다봤다. 나는 그들 눈치를 보며 어색하게 화제를 바꾸었다.

"아탈란 추적을 작은오빠가 하면 확실히 믿을 수 있겠어요."

"그렇지?"

"네. 아탈란이 어디까지 사람을 숨겨놨는지 모르니까요. 가문 내부에도 그들 사람이 있을 수도 있어요."

"순둥이가 사람도 의심할 줄 알아?"

가웨인이 킬킬거리며 말해서 나는 양손을 허리춤에 얹고 말했다.

"당연하죠. 전 늘 의심해 왔다고요?"

가족들과 가신들은 뻐기는 나를 보고 웃음을 터뜨렸다.

"샤를리나 쪽은요?"

"그쪽은 황제가 알아서 하겠지. 욕심만 많은 능구렁이는 아니거든."

"그럼 지금 제가 할 일은 누아제가 된 기사들의 정화뿐이군요."

로열 키친을 손에 넣는 건 일단 두 번째 문제였다. 아탈란이 로열 키친을 통해 하고 있는 일을 내가 알았으니, 현 로열 셰프 고프레도도 선불리 나서지 못할 터. 무엇보다 나는 지금 황제에게 중앙 기사단으로 이동을 명 받은 상태라 로열 키친엔 갈 수 없었다.

아빠가 말했다.

"고프레도의 견제는 네 스승인 장뤼크가 돕겠다고 하더군."

"네, 스승님은 믿을 수 있는 분이에요."

정리는 끝이 났다. 이제 우리는 자신의 구역에서 맡은 임무를 진행할 것이다.

그렇게 석 달이 흘렀다.

* * *

쾅! 서부의 거두 중 하나이자 미카엘의 휘하에서 새롭게 금좌 11석이 된 발드롬 백작이 테이블을 내리쳤다.

"이번에도!"

"바, 발드롬 공, 진정하십시오."

서부 귀족들이 난색을 표하자 백작은 고성을 내질렀다.

"이번에도 프렌시프의 뜻대로 흘러갔어!"

삿된 자들이 프렌시프의 영지를 덮친 지 세 달. 세니아나의 무리수로 프렌시프와 황제는 잠시 틀어졌다. 서부 귀족들은 기회를 잡아 금좌의 공석에 한 편을 끌어들이는 데에 성공했다. 서부의 귀족

넷, 서부와 손잡은 남부의 귀족 둘.

11석 중 과반수인 6석을 차지한 데다 수장인 나베리우스 프렌시프는 병을 얻어 영지에 내려갔다. 이제 중앙탑은 서부의 손에 있다고 기뻐하던 것도 잠시. 란슬롯 프렌시프가 새로운 금좌가 되더니만, 회의 때마다 남부 귀족들을 쥐고 흔들어 중요 안건이 가결하도록 만들었다.

"프렌시프 령의 복구가 곧 마무리될 테니 나베리우스 프렌시프가 돌아올 거다! 그땐 프렌시프를 막을 수도 없어!"

"그러니 최대한 빨리 황위를 결정지어야……!"

"황제에게 후계를 정할 생각이 있어야지!"

프렌시프가 도미니크를 선택하고, 몹시 언짢아하던 황제는 곧 의외의 결과에 만족했다.

황태자 ─ 미카엘 간의 경쟁은 사실 미카엘에게 몹시 유리했다. 황태자는 병약하고 때때로 쓰러지기까지 해 중요한 공무는 모두 미카엘의 차지였는데, 도미니크가 황위 싸움에 끼니 세 아들의 권력이 균형을 이루었다.

"도미니크 황자가 놀라울 정도로 빠르게 권력을 잡고 있다는 건 거슬리지만……."

서부의 귀족 중 하나가 떨떠름한 표정으로 말했다. 지금껏 웅크려 있던 게 이해가 되지 않을 정도로 두각을 나타내고 있었다.

"하지만 그는 프렌시프의 지원을 받고 있습니다. 황제는 '그 사건'으로 프렌시프에게 등을 돌린 것과 마찬가지고요."

"……그렇지."

“이런 상황에서 황제가 도미니크를 후계로 낙점할 리 있겠습니까. 프렌시프에게 권력을 넘기려 하지 않을 겁니다.”

“…….”

“안심하십시오. 아직 가장 선두에 있는 것은 우리의 황자, 미카엘 로젠카로튼이에요.”

“때를 놓치면 안 돼. 사라진 대사제는 아직 연락이 없는가.”

서부의 귀족이 히죽, 입꼬리를 올렸다.

“왔습니다.”

“……!”

가웨인 프렌시프의 추적을 피해 숨어 있던 대사제가 다시 나타났다.

* * *

“이건 제 겁니다.”

“이 자식이 어디서…….”

“어른 무서운 줄 모르고. 어린 것들은 꺼져!”

“그런 게 어디 있습니까!”

나는 흐린 눈으로 오늘도 싸워대는 기사들을 보다가 그들 사이로 성큼성큼 걸어갔다. 그리고 고기 한 점이 남은 그릇을 휙 끌어안았다.

“아, 아가씨.”

“아가씨!”

시트론과 마릴린은 호호 웃고는 말했다.

"혼날 줄 알았지."

"허구한 날 싸워 대니."

"우리 아가씨를 피곤하게 하지 말고 다들 적당히들 처드세요~"

"작작 드세요, 작작."

삼 개월 전엔 그래도 내가 만든 요리를 먹는 것을 미안해하던 기사들이, 이젠 한 점을 가지고 엄청나게 싸웠다. 가장 상석에서 조용히 앉아 있던 칼립스가 슥, 손을 올렸다.

"아가씨, 저는 누아제입니다."

그러자 누아제가 되었던 기사들이 "저, 저도!" 하며 소리쳤고, 다른 기사들도 질세라 맞붙었다.

"이제 다 정화되었잖아!"

"너, 가서 검은 나무를 베어 봐라. 네놈이 아직까지 누아제라면 이길 수 있겠지."

우리는 삼 개월간 누아제가 될 수 있는 건 사람뿐만이 아니라는 걸 알아냈다. 검은 나무는 밑동까지 베인 뒤에도 이내 오물 같은 것이 일렁이며 되살아났다. 나무를 벨 수 있는 건 오직 누아제뿐이라 나는 그렇게 정화된 사람과 아닌 사람을 구분할 수 있었다. 그리고 이제 검은 나무를 벨 수 있는 사람은 하나뿐이었다.

나는 그에게 그릇을 건넸다.

"이거 노인네가 호강하는군요."

영지의 총집사 안토니오. 그가 흘흘 웃으며 고기를 낼름 삼켰다. 난 손뼉을 짝! 치고 단호한 눈빛으로 기사들을 둘러보았다.

"싸우면 내일 피자는 없어~!"

"……."

"……."

내 엄포에 기죽은 기사들이 어깨를 떨구었고, 나는 "어휴." 한숨을 내쉬며 병영을 나섰다. 시트론과 마릴린이 종종걸음으로 날 따르며 말했다.

"이제 거의 정리가 되었군요."

"맞아요."

난 고개를 끄덕였다.

"응, 정말이지 피곤한 삼 개월이었어."

"고생이 많으셨죠. 몇 번 쓰러지기도 하셨잖아요."

처음 정화할 때는 죽을지도 모른다고 생각했다. 너무너무 힘들고 고통스러워서. 하지만 정화도 하면 할수록 익숙해지는 건지 이젠 이쯤은 아무렇지 않았다.

'아무래도 삿된 자에 가까울수록 힘이 더 드는 것 같아.'

지금은 누아제가 안토니오 한 사람만 남은 데다, 거의 정화가 다 된 상태라 아무렇지 않은 모양이었다. 나는 저택으로 들어가려다가 익숙한 마차를 발견하고 얼른 뛰어갔다.

"할아버지!"

오늘은 할아버지가 삼 개월 만에 황도로 돌아오는 날이었다. 내가 품으로 뛰어들자 할아버지는 새빨간 귓불로 험험, 헛기침을 했다.

"뭘……. 누가 보면 몇 년 만에 보는 줄 알겠군."

"역시 제가 포털을 열어 드릴 걸 그랬어요. 오시느라 고생하셨지요?"

"황궁 마차를 타고 왔는데, 뭘. 포털은 함부로 열지 마라. 또 쓰러져."

"괜찮은데……. 할아버지를 빨리 보고 싶었단 말이에요."

"그, 그래?"

"엄청!"

내가 가슴팍에 뺨을 비비며 소리치자 할아버지는 입꼬리가 흐물흐물해져서 버럭 소리쳤다.

"어, 어린애 같기는!"

"하지만……. 영지에는 잠깐씩밖에 못 내려갔잖아요. 요리만 보낼 때도 많았고……."

내가 우울한 목소리로 중얼거리자 가신들이 껄껄 웃었다.

"어르신은 어찌 그리 복이 많으신지요. 이리 사랑받으시니 기쁘시겠습니다."

할아버지는 다시 헛기침하고 말했다.

"뭘, 이런 걸 가지고. 귀찮기나 하지!"

그러더니 은근한 목소리로 말했다.

"그래도 뭐, 친구 놈들은 부러워하더군. 조손간엔 우리만큼 사이 좋기가 힘들다지?"

"그럼요! 아가씨는 특별하지요."

"특별…… 으하하! 특별하지. 아무렴, 내 새끼인데!"

"손주들에게 아가씨 손톱의 때라도 달여 먹여야겠습니다."

"아~니! 내 새끼 손톱에 무슨 때가 있다는 거야! 네놈이 봤어? 봤어?! 어?!"

"그게 아니라……."

할아버지가 펄펄 뛰자 가신들이 쩔쩔맸다. 나는 어색한 얼굴로 할아버지의 팔을 끌어당겼다.

"들어가세요. 할아버지 오시는 날이라 제가 칠면조찜을 해 놨어요."

"그, 그래? 손이 많이 갈 텐데 생일 때나 하지. 이제 곧인데."

"생신엔 더 좋은 걸 해 드려야지요!"

이제 곧 할아버지의 생신이다. 그리고 나와 할아버지는 함께 생일 파티를 하기로 했다. 가족들은 내 생일을 무슨 나라 축제하듯이 준비했는데, 하필이면 그때 누아제가 된 사람이 삿된 자가 되어서 난리가 아니었다. 그런데 다음 날부터 또 내 생일 파티를 준비하길래 엄포를 놓았다.

[돈 낭비예요! 생일은 이미 잔뜩 축하받았다고요.]

[하지만……!]

[떽!]

[그래도…….]

[정 아쉬우면 곧 할아버지 생신이니 함께해요.]

그렇게 할아버지의 생일이 찾아왔고, 저택의 모두는 합동 생일 파티를 할 생각에 잔뜩 부풀어 있었다.

'하지만…….'

"세니아나!"

"세니안."

저택에 들어가자 오빠들이 양손에 카탈로그를 든 채 다가왔다.

"드레스는 이쪽? 아니면 저쪽?"

"마흔두 번째 선물은 뭘 받고 싶지?"

"아, 서른일곱 번째 선물 때문에 말인데. 아무래도 노란색보다는 청녹색이……."

나는 슬슬 후회가 되었다.

'그냥 내년에 하자고 할 걸 그랬어.'

창고에 쌓여 있는 내 선물만 마흔하나인데 또라니……. 피곤하다.

"오빠들, 할아버지 오셨어요."

그러자 오빠들이 할아버지를 흘긋 쳐다보고 말했다.

"조부님, 오셨습니까. 세니아나, 드레스는 다섯 벌을 맞추는 게 좋겠지?"

"피곤하실 텐데 쉬십시오. 세니안, 마흔두 번째 선물은 역시 이게—"

한숨을 푹 내쉬고 있는데, 익숙한 목소리가 들렸다.

"세나."

"파티는 그레이트홀에서 안 할—!"

지레 놀라서 소리치다가 아빠의 얼굴을 보고 할아버지에게 끼고 있던 팔짱을 스르륵 풀었다. 아빠의 얼굴은 잔뜩 굳어 있었다.

"무슨 일 있나요?"

"……황궁에 가 봐야겠다."

"무슨……."

"가브리엘라가 쓰러졌어."

"이모가요? 몸이 안 좋으시대요?"

"황궁이 난장판이 되었다더군."

"네?"

"황비가 괴물이 되었으니까."

뭐라고? 뿌리가 내린 듯 그대로 굳어져 있던 나는 치맛자락을 꾹 말아 쥐었다.

급히 황궁으로 간 나는 입궁하지 못하고 경비병들에게 가로막혔다.

"왜 못 들어간다는 거죠?"

내가 소리치자 황궁의 경비병은 곤란한 얼굴로 말했다.

"영애가 소지하신 출입패로는 입궁 허가를 받을 수 없습니다."

"난 정식 입관자예요. 로열 키친의 요리사라고요."

"그…… 삼 개월 전의 일로 퇴관명이 내려진지라."

황제, 이 쪼잔한 아저씨가! 어째 조용하다 싶더니 대기 발령이 아니라 퇴관을 시켰단 말이야?

난 입술을 꾹 베어 물고 그에게 로열 키친 요리사의 출입패가 아니라 다른 출입패를 건넸다.

"이건……!"

"황제 폐하께서 '프렌시프 영애'에게 내린 상시 출입패예요."

소피아 대부인을 보살피면서 받은 출입패였다. 그제야 경비병들이 물러났다. 입궁한 나는 정신 없이 가브리엘라 궁으로 향했다. 그런데.

“통제 구역이라고? 가브리엘라 황비님의 궁이?”

그렇다면 역시…….

‘삿된 자가 된 걸까.’

이명이 귓속을 가로지르고 가슴이 불안하게 뛰었다. 어떻게 하지. 어떡해. 어떻게 해야 하는 거야.

‘진정해!’

난 스스로에게 소리치고 호흡을 가다듬었다. 완전히 삿된 자가 되었다면 황궁에선 이모를 제압할 수 없다. 그녀가 얌전히 궁에 있다는 건 아직은 시간이 있다는 말.

‘비밀 통로가 있어. 그쪽으로 들어갈까.’

아니야. 괴물이 되었다면 경계하고 있는 자들이 궁 내에 포진하고 있을 터. 잘못 들어갔다간 꼼짝없이 황제의 명에 항명한 반역자가 될 것이다.

“황제에게 허가를 받아야 해.”

하지만 그는 이제 나를 믿지 않는다. 황족의 치부를 내 앞에 보일 리 없다.

‘결국은 그건가.’

황제를 꼬드겨야 해. 그를 내 편으로 만들어야 이모를 구할 수 있다. 나는 멀리 보이는 아발론으로 시선을 돌리며 이를 악물었다. 수단, 방법 가리지 않고 황제의 마음을 잡아야 한다.

나는 아발론으로 향했다. 황제에게 독대를 청하기 위해선 까다로운 절차가 있었지만, 나를 본 시종장은 말없이 황제에게 안내했다. 내가 들어간 곳은 ‘황제의 서재’였다. 황자들조차 출입을 허가

받기 힘든 곳.

가브리엘라 황비의 일이 황제에게 어느 정도의 위기감을 줬는지 알 수 있는 부분이었다. 서재 테이블에 있던 황제가 나를 보고 몸을 일으켰다.

"황가의 광영을. 황제 폐하를 뵙습니다."

"앉지."

그가 소파를 가리켰다. 마주 보고 앉은 우리는 서로를 가만히 응시했다.

"프렌시프에서 동부의 황비를 살피고 오라더냐."

그의 목소리는 아주 낮고, 피로했다. 평소엔 허허실실한 이웃집 아저씨 같은 모습의 그가 이처럼 날카로운 속내를 빤히 드러낸 건 아주 드문 일이었다.

"독단으로 왔습니다. 가브리엘라 황비님은 제게 은인 같은 분이라서요."

"은인이라. 가족이어서가 아니고?"

쿵! 심장이 발끝까지 떨어지는 것만 같았다. 황제는 굳어진 날 보고 재미있다는 듯 실소를 흘리다가 나른히 목을 주물렀다.

"너를 황궁에 붙잡을 방법이 없어 그간 침묵한 줄 아느냐."

"……."

"너와 프렌시프의 힘에 겁먹어 못 본 체했다고 믿는 게야?"

"……."

"네 아비와 나는 치부를 공유했지. 자식의 피 절반이 아탈란 신관의 것이니까."

"알고 계셨습니까?"

"도미니크의 모후인 레오나와 짐은 한날한시에 신탁을 받았다."

나는 가라앉은 눈으로 이야기를 시작하는 황제를 가만히 바라보았다.

"아탈란과 전쟁 중의 일이었지. 신이 인도한 곳에 어린아이가 있었지. 그는 말했다. '인세를 수호할 방패가 나와 적으로부터 날 것이다'라고."

"그래서 두 분이……."

황제가 신관을 범해 그릇된 핏줄을 낳았다는 소문은 거짓이었다. 황제와 도미니크의 모후는 서로 목적하는 바가 같았던 것이다.

"우리는 그곳에서 일주일을 함께 지냈지. 레오나는 날 버러지 보듯 하였고, 나도 마찬가지였지만 어느 순간부터…… 즐거웠어."

"즐거우셨다고요?"

"재밌는 사람이었지. 감히 제국의 황제를 깔아뭉개 놓고 '아이를 낳아야겠으니 벗으라'더군."

쿡쿡 웃던 황제의 시선에 회한이 들었다.

"난 그녀가 미친 줄로만 알았다."

어느새 그는 자신을 '짐'으로 칭하지 않고 '나'라고 말했다. 레오나와 함께 있던 순간의 그는 황제가 아니라 그저 사내였을 뿐이라는 것을 짐작할 수 있었다.

"어찌 그리 절박한 것이냐 물으니 자매와 동생이 있다고 말했다."

"자매와 동생?"

"가브리엘라, 에단, 그리고…… 미아."

"……!"

엄마. 순간 윤세나의 세계에서 들었던 선생님의 말이 떠올랐다.

[절친한 친구가 있었지. 아들과 딸을 낳으면 사돈이 되는 것이 우리의 꿈 중 하나였어.]

그러고 보니 궁금했었다. 내가 도미니크의 꿈을 꾸고, 그가 나의 꿈을 꾸었던 이유가.

'만약 레오나 님에게 엄마나 이모와 비슷한 힘이 있었다면 꿈은 그녀가 안배한 것일지도 몰라.'

황제는 나를 빤히 쳐다보았다.

"가브리엘라가 황궁에 왔을 적엔 놀라웠지. 레오나와 함께 있을 적에 멀리서 본 얼굴이었으니까."

* * *

황위에 올라 만인지상의 자리를 차지한 그에게도 이름이 있었다.

옥타비우스 로젠카로튼.

제위에 오른 후 자신을 이름으로 부르는 자는 없었다. 모후인 소피아 대부인마저 정신을 잃기 전엔 그를 오직 황제라 칭했다.

[그래서 당신, 이름이 뭐예요?]

몸을 겹친 후, 침대에서 벗어나던 레오나는 물었다. 제 이름을.

[짐은 오직 황제일 뿐.]

오만한 투로 말하니 인상을 찌푸리며 사납게 맞섰다.

[내가 물은 건 나와 밤을 함께 보낸 사내의 이름이라고요.]

[……]

[그러니까 뭐냐고, 이름이.]

[너 왜 반말……]

[이름!]

[……옥타비우스.]

[이름이 뭐 그리 길담. 부르기 불편하니까 나는 음, '오토'라고 부를 게요.]

그건 유년 시절의 애칭이었다. 이젠 더 이상 누구에게도 불리지 못하는. 형제를 찍어 누르고 제위에 오른 후 모후의 관심사는 오직 황제가 되지 못하고 속이 문드러진 올리비에였다. 황제는 누구에게도 기대지 못했고, 누구에게도 사랑받지 못했다.

그런데 이름이란 건 신기하지. 자신을 황제가 아니라 '오토'라고 부르며 웃는 여자를 본 순간부터 그는 그저 사내가 되어 버렸으니까. 일주일을 그녀와 함께 보냈다. 호화로운 음식이 아니라 별궁에서 자라는 풀떼기를 캐서 억지로 먹이고, 거절하면—

[그럼 굶으시든지.]

뾰루퉁해져서는 프라이팬을 떠넘겼다.

[직접 해 드세요. 하는 김에 제 것도 부탁해요.]

별난 일이었기 때문일까. 그는 그녀와 보내는 시간이 즐거워졌다. 일주일 후 떠난 그녀에게서 연락이 오지 않으면 신경이 벼린 칼날처럼 날카로워질 정도로.

[당신의 아이를 가졌어요.]

그녀에서 서신을 전해 받았을 땐 어떤 기분이었더라. 기뻤던 것 같다. 아이가 생겼기 때문이 아니라, 그 핑계로 한 번 더 그녀를 볼 수 있었기 때문에.

[왜 자꾸 찾아오는 거예요? 누가 보면—]

[내 아이가 여기에 있잖아!]

[……애가 무사한 걸 봤으면 이제 가요.]

[내 아이가 뭘 먹는지 봐야지!]

[영양 잘 챙겨서 먹고 있으니까 제발 좀 가라고.]

[내 아이가 잘 자는지 볼 거야!]

[미친놈이.]

구박받는 것도 개의치 않았다. 아니, 그것마저 즐거웠다. 배가 불러서 저리다는 손발을 웃는 얼굴로 주무르고 있으면 그녀는 어처구니없는 표정을 지었다.

[무슨 황제가 시중드는 걸 이렇게 기뻐한담.]

[당신은 왜 내게 이름을 가르쳐 주지 않지?]

[네?]

[난 알려 줬다고.]

[……저는 제 이름을 싫어해요. 뜻이 거지 같거든.]

[괜찮아.]

[네?]

[그게 뭐든 난 괜찮다고. 당신 이름이라면.]

그녀는 묘한 얼굴로 자신을 쳐다봤었다.

[세실. 내 이름은 세실이에요. 신의 눈이라는 뜻이죠.]

[나쁘지 않은 뜻인데 어째서 싫어하지?]

[내가 신의 눈이 되기 위해 얼마나 많은 사람들이 희생되었는지 오토, 당신은 모를 거예요.]

그녀의 눈빛이, 표정이, 목소리가 너무나 고요했다. 그때 알았다. 아, 이 여자도 나만큼이나 자신을 죽이며 살아왔구나.

[그럼 내가 새로 지어 주지. 보자, 어떤 이름이 좋을까.]

[무슨…….]

[……레오나.]

[…….]

[레오나.]

나의 영웅. 누구보다도 따사로운.

일렁이는 그녀의 동공을 본 순간 알았다. 그때부터 자신은 그녀에게 또한 사내가 되었다는 것을. 먹고 싶은 것이 있다고 하면 온 제국을 뒤졌고, 필요한 것이 있다고 하면 황도에서 동부 별궁까지 정신없이 달려가는 나날. 그런 날이 그는 몹시도 행복했다.

[오토.]

[그래.]

[아이가 태어나는 날, 당신 친구를 불러 주세요.]

[난 친구 같은 건 없어.]

[루스.]

[……당신이 그를 어떻게 알지? 아니, 그 녀석은 내 친구가 아니야. 황자 시절의 호위 기사였을 뿐이라고.]

[나는 알아요, 모두.]

대수롭지 않게 나누었던 말들이 유언이었다는 것을 모르고. 아이를 낳으며 점점 희미해지는 그녀의 눈빛을 보고서야 바보 같던 스스로를 원망했다. 신탁을 내리고, 그녀를 앗아 가려는 신을 증오했으며 원망했다.

[정신 차려, 제발…… 세실.]

[레오나, 잖아…….]

[……레오나.]

[오토, 당신이 나를 대신해 지켜 주세요. 우리 아들과 내 자매와 동생, 그리고…….]

[그만, 레오나, 난 당신을 대신하지 않아. 살아 남아서 당신이 지키란 말—]

[세니아나.]

[…….]

[세니…… 아나.]

제 품 속에서 차가워진 그녀를 끌어안고, 오열하던 순간을 그는 평생 잊지 못할 것이다. 그 후로 얼마나 감정 없는 인형으로 살았을까.

몇 년 후, 아탈란과의 싸움이 끝나고 소피아 대부인은 드물게 미소지으며 말했다.

[아서가 딸을 보았단다. 내게 이름을 지어 달라고 하였어. 그 아이에겐 어떤 이름이 어울릴까.]

—세니아나.

[세니아나.]

*　　*　　*

"세니아나."

"……."

"알려다오. 짐은 '황제'여야 할까, '레오나의 사내'여야 할까."

"무슨 일이 있으셨군요. 황비님. 아니, 이모와 관련해서 그렇죠?"

황제는 지그시 눈을 감았다. 미간 사이에 패인 고민의 흔적이 몹시도 깊었다.

"아탈란의 대사제로부터 연락이 왔다."

"대사제……!"

"가브리엘라를 그들에게 보내 달라고. 보내 준다면 아탈란에 충성하는 귀족들의 명단을 건네겠지만, 그렇지 않는다면 삿된 자들이 황궁을 덮칠 것이라 말하였다."

왜 갑자기?

아탈란은 이모가 나를 위해서 움직이고 있다는 사실을 모른다. 이모는 아탈란의 1월. 그녀가 자리를 유지하고, 길라게온에 군림하는 건 그들에겐 다행인 일일 터. 그런데 갑자기 보내 달라니.

'설마…….'

"황비님이 쓰러지기 전에 무슨 일이 있었던 거죠?"

"……함께 차를 마시던 중이었다. 그런데 난데없이 목부터 피부에 홈이 파이더니 그 아이에게 오물 같은 것이 흘러들었어."

"그 차는 누가 준비한 것이고요?"

"차엔 문제가 없어. 가브리엘라뿐만이 아니라 나와 다른 황비 또한 함께 마셨지만 다른 점은……."

"그러니까 그 황비가 누구예요!"

내가 버럭 소리치자 황제는 다시 입을 열었다.

"코트니."

"……!"

그래서였구나.

이제 '가브리엘라 황비'가 필요하지 않은 거야. 새로운 황비를 득세시키기 위해.

'남부와 결탁했어.'

아탈란은 내가 미아의 딸이라는 걸 아니, 가브리엘라 황비는 이모라는 것도 알고 있다. 그러니 가브리엘라 황비가 아무리 신뢰를 쌓아도 저편엔 항상 의심이 도사리고 있을 터.

나를 제물로 삼기 위해 프렌시프와 전쟁을 준비한다면 의심을 지울 수 없는 가브리엘라 황비보다, 나완 접점이 없는 코트니 황비를 득세시키는 쪽이 나은 것이다. 나는 벌떡 일어났다.

"가보겠습니다."

"잠깐, 이야기는 마저ㅡ"

후다닥 나서려던 난 우뚝 멈춰서 황제를 노려봤다.

"폐하는 지금 '황제'도 '레오나의 남자'도, 그 무엇도 아니에요!"

"뭐?"

"레오나 님은 어머니의 절친한 친구였으니 저한테도 이모거든요?"

"……."

"그런데 저는 폐하 같은 이모부는 사절이에요. 겁쟁이!"

"무엄하다!"

"아탈란의 협박이 겁나서 사랑하는 사람의 유언도 지키지 못하고, 황비를 그저 가둬만 놓으셨어요."

"……."

"그런 분이 백성은 어떻게 지키실 수 있겠어요!"

나는 그를 매몰차게 노려보고 얼른 코트니 황비의 궁으로 향했다.

"황비님을 뵈어야겠습니다."

시녀에게 말을 전하자 코트니 황비를 만나고 온 그녀는 단호히 고개를 저었다.

"코트니 황비님께선 영애를 궁에 들이지 않겠다고 하셨습니다."

이런다 이거지?

난 눈살을 찌푸렸다. 카렌듈라 후작이 죽기 전, 그러니까 남부가 아탈란과 결탁하기 전엔 나를 만나려고 안달을 하던 사람이었다.

'그렇다면…….'

* * *

코트니 황비는 세니아나와 만나고 온 시녀에게서 이야기를 전달 듣고 깔깔, 소리 높여 웃었다.

"그래? 표정이 볼 만했다고?"

"예. 어찌나 당황하던지요."

"홍, 이제야 나를 찾아? 재수 없는 계집애."

코트니 황비는 차를 홀짝이며 눈썹을 까딱 들어 올렸다.

"이제 끈 떨어진 연 신세이니 내가 필요하겠지."

"아무렴요. 하지만 황비님께선 황후 대신 미카엘 황자님의 교육을 맡으신 후로 남부엔 사람들이 넘쳐나지 않습니까~"

저를 우습게 여기던 귀족들이 궁의 문턱이 닳도록 드나들고, 때마다 보석이며 드레스 등의 호화로운 선물을 보냈다.

"우후후, 이제 미카엘 황자님께서 황위에 오르시면 황비님께선 황태후가 되어 세상을 호령하실 일만 남았습니다."

시녀들이 곁에 붙어 야살을 떨자 황비는 키득키득 웃고 어느 귀족이 뇌물로 보내온 반지를 매만졌다.

"암. 그땐 날 무시하던 황후나 로웨나가 관에 들어가는 날이지."

"황후와 황비야 위치상 그럴 수도 있지만, 가장 불쾌한 건 프렌시프 영애예요."

"그래. 성녀랍시고 날뛰는 꼴이 얼마나 우스운지."

아탈란의 대사제와 결탁하며 들었다.

'곧 그 계집애의 힘이 아탈란 손에 들어간다고 했지.'

힘만 잃으면 발모가지를 모두 끊어 내고, 목줄을 감아 노예로 부리리라.

'그래, 이젠 정말 내 세상이라고.'

그때였다.

"잠깐, 들어가시면 안—"

"감히 누구 앞을 막아서!"

날카로운 목소리가 들려왔다.

'로웨나?'

코트니 황비가 몸을 일으키기 무섭게 문이 벌컥 열리고, 로웨나 황비가 들어왔다.

"이게 무슨 짓이에요!"

"자네는 내궁의 총괄자가 불러도 오지 않기에, 내 직접 왔네."

로웨나 황비가 오만하게 말하자 코트니 황비는 기가 막힌다는 듯 인상을 찌푸렸다.

"그렇다고 이렇게 무례하게…… 잠깐, 누굴 달고 오신 겁니까?"

로웨나의 뒤에 있는 사람은 세니아나 프렌시프였다. 그녀는 코트니에게 고개를 살짝 숙이더니 로웨나 황비를 향해 상냥한 목소리로 말했다.

"황비님, 주변을 물려 주시겠습니까?"

그러자 로웨나가 턱짓했다. 로웨나 궁의 시종, 시녀들이 코트니 방에 모인 시녀들을 끌어내기 시작했다.

"무슨—! 부끄러운 줄 아세요! 황비씩이나 되어서 고작 귀족 영애의 명에 움직이다니!"

세니아나는 눈을 동그랗게 떴다.

"귀족 영애의 명에 움직이다니요?"

"그게 아니면 무슨—"

"성녀의 부탁을 들어주시는 거지."

세니아나가 음습하게 웃었다. 어느새 시녀들이 끌려나가 방엔 세니아나와 코트니, 로웨나뿐만이 남지 않았다.
"난 영애를 볼 마음이 없다고 분명히 말 전하지 않았어!"
"하지만 코트니 황비님께 꼭 드리고 싶은 말씀이 있어서요."
"……뭐?"
"가브리엘라 황비님께 성식을 먹이셨죠? 함께 있던 폐하께도."
코트니가 마른침을 삼켰다. 잠시 머뭇거리던 그녀가 버럭 소리쳤다.
"무슨 헛소리야!"
"황비님 문제를 낼게요."
세니아나는 천천히 그녀에게 다가갔다. 그녀가 다가갈수록 코트니는 움찔움찔 뒷걸음질 쳤다.
"이, 이런 오만방자한 — ! 감히 황비에게……!"
"첫째, 아탈란이 언제까지 황비님을 비호할 것 같은가요?"
"아, 아탈란이라니. 나는 모르는 얘기야!"
"둘째, 미카엘 황자가 즉위한 후에 버려지지 않을 자신 있으세요?"
"……뭐, 뭐?"
"셋째, 날 얼마만큼 알아?"
"감히 반말을 — !"
코트니 황비가 인상을 찌푸리며 손을 쳐올리자 세니아나는 그녀의 손목을 움켜쥐었다.
"난 말야. 죽어도 혼자는 안 죽어."
"……!"

"내게 포털이 있잖아?"

"……."

"돌아 버린 내가 당신이 잘 때 포털로 황궁에 침입해서, 당신 가슴을 찌르지 않을 거라고 어떻게 확신해?"

"너, 너……."

"그리고 나는 지금 얼마큼 돌았을까?"

코트니는 남부에서 가장 이름난 가문의 고명딸로, 금지옥엽으로 자라다 황비가 되었다. 같은 황족을 제외하면 평생 협박과는 거리가 멀었던 사람이라는 뜻이다. 물론 폭력에 노출된 적은 전무했으므로, 그녀의 얼굴은 시체처럼 새파랗게 질려 있었다. 내가 잡은 손목이 파르르 떨렸다.

"무, 무슨…… 감히 황족을 겁박하고도 살아남길 바라?!"

"말했잖아요. 나는 절대로 혼자 죽진 않는다고."

"너……!"

"궁금하네요. 애초에ㅡ"

난 그녀의 눈을 빤히 보며 아주 낮은 목소리로 말했다.

"나를 가둘 수 있는 감옥이 있나요?"

"……!"

"내가 벗어나지 못할 만큼 강력한 결계를 펼칠 수 있는 마법사가 세상에 존재해?"

코트니 황비가 마른침을 삼키고 입술을 질끈 깨물었다.

"즉결 처형이 아니라면 당신은 죽어."

"나, 나한테 뭘 어쩌라는 거야."

이제야 고분고분해진 황비가 기죽은 눈으로 날 올려다보았다.

"성식, 누구에게 전달받았지요?"

"……."

"아탈란의 대사제에게 직접 전달받은 건 아닐 테고. 분명히 연락책이 있었을 거야. 당신에게 명을 내린."

"그, 그건……."

나는 도망치려 손목을 비트는 그녀의 어깨를 강하게 그러쥐었다.

"누구야. 누가 가브리엘라 황비를 해하라고 한 거냐고!"

"흐……."

나에게 잡힌 어깨가 고통스러운지 그녀는 신음을 흘리며 바르르 떨었다.

"당장 오늘 밤부터 두려움에 떨고 싶으신가요?"

"……고프레도."

역시. 내가 노려보자 그녀는 움찔 고개를 숙였고, 나는 그녀의 어깨를 놓아주며 손을 내밀었다.

"줘요."

"뭐, 뭘……."

"남은 성식!"

우물쭈물하던 코트니 황비는 이내 서랍장으로 향했다. 내 눈치를 흘끔흘끔 보다가 서랍을 열고는 커다란 유리병을 몇 개나 꺼냈다. 척 보기에도 엄청난 양. 어린애 팔뚝만 한 높이의 병은 벌써 절반이나 비어 있었다.

"누구에게 먹인 거예요?"

"……."

코트니 황비는 로웨나 황비 쪽을 보고 대답을 주저했다. 나는 "답하세요!" 하고 소리치며 그녀를 매섭게 노려보았다.

"가, 가브리엘라 황비…… 폐하, 그리고…… 또 시녀들에게도 나누어 주었고……."

"시녀들?"

"근래 황도에서 성식이 유행이거든……. 고귀한 자들만이 얻을 수 있는 극상의 맛이라고 서민들까지 사들이려 안달을 하는 추세라……."

'이런!'

고위 귀족들에게 알음알음 성식이 퍼졌다는 건 알고 있었다. 샤르파크 후작 성에서 실습을 할 적부터 익히 알던 것이었으니까.

'하지만 벌써 이렇게나 퍼졌을 줄은.'

코트니 황비가 긴장된 목소리로 말했다.

"그, 그걸 어떻게 할 셈이지? 필요하다면 나누어 줄 수는 있어."

'성식이 뭔지 모르는구나.'

그러고 보니 코트니 황비가 마시고 있던 차에서 역한 냄새가 났다. 그녀도 이 징그러운 것을 먹고 있었던 거다.

"이게 뭔 줄 알고……."

"뭐긴, 악한 자와 선한 자를 판가름할 수 있게 만들어 주는 성물이지."

"뭐라고요?"

"그, 그러니까 가브리엘라가 괴물이 된 거잖아. 겉으로는 선한 척, 저는 아무것도 모르는 척하지만 사실은 제일 악독한……!"

나는 성식이 담긴 유리병을 단숨에 팔로 쓸어버렸다. 쨍 ─ ! 날카로운 파열음과 함께 깨진 유리병들 사이로 검은 성식이 줄줄 흘러내렸다.

"무슨 짓……! 이게 얼마나 귀한 건지 알아?!"

잔뜩 화가 난 나는 그녀에게 매섭게 쏘아붙였다.

"귀해? 저건 오물이라고요!"

"뭐?"

"삿된 자들의 일부란 말이에요!"

"말도 안 돼."

"삿된 자들은 어떻게 만들어지는지 알아요? 시체에서예요. 사람의 정신과 영혼을 파먹고 다 썩은 육신에서 삿된 자가 만들어져요. 당신은 시체를 먹어 왔던 거라고!"

"거, 거짓말!"

"믿지 못하겠거든 계속 드세요. 당신도 곧 괴물이 될 테니까."

얼굴이 샛노래진 코트니 황비가 곧 부들부들 떨기 시작하더니 토악질을 했다.

"우욱! 웩!"

"멍청한 사람."

나는 그녀를 노려보고 방을 나섰다. 로웨나 황비가 날 쫓아와 물었다.

"정말이니? 저게 정말로 사람의 시체로 만들었단 말이야?"

"네. 프렌시프 령에서 확인했어요."

"어떻게 그런……."

표정이 썩어들어 가는 것으로 보아선 로웨나 황비 또한 성식을 먹은 모양이었다. 걸음을 우뚝 멈춘 그녀가 나를 돌려세웠다.

"우리 전하는!"

"네?"

"황태자 전하께서도 성식을 드셨다. 육신을 보하는 명약이라기에 내가……!"

자신보다도 황태자가 우선이구나. 미카엘과 달리 황태자에게 인정이 있는 것은 그의 보호자가 로웨나 황비였기 때문일지도 모른다.

"얼마나 드신 거예요? 혹시 피부에 홈이 파이고 오물이 일렁인다거나 하는 증상이 있나요?"

"그건 아냐."

"그렇다면 아직 시간이 있어요. 정화한다면 몸을 되돌릴 수 있을 테니까요."

"그렇다면 다행…… 아아."

로웨나 황비가 이마를 쥐고 비틀거려서 난 얼른 그녀를 부축했다.

"황비님!"

"……제1황자궁으로 가야겠어. 당장 성식을 치우고, 내 이것들을!"

"이것들이라고요?"

"성식을 가져온 게 내 궁의 시녀야."

"……어쩌면 그 사람이 아탈란의 끄나풀일 수도 있어요."

로웨나 황비는 이해할 수 없다는 표정이었다. 사실 그녀가 코트니 황비궁에 온 것도 아탈란에 관하여 알고 있는 사람이라서가 아니라, 내 부탁이기 때문이었다. 난 그녀를 빤히 보다가 천천히 입을 열었다.

"드릴 얘기가 있어요. 제국의 앞날이 달린."

"제1황자궁으로 가자. 전하도 함께 이야기를 들을 수 있게 해 주렴."

"……네."

우리는 함께 황태자가 있는 제1황자궁으로 향했다.

"하."

내 이야기를 모두 들은 황태자는 실소를 터뜨렸다.

"아탈란이 카렌듈라 후작, 르마르 공작과 결탁했고, 서부의 귀족 대부분은 그의 휘하에 있단 말이지."

"맞아요."

"미카엘도 이 얘기를 알고 있나?"

"4황자님은 아무래도……."

"카렌듈라 후작의 사후 서부를 틀어쥔 건 그 녀석이니, 아탈란의 끄나풀이 되었을 가능성이 크군."

내가 고개를 끄덕이자 그는 골치 아프다는 듯 이마를 짚었다. 가브리엘라 황비가 사실은 내 이모고, 대륙 전쟁에서 활약한 아탈란의 신관이었다는 이야기까지 안다면 혼절할 기세였다. 고민하던 로웨나 황비가 말했다.

"해결만 할 수 있다면 나쁜 일은 아니군요. 황후는 몰랐다 해도 아탈란의 도움을 받았고, 코트니는 직접적으로 연계되었으니 그들 모두 벌을 피하지 못할 거예요. 그렇다면 차기 황위는 자연히……."

황비의 말에 황태자가 인상을 찌푸렸다.

"황비님, 말씀 거두십시오."

"예?"

"황위 싸움의 이득을 가릴 사건이 아닙니다. 나라의 앞날이 달린 일이라고요."

"……그야 그렇지만."

황태자가 나를 보며 말했다.

"그래서 나는 무엇을 하면 되는 거지?"

"일단 더는 성식을 유통하지 못하게 해야 해요."

"로열 셰프를 교체하자는 말이군."

"네."

"좋아, 내가 폐하께 경합을 주청 드리지."

"그리고 또 한 가지."

"말해 보아라."

"도미니크 황자님과 더는 권력을 두고 다투지 마세요."

"그건……."

로웨나 황비의 눈초리가 삐죽해졌다.

"약혼자라 이거니?"

"그게 아니라 적과 아군을 명확히 하자는 거예요. 적의 적은 아군이잖아요. 도미니크 황자님과 황태자 전하는 이 시점에선 아군이지요."

"흐응……."

로웨나 황비는 마뜩잖은 듯 신음했지만, 곧 황태자를 쳐다봤다. 황태자는 커흠, 헛기침을 하더니 말했다.

"도미니크와 싸울 생각은 애초에 없었어."

"하지만 견제하고 계시잖아요?"

"……그야 프렌시프 영애와 결혼을 한다니까 남부에선 불안에 떨 수밖에. 그래서 말인데."

"네?"

"너, 나와 결혼할 생각은 없냐?"

로웨나 황비까지 눈을 반짝였다. 나는 당황한 표정으로 "예?" 하고 되물었고, 황태자는 어쩐지 조금 붉어진 얼굴로 투덜거렸다.

"그 녀석과 나는 특별히 다른 점도 없잖아. 네가 나와 결혼하면 도미니크와 싸울 일은 없고, 또…… 난 꽤 괜찮은 남자라고?"

"……."

"황제가 되면 남부 출신 레이디가 아니라 널 황후에 앉혀 주지."

"황후 자리는 탐이 나지 않는데요."

"그럼 왜 도미니크와 결혼하려는 거야?!"

그가 벌컥 성을 내며 물어서 난 고개를 갸웃했다.

"전하께선 저를 좋아하시나요?"

"뭐, 뭣?! 그, 그런 걸 왜 물어!"

"그게 중요하다고요. 도미니크 저하께선 저를 좋아하시는걸요."

"나도 널 ─ !"

황태자가 급히 답하려다가 입을 다물었다. 로웨나 황비는 "어머, 어머!" 하며 입을 막았고, 난 눈을 깜빡였다.

"제가 왜요?"

"……제기랄."

"……?"

"별 얘기 아니야!"

그런데 왜 화를 낸담.

'이상한 사람이야, 정말.'

내가 그렇게 생각하는 사이 황비는 한 손을 뺨에 댄 채 고개를 저었다.

"너무 숫기 없이 키운 걸까."

좌우지간 황태자, 그리고 로웨나 황비와의 이야기는 그렇게 정리되었다. 제1황자궁을 나서자 비가 추적추적 내리고 있었다. 나는 조금씩 굵어지는 빗방울을 가만히 보았다.

'선생님……. 엄마.'

여기는 엄마를 사랑하는 사람들이 많아요. 간 사람도, 남은 사람도 엄마를 아주 많이 사랑해요. 이런 사람들을 뒤로하고 온 엄마의 기분은 어땠을까. 홀로 십 년 가까이 이웃 하나 없는 세계에서 나를 찾아 살아 온 엄마는 어떤 심정이었을까.

엄마를 떠올릴 적마다 생각하게 된다.

'나는 행복해질 의무가 있어.'

—하고.

나는 돌아가지 못하고, 다시 가브리엘라 황비궁을 찾았다. 황제에겐 폭언을, 코트니 황비에겐 폭력 가까운 협박을, 그리고 황태자의 청혼은 거절하고 와서 오늘 이모를 보는 건 포기해야 한다는 걸 안다.

'하지만 걱정이 되어서.'

들어가지도 못할 걸 알면서 문 앞을 기웃거렸다.

'모습이 어떤지 보고 싶은데.'

"영애?"

나는 익숙한 목소리를 듣고 깜짝 놀라 뒤를 돌아보았다.

"황가에 광영을……."

미카엘 황자가 빙그레 웃으며 고개를 끄덕였다.

"오랜만이군."

"그러네요."

"영애가 내 청혼서를 물린 후로 처음이니 석 달쯤 되었나."

"그걸 기억하세요?"

내가 으윽, 하는 표정으로 쳐다보자 미카엘의 얼굴이 점점 더 짓궂어졌다.

"일생 처음으로 차인 날인데, 잊을 리가."

"어차피 제가 저하의 청혼을 받아들일 거라곤 생각하지 않으셨잖아요. 그런데도 왜 굳이……."

볼멘 목소리로 말하니, 그는 한 걸음 더 가까이 다가왔다.

"프렌시프 령에 도미니크가 있다니까 참을 수가 있어야지."

"네?"

미카엘은 천천히 내게 다가왔다. 어쩐지 당황스러운 기분이라 나는 한 발, 물러나며 그를 경계 어린 눈으로 바라보았다.

"무슨 말씀을……."

"원래 개새끼는 첫 주인을 잊지 못한다잖아."

"도미니크 황자님께선 개새끼가 아닌―"

그가 내 손목을 가볍게 잡았다.

"나 말이야."

"……."

"누가 간호해 주는 건 처음이었어, 알아?"

"으음……, 그거참…… 안 되셨네요."

"날 두려워하지 않는 사람도."

"……."

"황후가 아니라 나 자체를 보는 사람도."

"……."

"내가 네게 반할 이유, 충분하지 않아?"

나는 우물쭈물하다가 그를 힐끔 올려다보았다.

'어떡하지.'

나 이런 고백은 처음인데. 도미니크 말고 나를 좋아한다는 이성도 처음이다.

"죄송…… 저기, 근데 저는……."

내가 잡힌 손목을 빼내려고 하자 그의 손에 점점 힘이 들어갔다.

"윽!"

"왜 도미니크지?"

"놔요."

"그 녀석과 나의 어디가 달랐던 거야."

"저하는 저를 좋아하시고, 저도 저하를—"

휙! 그가 한순간에 내 허리를 휘어 감고, 나를 품으로 끌어당겼다. 나는 그의 품에서 강하게 버둥거렸으나, 내 허리를 감은 팔은 점점 더 조여 올 뿐이었다.

"이거 놓으세요!"

"나를 선택해."

"놓으란 말이에요! 싫다고요!"

"네게 나 말고 다른 선택지는 없어. 평화로울 수 있는 유일한 방법이지."

"싫—"

퍽! 소리와 함께 미카엘이 밀려나고 나를 끌어안는 다른 손이 있었다. 익숙한 체온, 안심되는 향기.

"도미니크……."

그의 얼굴은 딱딱하게 굳어 있었으나, 동공은 새카맣게 일렁였다.

"괜찮으십니까."

"……네."

도미니크가 나를 뒤에 감추듯 앞서 나가며 바닥에 주저앉은 미카엘을 응시했다.

“일어나.”

“그게 영애의 마음에 든 비결인가. 뭐 마려운 개처럼 주변을 맴돌다가 우연치 않게 기회를 잡으면 개 껌 물어뜯듯 달려드는 거.”

“터진 입이라고 주절거릴 시간 있으면 네 걱정이나 해. 아발론 뒤뜰에 묻어 버릴 예정이니까.”

“묻히는 게 정말 나일까.”

나는 어쩔 줄을 모르고 도미니크의 옷깃을 잡았다.

“저하, 저는 괜찮으니까 그만 하세요. 누가 오기라도 하면……!”

먼저 때리면 어떻게 해! 한 대라도 맞고 시작해야 변명할 수 있지!

‘아니아니, 그게 아니라 ─ ’

“저하, 그만……!”

퍽! 이번에 주먹을 내지른 건 미카엘이었다. 앗, 하는 사이에 들러붙은 두 남자가 빗속에서 엉망으로 나뒹굴었다.

“그만하시라니까요!”

현재 가브리엘라 황비궁은 경비가 삼엄하다. 누가 치고받는 소리를 듣고 오기라도 하면 ─ !

싸움판으로 다가가자 도미니크는 내가 다칠까 봐 잠시 주저했다. 미카엘은 그 틈을 놓치지 않고 도미니크의 복부를 걷어찼다. 도미니크가 균형을 잃고 쓰러지기 무섭게 그를 제압하곤 얼굴을 사정없이 내리치기 시작했다.

‘안 돼!’

그러던 찰나, 빗소리를 뚫고 누군가의 발소리가 들렸다. 황제와 아빠, 그리고 할아버지였다. 기가 막힌 얼굴로 치고받는 아들들을 쳐다보던 황제가 두통이 인다는 듯 이마를 짚었다.

"미친놈들이."

"……."

"프렌시프 공의 딸은 대단도 하군. 내 자식들이 영애 하나를 사이에 놓고 개싸움을 벌이는 걸 보면!"

그러자 아빠는 대수롭지 않은 투로 대꾸했다.

"태생이 귀여운 걸 어찌합니까."

할아버지가 고개를 끄덕였다.

"암."

나는 창피해서 쥐구멍으로 숨고 싶어졌다.

"아, 아빠…… 할아버지."

망했다, 망했어. 나는 속으로 한숨으로 내쉬며 절규했다. 왜 일이 이렇게 되는 거냐고요!

미카엘과 도미니크는 황제에게 끌려갔지만, 내게 문제가 있는 건 아니었다. 난 끌려가는 도미니크를 보다가 아빠에게 시선을 돌렸다.

"괜찮을까요……."

"치고받은 놈들이 잘못이지 태생이 귀여운 네가 잘못인 건 아니잖아."

아빠가 또 기가 막힌 말을 해서 난 끙……, 하고 앓는 소리를 흘렸다. 그게 아니라 도미니크 괜찮을까 물은 건데.

'뭐, 폐하 표정이 그렇게 나쁘지도 않았고, 설마 형제끼리 주먹질 좀 했다고 죽이진 않겠지.'

속으로 그렇게 정리하고 털어 낸 뒤 내게 우산을 기울여 주는 아빠와 할아버지를 돌아보았다. 난 그들의 우산 안으로 쏙 들어가서 물었다.

"여긴 어떻게 오셨어요?"

"네가 가브리엘라 궁에 들어가지 못하고 끙끙댈 것 같아서."

"와, 신기하다. 어떻게 아셨지."

아빠가 날 보며 희미하게 웃고 머리를 쓰다듬었다.

"가자. 황제에게 허가를 얻어 놓았다."

"협박하셔서요?"

"비슷해."

아빠가 아무렇지 않게 산뜻하게 말해서 난 킥킥 웃었다. 가브리엘라 황비의 궁으로 들어가자 익숙한 얼굴이 보였다.

"삼촌."

깊게 가라앉은 눈으로 벽에 기대 서 있던 에단이 날 보고 흠칫 놀라 주변을 살폈다. 우리 가족 외에 아무도 없는 것을 확인한 후에야 그는 내게 달려왔다.

"너……! 미쳤어, 여기가 어디라고 와!"

"하지만 이모가 쓰러졌다고 해서……."

"누님이 삿된 자가 되면 성녀인 널 공격하려 들 거라고. 황궁 결계 때문에 넌 쉽게 힘을 발휘하지 못하는 데다, 아무리 공격을 받았다 한들 황궁에서 포털이나 성수를 쓰면 잡혀간단 말이야. 이런 시기에 옥사에 갇히면 아탈란이 널 ─!"

속사포처럼 소리치던 그가 아빠와 할아버지를 보고 움찔, 물러났다.

"뭣들 하러 오셨습니까."

"어렴풋이 기억나는군. 미아가 사라졌을 때 내 멱살을 잡던 소년."

"그때 죽이지 못한 걸 평생 후회하고 있죠."

할아버지는 아빠와 허구한 날 싸워대면서 그래도 팔은 안으로 굽는 건지 "말버릇이 아주 훌륭하군." 하며 비리게 웃었다. 에단은 "어르신도 살려드리는 게 아니었는데 말입니다." 하며 맞부딪쳤고 나는 "떽!" 소리치며 두 사람 사이에 쏙 들어갔다.

"이모가 아프신데 여기서 이렇게 싸우시면 안 돼요. 사람들이 본다고요."

그러자 할아버지는 시무룩해졌고, 아빠는 말이 없어졌다. 에단만이 '떽!'에 당황해서 어버버거릴 뿐이었다.

"뭐, 뭐?"

"삼촌, 폐하께서 저희에게 이곳 궁에 출입을 허락한 건 이모가 완전히 삿된 자로 변하지 않았기 때문이라고 생각해요."

가브리엘라가 삿된 자가 되었다면 레오나, 그러니까 도미니크 모후와의 약속 같은 건 지키지 못했을 거다. 삿된 자는 가둔다고 가둘 수 있는 게 아니니까 죽일 수밖에 없었을 테니.

"이모에게 가요."

"……."

에단은 잠시 말이 없었으나, 곧 한숨을 쉬고 "따라와." 하며 우리를 안내했다. 그가 데려간 곳은 침실이 아닌 정원이었다. 그녀의 성정답게 소담한 들꽃으로 꾸며진 정원 한가운데에 익숙한 인영이 보였다.

"이……!"

이모, 하고 부르며 달려가려던 난 움직이지 못하고 그대로 굳어 있었다.

'이 냄새…….'

영지 성벽을 둘러싼 누아제들에게서 나는 냄새와 비슷하기도 하고, 또 엄마의 병실에서 맡았던 죽음의 냄새와 비슷하기도 했다. 이모는 나를 보지 않았다. 그저 정원에 핀 꽃만을 바라보며 힘없는 목소리로 말했다.

"돌아가."

"하지만……."

"돌아가렴. 나는 아주 피곤해서 더는 견딜 재간이 없단다. 이젠 쉬고 싶어."

비단 몸 상태를 말하는 게 아니었다. 생에 미련이 없다는 뜻. 나는 그녀에게 한 발 내디뎠다.

"이모 향을 맡고 싶어요."

"……."

"이모한테서 나는 겨울 냄새를 좋아해요."

에단이 무심코 "겨울 냄새?" 하고 중얼거렸다.

"바람 냄새, 눈이 녹는 냄새, 난로에 바싹 말라가는 이불 냄새, 데운 우유 냄새, 사람 냄새— 그런 거요."

"……돌아가."

그렇게 말하는 이모의 목소리는 잘게 떨렸다. 내가 다가가면 다가갈수록 그녀는 어깨를 웅크렸다.

"난 네게 그런 말을 들을 만큼 좋은 사람이 아니야."

"……."

"세니아나, 나는 네게 죄인이다."

"……."

"네가 아탈란에 납치되기 전에 난 미아를 찾아갔어. 그 애가 적군의 품에서 웃고 있는 게 속이 타서. 모진 말로 그 애 가슴을 얼마나 할퀴었는지 모른다."

"……."

"그래서 미아는 불안했던 거야. 똑똑한 그 애가 주변에 알릴 생각 하나 못하고 홀몸으로 널 찾아 아탈란에게 간 건 내 탓이지."

"……."

"내가 네게서 어머니를 빼앗았다. 틈날 때마다 찾아가 저주를 퍼붓고, 끌고 오려 안달을 하고, 그래서 기어이 너희 가족의 단란한 일상을 망치……!"

난 그녀의 등을 끌어안았다.

"이모 탓이 아니에요."

"……."

고개 숙인 그녀는 아주 작게 흐느꼈다. 그 오랜 세월 동안 홀로 짐을 끌어안고서 무슨 생각을 했을까. 이렇게 평생 동안 스스로를 원망하였나. 매일, 매번 스스로 가슴을 할퀴고 상처를 벌려가며, 진물이 줄줄 흘러도 약 한 번 바를 생각조차 하지 못한 채. 그런 이모가 안타깝고 마음 아파서 난 그녀의 등을 힘주어 끌어안았다.

"함께 살아요."

울지 않으려고 애썼지만 자꾸만 목소리가 떨리고, 젖어 들었다.

"좋은 아침이라고, 행복한 하루였다고, 오늘보다 나은 내일이 되길 바란다고. 누구나 하는 시시한 인사를 하면서 평범한 하루를 보내요, 우리."

그녀는 천천히 고개를 돌렸다.

"……!"

얼굴의 반이 흉하게 일그러지고 틈 사이로 검은 오물이 흘러내렸다. 엄마와 닮은 아름다운 눈은 이미 붉게 물들어 있었다. 나는 애써 웃으며 십자로 갈라지기 시작한 입술을 매만졌다.

"큰일이다. 여전히 예뻐서."

"뭐라고?"

"엄마가요. 이모는 어릴 때부터 인형처럼 예뻤다고 했어요."

나는 쿡쿡 웃고 엄마의 말투를 따라 했다.

"하지만 진흙에서 뒹굴고도 예쁜 건 반칙이지~! 함께 거울에 비치는 동생은 민망하잖아?"

"……."

"—라고 항상 말씀하셨지요."

이모와 에단이 픽 실소를 흘렸다. 엄마의 목소리를 꼭 닮은 내가,

말투까지 비슷하게 흉내 내자 정말로 엄마를 보는 것 같은 모양이었다.

"우리 엄마, 또 민망하시겠다. 이모가 아직도 예뻐서."

이모는 울면서 웃었다.

이모를 침대에 눕히고서 방을 나선 난 아빠에게 매달렸다.

"폐하에게 제가 가브리엘라 궁에서 요리를 전담할 수 있도록 말씀해 주세요."

"……."

"네? 네? 아빠!"

아빠와 할아버지는 내키지 않는 얼굴이었다. 이모의 상태가 생각보다 심각했기 때문이었다. 그들이 걱정하는 것은 정화할 수 있느냐, 없느냐가 아니라 '언제 삿된 자가 되는가'였다. 이성을 잃고 날 공격하면, 황궁에선 그녀를 막아 낼 수 없을 테니까.

"아빠~!"

"……조건이 있다."

"조건이요?"

"첫째, 보호자 동반일 것."

"전 아이가 아닌……!"

아빠가 눈에 힘을 주어서 난 우물쭈물하다가 "네……." 하고 말했다.

"둘째, 보호자가 위험하다고 판단하면 즉시 귀가할 것."

"네."

"그리고 셋째."

나는 아빠의 세 가지 조건에 합의한 뒤에야 가브리엘라 궁의 출입을 허락받을 수 있었다. 아빠와 할아버지는 즉시 황제와 거래했고, 나는 가브리엘라 궁에 한하여 황궁 셰프 신분을 회복했다.

다음 날부터 보호자 동반의 가브리엘라 궁행이 시작되었다. 오늘의 보호자는…….

"이모를 잠깐만 보고 오면—"

"정화 후에."

"그래도 기왕 왔는데 인사를—"

"정화 후에."

"하지만……."

"어느 정도 정화 후에 하자, 막내야."

큰오빠 란슬롯이었다. 나는 한숨을 내쉬며 허리에 에이프런을 맸다.

'큰오빠는 가끔 할아버지나 아빠보다도 더 매몰찰 때가 있어.'

말로 설득하거나 매달리면 벌컥 화를 낼지라도 못 이긴 척 들어주는 가웨인과는 전혀 딴판이었다. 난 공수해 온 재료들을 보며 고민했다.

"으으음."

"오늘 메뉴는 뭐야?"

란슬롯이 물어서 나는 끙끙 앓으며 대답했다.

"그게 고민이에요."

누아제가 된 기사들을 보살피며 알았다. 일단 성식을 섭취해 누아제가 될 정도로 '물든' 사람은 사람의 음식을 입에 대려고 하지 않는다.

'누아제란 시체가 되는 마지막 단계이기 때문일 지도.'

극단적으로 식욕을 잃기 때문에 웬만큼 맛있지 않으면 먹이기 힘들었다.

'이모는 뭘 좋아할까.'

한참 고민하던 난 도움을 줄 사람을 찾았다. 외삼촌인 에단이었다.

"누님이 좋아하는 건…… 글쎄, 음식에 호불호를 드러낸 걸 본 적이 없는데."

"흐음, 삼촌은 도움이 안 되는구나."

"뭐?!"

버럭 소리치던 에단은 내 등 뒤에서 팔짱을 끼고 있는 란슬롯을 보다가 쯧, 혀를 차고 입을 다물었다.

"어린 게 무슨 위압감이……."

—하고 작게 중얼거리는 소리가 들렸다.

"그럼 맛이라도 봐 주세요. 두 분이선 계속 함께 지내셨으니 입맛이 비슷하실지 모르잖아요."

"그래."

나는 꺼내 온 재료를 바라보다가 식칼을 잡았다.

'일단 계란.'

고기보다는 먹기 쉬운 단백질인 계란을 메인으로 하자. 내가 고기를 멀리 치워 두자 란슬롯이 물었다.

"기력 회복엔 고기가 낫지 않겠어?"

"별로 좋아하시지 않는다고 들었어요."

로열 키친에서 수습 생활을 하면서 황족이 꺼리는 음식에 대해선 달달 외워야 했다. 가브리엘라 황비의 경우 육류를 좋아하지 않아서, 단백질은 해산물로 섭취하는 경우가 많다고 했다. 그러자 에단이 미간을 좁히며 말했다.

"어릴 적엔 자주 먹었는데, 없어서 못 먹을 정도였지. 나이 들면서 입맛이 바뀌었나."

"제 생각엔 아마도……."

"아마도?"

"육류는 포유류의 살점이잖아요?"

에단은 "그냥 고기라고 해 주면 안 될까." 하며 신음했다.

"우리 엄마도 그래서 고기를 별로 좋아하지 않으셨으니까요. 특히 삼겹살 같은 건 입에 대는 일이 없으셨지요."

"왜?"

"사람 타는 냄새와 비슷한 냄새가 나잖아요."

그러자 에단이 "우리 집 여자들은 이상해……." 하며 질린 표정을 지었다. 그러다 고기를 보더니 슥 밀어 놓았다.

'응? 맞는 말이지 않나.'

나는 고개를 갸웃하며 볼을 꺼냈다. 이모는 빵을 아주 좋아하니까 계란을 이용해서 빵을 만들자. 겨울에 먹는 빵 하면 호떡과 붕어빵도 있지만, 역시……

'계란빵!'

계란 하나를 통째로 넣을 테니까 반죽은 가볍게 만드는 게 좋겠어. 그리고 나는 가볍고도 간단한 반죽을 만드는 법을 안다.

'핫케이크나 팬케이크 가루를 이용하면 쉽지.'

쉽고 간단한 식사 대용 빵이라 황궁에서도 궁인에게 자주 내가는 것이었다. 그래서 미리 가루를 믹스해 소분하여 보관하는데 난 그걸 쓰기로 결정했다.

로열 키친에서 소분해 둔 가루를 볼에 쏟은 후, 일정량의 물을 붓고 덩어리가 지지 않도록 잘 섞었다. 그리고 버터를 칠한 깊은 팬에 반죽을 넣고, 그 위로 계란을 톡 깨서 통째로 얹었다. 소금과 후추를 약간 넣어 간한다. 그 후로는 아주 간단했다. 오븐에서 익기만을 기다리면 되니까.

그동안 난 계란빵과 함께 먹을 수 있는 국물 요리를 만들기로 했다.

'옥수수 수프가 정말 잘 어울리지만, 그건 탄수화물 비율이 너무 높으니까 단백질을 섭취할 수 있는 것으로 하자.'

기력 회복엔 아무래도 단백질이 최고니까 말이지요.

'그렇다면 좋은 게 있지.'

난 오징어와 새우살, 그리고 흰살생선을 아주아주 잘게 다지고 계란 흰자와 전분, 그리고 소금으로 약간의 간을 한 후에 끈기가 생길 때까지 반죽했다.

밀가루를 넣으면 오랫동안 부드럽게 보관할 수 있어서 좋지만, 소량만 만들어서 국으로 끓여 먹을 거라 생선의 깊은 맛을 느낄 수 있도록 밀가루는 넣지 않았다.

동글하게 말거나, 판판하게 편 상태로 기름에 투하할 즈음 계란빵이 모두 익었다. 나는 어묵이 타지 않게 신경 쓰며 오븐을 열었다. 고소하고 부드러운 향이 진동하는 맛있는 계란빵이 완성되었다.

"삼촌, 시식해 주세요."

하나를 꺼내서 건네자 에단은 미심쩍은 표정으로 계란빵을 살폈다. 워낙에 조리법이 간단해서 맛이 있을 거라고 생각하지는 않는 모양이었다. 그는 나를 힐끔 보다가 계란빵을 덥석 물었다.

"……!"

"어, 어때요?"

난 긴장된 얼굴로 그를 바라보았다. 게 눈 감추듯 하나를 홀랑 삼키는 것으로 보아선 꽤 마음에 드는 모양인데……. 그는 부스러기가 묻은 엄지와 검지 손끝을 핥으며 커흠, 헛기침했다.

"모르겠는데."

"네? 별로인가요?"

"하나로 어떻게 알아. 하나 더 줘 봐."

하나로 왜 모르지? 불안한 표정으로 하나를 더 건네자 그는 한 번에 계란빵을 입에 넣어 우적우적 삼키더니 말했다.

"잘 모르겠군."

"……?"

"또 줘 봐."

"……정말로 모르시는 거 맞아요?"

"그, 그럼!"

그러면서 왜 아쉬운 눈빛을 하시나요. 난 미심쩍은 표정으로 그를 보며 계란빵 하나를 천천히 내밀었다. 그는 마치 맹수가 먹잇감을 발견한 듯 순식간에 빵을 빼앗아 입에 넣었다.

"아우애오 오으에운. (아무래도 모르겠군.)"

그러곤 네 번째로 손을 내민다.

"맛있지요."

"모, 모른다니까?"

난 고개를 절레절레 젓곤 계란빵이 식지 않게 돔을 씌웠다.

"모르겠다고! 하나만 더 달라고!"

"이모도 드셔야죠."

"누님은 입이 짧아서 많이 안 먹어. 내가 잘 익었나 맛을 봐 줄게!"

"그만큼 드셨으면 잘 익은 거겠지요."

난 고개를 단호히 젓고 잘 익은 어묵을 거름망에 올려 두었다.

'어묵탕 끓이는 것도 간단한 편이지.'

옆에서 "하나만 더 먹어 보자!"라는 둥 "치사하기는!" 하며 소리치던 에단은 어묵탕에서 고소한 냄새가 나기 시작하자 정신을 홀랑 빼앗겼다.

"그것도 맛보자."

"아직 안 익었어요."

"언제 익는데!"

그러고 보니 어른들 입맛엔 계란빵보다 어묵탕이 더 맞는 편이지. 특히 술꾼들이 아주 좋아하고. 술꾼 하니까 생각났다. 이 나라 최고의 술꾼이자 지엄한 아발론의 주인이.

'드셨으면 좋아하겠네.'

그런 생각을 하며 난 국자를 들었다.

* * *

가브리엘라 궁을 찾은 황제는 주방에서 나는 냄새를 맡고 걸음을 멈추었다.

"이건 무슨 냄새지?"

보드카가 간절하게 생각나는 냄새였다. 그가 시종장을 향해 커흠, 헛기침했다.

"누가 만들고 있는 거냐."

"프렌시프 영애가 아닐는지요. 오늘부터 입궁을 허락받지 않았습니까."

"무슨 요리를 하고 있는 거지?"

"글쎄요……. 영애야 로열 셰프도 모를 기발한 요리들만 하지 않습니까."

그러자 황제가 애써 아무렇지 않은 척 중얼거렸다.

"그…… 짐의 비가 시식할 음식이지 않으냐."

"예?"

"괜찮은지 짐이 맛을 보는 것이 좋지 않겠나."

"뭐…… 예, 그렇습니다, 폐하."

"그럼 들어가 봐라."

"예?"

"하면 짐이 들어가랴?"

"아, 예."

시종장이 서둘러 주방으로 뛰어갔다. 그 앞에서 뱅뱅 맴돌던 황제는 얼마 후 돌아온 시종장을 보고 눈살을 찌푸렸다.

"왜 빈손인 것이냐."

"그게…… 없답니다."

"뭐?"

"황비님을 위해 딱 1인분만 준비한 터라 양이 부족하다고……."

"뭐야? 새로 만들라고 이르면 되지 않아. 수프라면 모두 금세 내오지 않느냐."

"역시나 특이한 요리였습니다. 수프에 넣은 재료 하나하나 모두 영애가 직접 만들고 준비한 터라 다시 만들려면 시간이 걸린답니다."

"핑계야. 짐이 로열 키친에서 쫓아냈다고 앙심을 품은 게지."

옆집 아저씨 보듯 비겁하다고 소리치더니, 정말로 옆집 아저씨인 줄 아는 건가!

'맹랑해. 아주 맹랑해.'

레오나의 젊은 시절을 보는 것처럼. 황제는 미련 넘치는 얼굴로 주방 쪽을 바라보다가 걸음을 돌렸다.

* * *

준비를 마친, 난 트레이에 요리를 옮겨 담았다. 계란빵은 먹기 좋게 식어 있었고, 어묵탕엔 김이 모락모락 오른다. 직접 쟁반을 들고 이모의 침실을 찾았는데 문이 열려 있었다. 누군가 막 빠져나간 모양이다.

'폐하겠지.'

쟁반을 들고 다가가자 천을 동여매 얼굴의 절반을 가린 이모가 고개를 들었다.

"식사하셔야죠."

"좋은 냄새가 나는구나. 폐하의 애가 탈만 해."

애가 탔나. 확실히 술꾼들이 혹할 만하긴 하지. 나는 침실 한 편에 있는 티 테이블에 트레이를 내려놓고 이모를 부축해 테이블로 이끌었다.

"식욕이 없어도 드셔야 해요."

"생경한 음식인데."

"계란빵이랑 어묵탕이에요. 어묵은 엄마도 아주 좋아하셨어요."

"그래?"

"겨울이면 거리 곳곳에 포장마차가 서는데요. 아, 포장마차라는 건 간이 판매점 같은 거예요. 축제에서 자주 보이는 노점상이요."

"미아는 어릴 때도 노점상을 아주 좋아했지. 워낙에 말괄량이라 신전 근처에서 축제만 했다 하면 개구멍을 파서 빠져나갔어."

내가 그렇게 얌전한 편은 아니었는데도, 엄마가 나만 보면 '세나는 너무 점잖아서 선생님은 걱정이구나.' 했던 이유가 납득이 갔다.

'본인이 그렇게 말괄량이셨으니까.'

"맞아요. 엄마는 포장마차를 좋아하세요. 길을 걷다가 발견하면 꼭 들어가서 어묵과 떡볶이를 사서 먹었어요."

"그렇구나."

"제가 살던 세계에서는요. 어묵을 미리 잔뜩 만들어 두고 퉁퉁 불 때까지 계속계속 끓이다가 손님이 오면 하나씩 팔아요. 거기다 고추나 파, 부추 같은 것을 넣은 양념장에 찍어 먹는 거예요."

나는 종알종알 윤세나의 세계에 대해 이야기했다. 이모는 내 이야기를 듣는 것을 아주 좋아해서 나는 뭐라도 계속 얘기하고 싶었다.

"어묵탕은 식기 전에 드세요."

그녀가 스푼을 들자 난 바짝 긴장이 되었다. 누아제가 된 기사 중에서 예민한 사람들은 아무리 평이 좋은 요리를 해도 한동안 넘기지 못하고 계속 토악질을 했다.

'이모도 그러면 어떡하지.'

그들과 달리 이모는 상태가 몹시 안 좋았다. 금방이라도 삿된 자가 되어 버릴 것 같아서 시간이 별로 없다. 이모도 엄마와 입맛이 비슷하면 좋겠다. 엄마가 좋아하는 요리라면 잔뜩 알고 있는데.

선생님도 입이 짧은 편이라 나는 그녀가 배를 땅땅 두드릴 수 있도록 입에 맞는 요리를 하기 위해 평생을 매달렸다.

'제발, 제발.'

국물을 맛본 이모는 눈을 동그랗게 떴다.

"특이하구나. 생선이 없는데 어떻게 생선 맛이 나지?"

"어묵이 생선 살을 다져서 튀긴 거니까요!"

내가 '엣헴' 하는 표정으로 으스대자 이모는 쿡쿡 웃었다.

"달짝지근하지만, 짭짤하고, 비리지 않으면서 구수해. 아주 맛있어. 이 어묵이란 건 탱글탱글해서 식감도 아주 좋고."

"양념장도 가져올까요?!"

"그럴래?"

"물론이죠!"

신난다! 나는 기뻐서 펄쩍펄쩍 뛸 기세였다.

'역시 자매라 그런가 입맛이 비슷한가 봐.'

엄마도 겨울에 입맛이 없으면 어묵탕만 달고 살았는데. 나는 재빨리 주방에 가서 양념장을 만들어왔다. 간장을 베이스로 고춧가루나 몇 가지 채소만 들어가면 되기 때문에 아주 간단하다.

"이모, 매운 건 어떠세요?"

"좋아해."

"그럼 고추기름을 조금 넣을게요. 더 맛있어요!"

신이 나서 양념장을 내밀었다. 이모는 정말로 어묵탕을 맛있게 먹었다. 외삼촌 에단이 입맛을 쩝쩝 다실 정도로.

"남길 생각은 없어?"

그가 묻자 이모가 "환자의 음식을 빼앗아 먹으면 못써." 하며 남은 국물을 싹싹 긁어 먹었다.

"정확히 말하면 환자는 아니지."

"비슷하긴 해."

"쳇."

"네가 좋아할 맛이긴 하다. 안주로 최고겠어."

"내가 누나만 한 술꾼은 아니지."

이모가 술을 좋아했나?

'과연 엄마의 핏줄이다.'

나는 또 한 번 통감했다. 선생님은 주량이 센 편은 절대로 아니었는데, 술은 몹시 좋아하셨다.

어묵탕은 성공이었다. 다만 계란빵은 그만큼 좋아하진 않았는데, 그래도 하나는 모두 먹었다.

'좋아. 토하지도 않으셨어.'

나는 두 개 남은 계란빵을 치우려다가 애타는 시선을 느끼고 고개를 돌렸다.

"외삼촌…… 드려요?"

그가 커흠! 헛기침을 하며 말했다.

"조카의 부탁을 거절할 수는 없으니 먹어 줄까……."

"싫으시면 괜찮은데요."

"주십시오."

"좋아요."

냉큼 말을 바꾼 그에게 계란빵을 건네고 주방으로 돌아왔다. 란슬롯이 날 기다리고 있었다.

"이건 오빠 몫의 뇌물이에요."

나는 계란빵을 그의 손 위에 올려두었다.

"뇌물?"

"우리 오늘 집에 늦게 들어가면 안 돼요?"

"왜 안 돼? 되지."

"정말이요?!"

"그런데 어디 가려고?"

"시장이요."

난 주먹을 불끈 쥐고 말했다.

"장을 볼 거예요."

"황궁엔 재료가 충분하잖아."

"하지만 그곳에서만 떠오르는 요리들이 있거든요. 가서 보고 맡고, 만지면서 술꾼들이 좋아할 요리를 만들 거예요."

란슬롯은 픽 웃으며 머리를 쓰다듬었다. 주방을 정리한 난 가브리엘라와 에단에게 인사하고 란슬롯과 함께 시장에 갔다. 주말을 앞두어서 그런지 인파가 가득했다. 얼마나 많은가 하면 조금만 정신을 놔도 사람의 파도에 휩쓸릴 것 같았다. 란슬롯은 행인에게 부딪쳐 비틀거리는 내 손을 얼른 잡았다.

"조심하셔야죠, 아가씨."

란슬롯은 정말 낭만적이란 말야. 비단 말투뿐만이 아니라 행동이며 목소리까지 아주 로맨틱한 사람이었다.

'아, 그러고 보니…….'

"상점 지구가 이 주변이죠?"

"응."

"상점가에서 오빠를 두고 몇 명이나 머리채를 붙들고 싸웠다는 게 이쪽?"

"……."

란슬롯은 빙그레 웃었다. 사람 소리에 묻혀 잘 듣지 못했지만, 얼핏 그가 "가웨인 이 새끼……." 하고 중얼거리는 것 같았다.

"여긴 아니야."

"으음, 그렇구나."

"세니아나, 오해가 있는 모양인데 혹시 나를 난잡하다고 생각한다면……."

"아닌데요?"

"그럼?"

"그냥 사람들이 오빠를 두고 싸울 만했다고 생각했는데."

나는 고개를 갸웃 기울이며 말을 이었다.

"동생인 내가 봐도 멋지잖아요. 시장 구경을 데이트처럼 만들어 주는 사람인걸."

란슬롯은 눈을 동그랗게 뜨다가 웃음을 터뜨렸다.

"귀여운 소리만 하는 건 위험해. 개떼들이 보물을 알아보고 노릴지도 모르니까."

"개떼들이요?"

"뭐, 지키는 건 가족의 몫이지. 가자."

난 오빠와 함께 시장 이곳저곳을 구경했다. 길라게온엔 재밌고 흥미를 끄는 것들이 많았지만, 그중에서도 가장 좋은 건 역시 마법이었다.

'마법이 있으니까 사철 재료를 한 번에 볼 수 있잖아.'

뿐만 아니라 쉽게 구할 수 없는 싱싱하고 희귀한 재료들도 있었다. 마치 대형 마트처럼! 나는 재료를 꼼꼼히 살피며 생각했다.

'안주…… 하면 이상하게 걸쭉한 소주 안주가 떠오른단 말이야.'

엄마가 소주를 각별히 좋아했기 때문이기도 하다. 엄마를 위해 직접 만들어 왔기 때문일까. 소주 안주로 좋은 것들은 정말 여러 가지를 알고 있었다.

'일단 탕류. 그중에서도 찌개가 아주 잘 어울리고 또…….'

이전에 만들었던 곱창볶음이나 연어회와도 궁합이 잘 맞는다. 그리고 순대볶음, 삼겹살, 골뱅이 소면, 파전……. 그런 생각을 하며 걷던 난 마침 발견한 재료를 보고 소리쳤다.

"우와!"

말도 안 돼. 이것까지 판단 말이야? 황도 시장 최고야!

황궁 재료 보관실이 아니라 시장에 오길 잘했다. 난 눈을 빛내며 '그것'에 바짝 다가갔다.

"손질한 것도 있나요?"

"물론이죠!"

"엄청 크다. 이렇게 큰 건 처음 봐요."

"이게 다 애정으로 키워서 그렇습니다요."

나는 그것을 반짝반짝한 눈으로 보며 생각했다.

'매운 걸 좋아한다고 하셨으니까 괜찮은…… 아, 하지만 고기는 싫어한다고 하셨는데.'

그래도 향신료를 때려 넣고 볶는 요리니까 육류를 구울 때 나는 특유의 향은 나지 않을 거다.

'괜히 요리했다가 만에 하나라도 식욕을 잃으면…… 아아, 어떻게 하지.'

난 끙끙거리며 한참을 고민하다가 결론을 내렸다.

"주세요, 이거!"

사 두면 어쨌든 먹을 사람은 있겠지.

다음날. 중앙탑에서 금좌 11석이 모이는 날이라 보호자로 무려 아빠와 할아버지, 란슬롯이 모두 오기로 했다. 난 그들이 오기 전에 이모를 보지 않기로 철석같이 약속한 후에야 가브리엘라 황비궁에 들어갈 수 있었다.

그리고 어제 시장에서 사 온 '그것'을 밀가루로 벅벅 닦았다. 하지만 손질을 다 하고 양념장까지 준비한 후에도 선뜻 요리할 수 없었다.

'어쩌지, 어떡하지.'

오랜 시간 고민하는 중에 똑, 똑 노크 소리가 들렸다. 어제 보았던 아발론의 시종장이었다.

"무슨 일이시죠?"

"폐하께서 황비님께 내갈 요리를 기미하셔야겠다고 하셨습니다."

"그래요? 그럼 기미할 궁인을 불러 주세요."

"…… '폐하께서 직접' 하시겠다고 명하셨습니다."

"……."

"……."

우리는 묘한 얼굴로 시선을 교환했다. 몇 번 헛기침을 한 시종장이 머쓱한 얼굴로 말했다.

"괜찮으시면 어제 만들었던 수프를 또 한 번 내시는 게 어떠십니까."

"……어묵탕이 보드카와 어울리긴 하지요."

황제가 보드카 귀신이라는 얘기는 워낙에 유명하고. 중국 고량

주와 비슷한 남부의 술을 즐겨 마시기도 한다고 했다.

"부탁드립니다."

"그런데 오늘은 어묵을 튀기지 않을 거라서요."

"그렇습니까……."

시종장은 몹시 아쉬운 얼굴이었다.

'가여워라.'

황제가 그를 꽤나 닦달한 모양인지, 몹시 피곤한 듯했다. 난 철부지 황제를 모시는 시종장이 가여워서 오늘 만들 안주, 아니, 요리를 나눠 주기로 했다.

"네, 완성되면 아발론으로 가져갈게요."

시종장의 얼굴이 환해졌다. 그가 돌아가고서 난 결심을 마쳤다.

'일단 해 보자. 재료는 준비해 놓았으니까.'

가브리엘라 황비와 틈만 나면 대작해 온 황제이니 엄마처럼 그녀와 입맛이 비슷할 수도 있겠지. 내가 황제를 기미역으로 써먹어야겠다.

* * *

황제는 점심 식사도 대충 한 채로 '술과 기가 막히게 어울릴 술꾼의 촉이 발동하는 요리'를 기다렸다. 언제 올까 싶어 술까지 준비해 둔 채로 초조하게 기다리던 황제는 노크 소리를 듣고 퉁기듯이 일어났다.

"그것이냐!"

"저…… 폐하, 오늘은 '어묵'이란 것이 준비되지 않아서 다른 안주, 아니, 다른 요리를 내왔습니다."

황제의 얼굴이 금세 시무룩해졌다. 그는 힘이 쭉 빠진 얼굴로 입맛을 다시다 퍼뜩 정신을 차리고 근엄한 척 말했다.

"몸이 미령한 비가 먹을 음식이니 짐이 그녀를 아끼는 마음에 살펴보겠다고 한 것이야."

시종장의 얼굴이 떨떠름해졌지만, 오랜 세월 황궁의 궁인으로 지낸 그는 순식간에 표정을 수습할 수 있는 남자였다.

"과연 성군이십니다."

그렇게 말한 시종장이 황제의 앞에 세니아나의 요리를 내려놓았다.

'호오, 이것도 꽤…….'

어묵탕과는 다른 냄새지만 술욕, 아니, 식욕을 동하게 하는 건 마찬가지였다. 고추를 얼마나 쓴 건지 맛보기도 전에 코가 얼얼할 지경이다. 황제는 신이 나서 술병 마개를 따고, 술잔에 아끼고 아끼던 비장의 술을 꼴꼴 따랐다. 그리고 접시 위를 덮은 돔을 열었는데…….

"이게 무엇이냐?"

그의 얼굴이 딱딱하게 굳어졌다.

"닭발이라는 요리입니다."

"보면 알아! 이건 누가 봐도…… 닭발이지!"

그가 오만상을 찌푸린 채 시종장을 쳐다보았다.

"그러니까 닭발로 만든 이 요리의 이름이 뭐냐고."

"저도 수차례 물어보았지만 닭발이라고 했습니다……. 굳이 다른 이름을 붙여야 한다면 '국물 닭발'이라고 부른답니다."

"이런 고얀 ─!"

역시 앙심을 품은 게 틀림없다. 레오나가 죽기 전부터 신경 쓰고, 프렌시프의 노인네와 돌덩이가 애지중지 아끼는 데다 제국 유일의 성녀라 너무 봐준 게지.

'황제 알기를 개똥으로 아니 이따위 것을 내오는 게 아닌가!'

"당장 치워!"

"하지만 폐하, 영애가 고생하여 만드는 것을 보았……!"

"치우라지 않아!"

그가 탕! 테이블을 내리쳤다. 어찌나 세게 내리쳤는지 국물이 손이며 입가에까지 튈 정도였다.

"짐의 불쾌한 심기를 전하도록 해라."

"예……."

시종장이 요리를 들고 떠나고 황제는 씨근덕거리며 의자에 풀썩 앉았다.

'고얀 것.'

그리고 입가에 묻은 국물을 손끝으로 닦아 내려다가 얼떨결에 맛을 보고 말았다.

"뭐지."

뭐야, 이건. 징그럽게 생긴 요리였는데 왜…….

'맛있어.'

소스를 조금 핥은 것뿐인데도 입 안이 불 난 듯 엉망이 되었다.

손끝에 묻은 양념은 마냥 맵기만 한 게 아니었다. 통각을 자극하는 아린 맛을 중심으로 짠맛과 단맛, 감칠맛이 훌륭한 조화를 이루었다. 황제는 당황했다. 재료도, 완성된 모습도 흉물스러운 요리에서 이런 맛이 나다니.

'더 맛보고 싶어……!'

사실 도미니크가 매운 음식을 몹시 즐기는 건 유전 때문이었다. 황제는 황자 시절부터 소피아 대부인이 질색할 만큼 매운 요리를 달고 살았던 것이다. 덕분에 속병으로 고생한 게 하루 이틀 일이 아니었다.

어릴 땐 모후와 의사들이, 나이 들어선 황비와 자식, 그리고 친황파 늙은이들까지 '건강!'을 부르짖으며 귀찮게 했다. 황궁의들은 매운 것을 먹을 거라면 차라리 술을 끊길 권했다. 하지만 술만큼은 포기할 수 없었던 주정뱅이는 주변의 만류에 어쩔 수 없다는 듯이 매운 것을 포기했다.

속이 확 풀릴 정도의 매운 것을 마음껏 즐겨 본 게 언제였더라. 오늘 세니아나가 만든 요리는 아주 괜찮았다. 소스가 마음에 쏙 드는 데다, 일단 모양이 눈에 보이지 않자 저도 모르게 편들어 줄 생각도 들 정도로.

'사실 그만큼 고약하게 생긴 요리는 얼마든지 있지 않은가.'

원기 보충이 필요하다며 자라 하나를 통째로 식탁에 올리는 일도 있었다. 눈을 부릅뜬 생선의 토막 난 머리를 요리에 장식하는 것도 보았다. 식사 내내 거슬려서 도무지 속이 편하지 않았다. 동물의 내장도 먹고 사는데 닭의 발쯤은 양호한 게 아닐까.

'너무 섣불렀나.'

그래, 자신은 옥타비우스 로젠카르트튼. 고귀하고도 고귀한 이 나라의 군주였다. 세니아나가 그런 자신을 무시할 일이 뭐가 있겠는가.

그는 다시 시종장을 불러들였다. 시종장은 맨손으로 들어와 허리를 굽혔다.

"그…… 아까 그것 말이다."

"영애의 요리를 이르십니까?"

"그래."

시종장은 자신감 넘치는 얼굴로 가슴을 두드렸다.

"염려 마십시오, 폐하. 영애에겐 제가 따끔하게 한마디 하였습니다."

"……했다고?"

"예! 핏줄을 앞세워 황궁의 권위에 도전하는 작자들의 비참한 최후를 일러 주었습니다."

"……."

"또한 부디 조심 또 조심하라 일렀고, 황제 폐하의 심기가 상하셨다는 말도 잊지 않았지요."

"……."

"이깟 요리를 낼 거라면 황궁의 주방이 아닌, 시장으로 가라 매섭게 다그쳤고—"

"……."

"다시는! 그따위 요리를 하지 못하도록 단단히 일렀습니다."

황제가 말이 없자 시종장은 뿌듯한 얼굴로 고개를 주억거렸다. 한동안 시종장을 빤히 보던 황제의 표정이 가라앉았다.

"그래서……?"

"예?"

"다시는 하지 않겠다던가?"

"물론이죠!"

빌어먹을. 일 잘하는 녀석이란.

황제가 몹시 못마땅한 표정으로 소리쳤다.

"귀족 영애의 신분으로 짐의 요리사가 되기 위해 피땀 흘려 수양하는 자에게 그리 말할 것까지는 없지 않았나."

"예? 하지만 폐하께서……."

"짐이 언제 그렇게까지 다그치라 했던가! 짐은 그저…… 그저 ―"

황제가 인상을 찌푸리며 소리쳤다.

"더욱 정진하길 바라는 마음에 따끔한 충고를 하라고 했던 것이지. 그런데 이런 눈치 없는 인사를 보았나!"

"……."

"그래서 닭발…… 이란 것은 어떻게 되었지?"

"제 눈앞에서 치우라 명했……."

"뭐야?!"

아깝게시리!

황제가 불안한 표정으로 가브리엘라의 궁을 쳐다봤다. 세니아나가 다시는 닭발을 만들지 않으면 어찌하지…….

*   *   *

나는 가브리엘라 황비에게 우유를 챙겨 주었다. 황제가 닭발에 질색을 하기에 황궁에선 더 이상 흉측한 음식은 만들지 말자고 결심했는데, 이모가 먼저 냄새의 정체를 묻더니 '내가 한 번 먹어 볼까?' 하고 넌지시 말했다. 그리고 닭발을 가져다주자 그녀는 정말로 잘 먹었다.

"맵지 않으세요?"

"매운 편이지만, 아주 맛있어. 여기엔 도수 높은 술이 어울리겠어. 보드카나 쌀로 빚은 술이나."

"아직 술은 안 돼요."

누아제들이 갑작스럽게 삿된 자로 변하는 건 부정적인 감정에 휩쓸렸을 때였다. 맨정신일 적엔 그나마 감정을 다스릴 수 있지만, 술을 마시면 격해지므로 아주 위험하다. 내 생일 무렵에 누아제가 된 영지민도, 그리 주의를 주었는데 술을 훔쳐 마셨더랬다.

'일단 삿된 자가 되면 돌이킬 수 없어.'

"이모, 갑자기 매운 게 들어가면 속이 다 망가지니까 오늘은 적당히 드세요. 다음에 또 만들어 드릴게요."

"그래."

에단은 어쩐지 부러운 얼굴이었다. 그래도 또 환자의 음식을 빼앗아 먹을 수는 없는지 얌전히 문가에 서 있었다.

'이렇게 칼칼한 음식이 잘 맞는 모양이네. 메뉴는 앞으로도 소주에 어울리는 것을 떠올려야겠어.'

며칠을 애썼더니 이모의 상태는 조금씩 호전되고 있었다. 열십자(十)로 벌어지기 시작하던 입이 다시 한일자(一)로 돌아오고, 새빨갰던 눈은 얼마나마 본래의 색이 되었다. 난 콧노래를 부르며 황비의 침실을 빠져나왔다.

'조금만 더 열심히 하자.'

이제 슬슬 괜찮아지고 계시니, 앞으로 더 좋아지실 거라고 믿자.

빈 접시를 들고 주방으로 가려는데 누군가 쏜살같이 뛰어와 내 앞을 가로막았다.

"여, 영애!"

"……네?"

오늘 나를 된통 다그치고 간 황제의 시종장이었다.

"무슨……?"

아앗, 더 혼내려고 그런 걸까. 충분히 반성했는데! 난 울상을 짓고 시종장에게서 한 걸음 멀어졌다.

"걱정하지 마세요. 폐하께 다시는 그런 요리를 내가지 않겠어요."

"그, 그게……!"

"절대로요. 해가 서쪽에서 뜨지 않는 한 제 손으로 폐하 앞에 요리를 내지 않을 테니 안심하세요."

"해, 해가 서쪽에서 떠야 요리를 해 주시겠다는 말씀이십니까?"

뭐, 정리하면 그런 이야기긴 하다만……. 나는 어색하게 고개를 끄덕였고, 시종장은 하늘이 무너진 표정으로 이마를 잡았다.

"사직할 때가 온 것인가……."

중얼거리는 것으로 보아선 황제에게 단단히 혼난 모양이었다.

그렇게 생각하자 억울해졌다. 이모한테 내갈 요리를 나눠 달라고 한 건 황제 자신이면서.

'다시는 해 주나 봐라.'

닭발이 좀 기괴하게 생겼다는 건 인정하지만, 아주 맛있는 음식인데. 그렇게 결심한 나는 쟁반을 들고 시종장을 지나쳤다.

주방을 깨끗하게 정리한 난 주스를 가지고 가브리엘라 궁 뒤편으로 나왔다.

'조금 힘든걸.'

예상은 했지만, 정화는 정말로 힘에 부치는 일이었다. 이모의 상태는 다른 누아제들에 비해 훨씬 심각해서 음식을 먹인 후엔 정신을 똑바로 차리지 않으면 픽 쓰러질 것만 같았다. 뒤뜰에 앉아 어깨를 쿵, 쿵, 두드리던 난 인기척 소리를 듣고 고개를 돌렸다.

"저하."

도미니크가 내 곁으로 다가왔다.

"피곤하십니까."

"조금요. 그보다 저하는 괜찮으신가요?"

"예."

"하지만 그날 황제 폐하께선……."

황제가 흥분하는 건 차라리 덜 무서웠다. 그건 진심으로 화가 났다는 게 아니었으니까. 그의 얼굴이 고요해 보일 때야말로 정말 위험한 것인데, 그날 황제는 아주 무미건조한 얼굴로 두 황자를 끌고 갔다.

"황태자에겐 좋은 일이었죠. 제게도 나쁘지만은 않습니다."

"왜요?"

"공무에서 제외되어서 쉴 시간이 생겼거든요. 그래서 영애와 이렇게 함께 있을 수도 있고."

도미니크는 일부러 장난스럽게 대답했다. 난 "그게 뭐예요." 하며 울상을 지었다.

"정말로 괜찮으신 거예요?"

"당신이 괜찮다면 난 언제나 괜찮습니다. 그래도 정 염려된다면 부탁을 들어주시겠습니까."

"좋아요!"

내가 눈을 반짝반짝 빛내면서 "뭘 하면 되지요?" 하고 물으니 그가 팔을 활짝 벌렸다. 안아달라는 듯이. 난 킥킥 웃으며 그의 허리를 끌어안았다.

"조금만 더 힘내요. 이제 끝이 머지않았으니까."

이모를 정화하고, 로열 셰프 자리를 빼앗은 후 아탈란을 정리한다. 그것만 끝내면 우리는 평화로워질 수 있었다. 나와 도미니크는 끌어안은 채로 서로에게서 위안을 얻었다. 그때였다.

"신수가 훤하십니다."

할아버지의 목소리가 들려왔다.

* * *

방금 전. 나베리우스와 아서, 란슬롯, 가웨인은 "그래도 정 염려

된다면 부탁을 들어주시겠습니까." 하며 팔을 벌리는 도미니크를 멀찍이서 지켜보고 있었다.

"이건 뭔 개소리냐."

나베리우스가 아서와 란슬롯, 가웨인을 돌아보며 음산하게 물었다.

"너희들은 일이 이렇게 될 때까지 뭘 하고 있었어."

저 빌어먹을 놈팽이가 내 손녀를 끌어안고 있잖아. 정확히 말하면 안은 쪽은 세니아나지만, 팔불출 계의 떠오르는 신성인 프렌시프 사내들은 그런 것쯤은 뇌 내에서 달리 치환할 수 있었다. 가웨인이 이글거리는 눈으로 도미니크를 노려보았다.

"얼마나 영악한 놈인지 모릅니다."

"영악해?"

"놈은 비상합니다. 세니아나의 측은지심을 일으키는 데 도가 텄습니다."

일전에 도미니크를 구박한 일로 무려 한 달 가까이 세니아나의 눈치를 살피며 살았다. 그들은 첫 전투의 뼈아픈 패배를 아로새기고 한동안 전열을 가다듬는 중이었다.

"멍청한 놈들."

나베리우스가 쯧, 혀를 차며 도미니크를 쏘아보았다.

"영악한 놈을 칠 때는 함께 비열해져야 하는 법이다."

비열하기론 둘째가라면 서러운 동부의 왕이 살벌하게 중얼거렸다.

"선봉을 맡으시겠습니까."

"부족한 투사들을 두어 늙은이가 말년에 고생하겠구나."

그렇게 말하는 주제에 눈은 누구보다 투지로 불타고 있었다. 그가 커흠! 헛기침을 하며 세니아나와 도미니크에게 다가갔다.

"신수가 훤하십니다."

도미니크가 몸을 일으켜서 그를 향해 고개를 수그렸다.

"할아버님, 황도로 귀환하신 것을 축하드립니다."

할아버님~?!

'어쭈, 이놈 봐라.'

나베리우스는 비릿하게 웃고는 고개를 숙였다.

"부족한 늙은이를 환대하여 주시니 몸 둘 바를 모르겠습니다."

"몸은 괜찮으십니까."

"염려해 주신 덕에 많이 나아졌습니다."

그렇게 말한 나베리우스가 이마를 쥔 채 비틀거렸다.

"할아버지!"

깜짝 놀란 세니아나가 그를 부축했다.

"괜찮으세요? 왜 또……. 다 나으신 게 아니었나요?"

"잠시 빈혈이 일었을 뿐이다."

"갑자기요? 어떡하지……. 아무래도 다 나은 건 아닌 모양이에요."

세니아나는 걱정이 담뿍 밴 얼굴로 나베리우스를 살폈다. 황도로 돌아온 후 젊은이들보다 건강하게 지내서 안심했었는데 아무래도 착각이었나보다. 나베리우스는 처연히 웃으며 고개를 저었다.

"걱정하지 말래도."

"아탈란에서 고문을 당하신 것 때문에 더 그러실 거예요."

"그렇지 않아. 이 나이가 되었으면 어디 하나는 상하지 않는 게 당연하지."

그러며 아탈란의 대사제에게 찔렸던 옆구리를 감싸 쥐고 신음했다. 세니아나는 "역시 고문의 여파가!" 하며 인상을 찌푸렸다.

"얼른 가세요. 쉬어야겠어요."

그가 옆구리를 감싸 쥐며 고개를 끄덕였다.

"그래야겠구나."

"그런데 할아버지."

"그래."

"아탈란의 신전에서 찔린 건 왼쪽 옆구리가 아니었나요?"

왜 오른쪽을 잡고 계실까.

"……."

"……네?"

나베리우스는 말없이 손을 오른쪽 옆구리에서 왼쪽 옆구리로 옮기며 희미하게 웃었다.

"신전에서 다친 것 때문이 아니래도 그러는구나. 후……. 그저 갈 때가 왔을 뿐이야."

과연 비열하기로는 둘째가라면 서러운 동부의 왕! 가웨인은 존경스러운 조부를 바라보며 혀를 내둘렀다. 자연스럽게 세니아나와 도미니크를 떨어지게 만들더니, 그녀의 염려를 불러일으켜 도미니크 쪽엔 신경도 쓰지 못하게 했다.

"그런 말씀 하지 마세요."

"대사제에게 차였던 다리가 아프긴 해. 노인은 골병이 들면 끝이라던데. 아쉬워서 어떻게 널 두고 떠날까."

진짜로 병자라도 된 것 같은 말투였다.

'역시 조부님은 치졸하기론 따를 자가 없으시다.'

가웨인이 고개를 주억거렸다. 나베리우스는 흐린 눈빛으로 오른쪽 허벅지를 짚었다.

"계속 그런 말씀 하시면 화낼 거예요! 저택으로 돌아가요. 그런데 할아버지."

"그래."

"차였던 쪽은 왼쪽 다리였는데……."

나베리우스는 자연스럽게 왼쪽으로 손을 옮기며 비틀거렸다.

"부축을 부탁해도 되겠느냐."

"그럼요!"

세니아나는 의아하다는 생각도 잊고 얼른 나베리우스의 허리를 붙잡았다. 설마 일흔을 바라보는 나이에 손녀와 손녀 사윗감을 떼어 놓겠다고 거짓말을 줄줄 입에 담을 줄은 몰랐던 것이다.

란슬롯이 걱정 어린 얼굴의 막내를 보며 픽 웃었다. 세니아나는 모를 것이다. 손녀를 빼앗기지 않기 위해서라면 치매 노인 행세도 능히 할 사람이 저 나베리우스 프렌시프였다.

* * *

'닭발……'

보드카와 기가 막히게 어울리는 그 탕 요리……. 닭발……. 탕 요리……. 닭발…….

어두운 표정으로 세니아나의 요리를 떠올리고 있던 황제는 끙끙 앓았다. 손에 넣지 못한다고 생각하니 더더욱 간절해지는 것이 사람의 마음이었다.

'어떻게 체면 상하지 않고 마음을 돌려세울 방법이 없을까.'

내내 고민하던 그는 아침이 되어서야 묘수를 떠올렸다. 그가 얼른 도미니크를 불러들였다. 아침부터 끌려 나온 그는 몹시 귀찮은 얼굴로 황제에게 부복했다.

"부르셨습니까, 폐하."

"너는 생각이 있는 놈이야, 없는 놈이야!"

"또 무슨 일로 그러십니까."

도미니크가 길게 한숨을 내쉬자 황제는 옳다구나 싶어 커흠! 헛기침했다.

"너는 짐을 아비로 여기긴 하는 것이냐?"

"그러니 황궁에서 머물고 있는 것이 아니겠습니까."

"한데 왜 아직도 황자비 얘기가 없어!"

"……예?"

"이 나이 되었으면 아비가 챙기지 않아도 황자비 하나둘은 데려와야지."

"둘까지는 필요 없습니다."

"어쨌든 말이다! 뭐…… 흠, 마음에 드는 처자가 있으면 따로 보아도 좋고."

"대체 무슨 말씀을—"

"그, 왜…… 보통 시댁에 인사 갈 적엔 선물 하나씩들 가져오지?"

"관습이지 않습니까."

"짐이 뭘 좋아하는지 2황자는 알고 있느냐?"

황제가 은근한 눈길로 도미니크를 쳐다보았고, 도미니크는 인상을 찌푸렸다. 황제가 좋아하는 것들이야 수도 없이 많았다. 권좌. 황권 강화를 할 수 있는 정치적 무언가. 자식 간에 싸움을 붙이는 일. 기타 등. 황제의 눈을 벌겋게 하는 것들은 대체로 자신과 무관하며 이롭지 않은 것들이었다.

도미니크는 딱 잘라 말했다.

"우둔한 제가 감히 폐하의 심중을 어떻게 헤아리겠습니까. 제게는 어려운 질문이니 거두어 주십시오."

들을 필요도 없다는 대답이었다. 황제는 움찔, 하고 뻔뻔한 표정의 아들을 바라보았다.

"짐의 심중을 살피는 것은 자식 된 도리이지. 잘 헤아려 보아라."

"훌륭한 형님과 영민한 아우만 못한 제가 무엇을 알겠습니까."

"하면 짐이 알려 주마."

"아닙니다."

"알려 준다니까."

"괜찮습니다."

망할 놈의 새끼. 황제의 눈에서 불똥이 튀었다. 결국 그는 버럭 소리쳤다.

"영애를 구슬려서 뭐라도 만들어와!"

"예?"
"세니아나 프렌시프 말이다."
도미니크의 표정이 썩어들어 갔다.

* * *

저택으로 돌아간 나는 수건으로 머리를 말리며 점멸하는 통신석을 연결했다.
"예, 전하."
[오늘 무슨 요리를 한 겁니까.]
"네?"
[가브리엘라 황비궁에서 말입니다.]
"오늘이요? 오늘은 닭발을 하였는데, 계란국이랑."
[그중 폐하께서 홀리신 게 뭡니까.]
자꾸 무슨 소리람. 나는 의자에 걸어 놓고 통신석을 집어 들었다.
"자초지종을 설명하셔야 속속들이 알려드리지요. 무슨 일이 있었나요?"
그리고 이어진 도미니크의 말을 들은 난 기가 막혔다. 황제가 도미니크를 불러들여 애인을 운운하면서 요리를 가져오라고 했다니. 묘한 얼굴이 된 나는 침대에 걸터앉으며 말했다.
"이런 말씀 드려도 되는지 모르겠지만 폐하께선…… 으음, 조금……."

통신석에서 한숨이 흘러나왔다.

[본래 탐욕적인 분이십니다. 특히 음식과 술에 말이죠.]

“온갖 산해진미를 입에 달고 사셨을 텐데 왜 그러실까요.”

[입에 달고 살지 못했으니까요.]

“왜요?”

나는 눈을 동그랗게 뜨며 배를 깔고 침대에 누웠다.

[황족은 금욕적이길 강요받습니다.]

그것참 황제와는 정반대의 이야기다. 나는 어느 책에서도 길라게온의 황제만큼 유치하고 욕심 많은 군주를 본 적 없었다.

‘뭐, 하나하나 뜯어보면 비슷한 왕이 있기야 하겠지만.’

남의 아내를 빼앗으려고 강제 노역거리를 만들었다는 왕도 있지. 성욕에 눈이 머는 것보다 식욕이 강한 쪽이 양호한 편이긴 했다.

[황족은 어떤 것에도 호불호를 드러낼 수 없었습니다. 음식에조차.]

“아아, 황태자 전하께서도 음식에 호불호를 드러내지 않으려 애를 쓰시긴 하셨어요.”

[지금 그렇게까지 하는 건 자리가 위태로운 황태자뿐이겠지만, 폐하께서 황자였던 시절엔 달랐습니다. 올리비에 폐공작은 특정 차를 자주 찾는다는 이유로 선황에게 꾸중을 들었을 정도였으니까요.]

듣자 하니 정말로 엄청났다. 음식을 잔뜩 차려 놓고도 소식하는 게 미덕이었다거나, 식사를 할 적엔 폭식하지 않도록 티스푼만 한 수저를 써야 한다거나, 승마에 정신이 팔린 황자에겐 스스로 말의 목을 베도록 한다거나.

'김유신은 스스로 하기라도 했지!'

나는 질려서 고개를 절레절레 흔들었다. 그렇게 절제를 강요받았다면 그 반동으로 황제가 술과 음식이라면 정도를 모르는 게 이해가 갔다.

"그럼 제가 닭발을 만들어 가야 하는 걸까요?"

[아니요.]

으응? 부탁하려는 게 아니었어? 난 고개를 모로 꼬며 물었다.

"왜요?"

[영애가 폐하의 마음에 꼭 드는 음식을 만든다면 황궁의 유령이 되어서도 주방에 묶여 살아야 할 겁니다. 그 닭발이라는 것을 손질하면서요.]

나는 무겁게 가라앉은 목소리를 듣고 킥킥 웃었다.

"알겠어요. 그래도…… 한 사람에게라도 인정받으니까 기분은 좋은데요. 폐하께서 저를 저하의 애인으로 인정해 준 거잖아요."

난 헤헤 웃다가 멈칫하고 미간을 좁혔다.

"그러고 보니까 우리 사귀자는 말은 하지 않았지요?"

어영부영 사귀기 시작해서 청혼을 들었다.

[말이 꼭 필요합니까.]

"아니면 혼자서 착각할 수도 있잖아요. 나는 사귄다고 생각하는데 저하는 아닐 수도 있고. 그리고 시작! 하고 만난 게 아니니까 제게 저하는 그냥 저하이고, 저는 저하께 영애잖아요."

[달리 부르는 게 좋겠습니까.]

그의 목소리에 웃음기가 배어들었다. 나는 "으음……." 하고 고민하다가 고개를 저으며 말했다.

"아니요."

[어째서?]

"영애라고 부르는 저하는 정중해서 좋아요."

[전 그렇지 않습니다만.]

어쩐지 투덜거리는 느낌이라 난 킥킥 웃고 "어허, 황족은 금욕적이어야지요." 하고 말했다.

"그렇지 않으면 식사를 하실 때 티스푼을 쓰게 될지도 몰라요."

[그 정도쯤이야.]

"그럼 말의 목을 베게 될지도!"

[그건 좀 곤란하군요.]

이렇게 느긋하게 대화를 하는 건 오랜만이라 그런지 그는 기분이 좋은 모양이었다.

[내일 보호자는 누굽니까?]

"네?"

[늘 보호자 동반이시지 않습니까.]

그가 장난스럽게 물어서 난 얼굴을 조금 붉혔다. 이 나이에 보호자 동반이라니……. 나는 우리 가족이 조금…… 아니, 꽤 과보호라는 걸 알고 있었기 때문에 몹시 부끄러워졌다.

'그렇지만 나는 특이한 케이스니까.'

아탈란에서 언제 공격받을지 모르고, 이모가 삿된 자가 되면 죽을지도 모른다. 응, 그런 거지. 난 속으로 합리화를 하면서 대답했다.

"내일은 할—"

그때, 쾅쾅쾅! 문이 부서질 것 같은 노크 소리가 들려왔다.

"세니아나, 큰일이다!"

나는 화들짝 놀라 일어났다.

[무슨—]

"다음에 연락해요."

재빨리 통신을 종료하고 문을 나섰다. "무슨 일이에요?!" 하고 소리치며 주변을 둘러보자 무언가가 불쑥 앞으로 튀어왔다.

"널 먹이려고 사 왔는데, 잊고 있었어."

체리가 올라간 초콜릿 바움쿠헨을 든 가웨인이 아무렇지 않은 얼굴로 말했다.

"……큰일이라고 하셨잖아요."

"큰일이지. 하마터면 케이크가 맛없어질 뻔했잖아."

"정말!"

오랜만에 기분 좋게 통화 중이었는데. 나는 가웨인을 흘겨보았다.

"이건 큰일이 아니라고요."

"그래서 안 먹을 거야?"

"먹을 거지만……."

"가자."

나도 황제만큼 식탐이 있는 것 같다고 생각하며 그를 따라갔다.

그런데 그날 이후로 가족들의 '큰일'은 계속 일어났다. 이상하게 도미니크와 통신만 하려고 하면 "큰일이다!" 하고 나타났다. 이틀째만 해도 그러려니 했는데 사흘이 넘어가자 아무리 생각해도 이상했다.

[그럼 내일은 호숫가로ㅡ]

"세니아나, 큰일이다!"

밖에서 소리가 들리는지 도미니크의 목소리가 낮게 가라앉았다.

[다음에 다시 하죠.]

"예……."

나는 벌컥 문을 열고 쿵쿵쿵 발을 구르며 가웨인을 흘겨보았다.

"또 뭔데요."

"저택에 토끼가 들어왔어."

"우와! 볼래요! 으음, 그런데 이 계절에, 이 삼엄한 감시를 뚫고 토끼가 어디서 왔을까요?"

"……털이 북슬북슬해!"

"와!"

문제는 가족들이 들고 오는 '큰일'은 흥미로운 것들이라 나는 화를 내려던 것도 잊고 그들을 따라갔다.

* * *

이젠 이렇게 치졸하게 나오신다 이거지.

통신석을 빤히 보던 도미니크가 헛웃음을 흘렸다. 마구간 사건 이후로 잠잠했던 프렌시프의 사내들은 나베리우스라는 지원군이 올라오자 작전을 바꿔 맞서 싸우기 시작했다.

도미니크는 일주일째 세니아나와 제대로 된 대화를 나누지 못하고 있었다. 조금 이야기가 이어질 만하면 "큰일이다!" 하는 목소리가 들리더니 세니아나가 "우와!" 하며 냉큼 통신을 종료했다.

그때마다 도미니크의 곁을 지키던 알베르는 배를 잡고 굴렀다. 도미니크가 이번에도 껄껄 웃는 알베르의 장딴지를 걷어찼다.

"윽……."

그는 걷어차인 부분을 매만지며 콜록, 헛기침을 했다.

"프렌시프 일가의 하는 짓이 우습지 않습니까."

"그래서."

"저하께도 지원군이 필요하지 않겠습니까."

도미니크의 눈이 가늘어지자 알베르는 비열한 얼굴로 입꼬리를 올렸다. 본래 그는 중앙 기사단의 수뇌부 출신으로 군사 작전을 계획, 주도했다. 특기는 뒤통수치기, 취미는 적군 분열시키기. 이간질엔 도가 튼 인사였다.

"가브리엘라 황비님이 계시지 않습니까."

도미니크의 최측근으로 세니아나의 일을 어느 정도 알고 있기에 할 수 있는 조언이었다.

"황비라. 가능하겠나."

"적의 적은 동지라는 말이 괜히 나오는 게 아니죠."

"가브리엘라 황비궁으로 간다."

도미니크가 황비궁을 찾자 에단과 함께 책을 읽던 가브리엘라가 몸을 일으켰다. 도미니크는 그녀를 향해 허리를 깊숙이 굽혔다.

"과한 예는 부담스러울 뿐입니다, 저하. 이 시간에 이곳엔 무슨 일이십니까."

"도와주십시오, 이모님."

"……무슨 까닭인지는 알겠으나, 글쎄요. 제가 도움이 될 일이 있을까요."

"프렌시프에서 가장 염려하는 건 제 출생이 아닙니다."

"그렇겠지요. 그들이 저하의 출생을 물고 늘어지는 자들의 입을 다물게 하려면 얼마든지 가능할 테니."

"영애가 황자비가 되어 황궁에서 생활하는 것을 가장 두려워하죠. 외척이 되면 사사로운 출입을 불가할 테니까요."

에단이 눈을 가늘게 좁히며 도미니크를 쳐다보았다.

'이놈 봐라.'

그가 무슨 말을 하는지 알겠다. 세니아나가 황궁에서 지내는 것은 프렌시프에겐 공포지만, 에단과 가브리엘라에겐 달랐다. 지금껏 생사도 알리지 못하고, 남남처럼 살던 조카를 품에 끼고 지낼 수 있게 되는 것이다. 황비는 책을 탁, 소리 나게 덮으며 말했다.

"그 애가 황궁의 정쟁에 휘말리는 건 우리에게도 기쁜 일은 아니랍니다."

"이미 그녀는 정쟁의 소용돌이 한복판에 있습니다. 저와의 결혼을 하나 더 얹는다고 달라지는 것은 없죠. 오히려 타국의 손길에서 벗어날 수 있게 되지 않겠습니까."

도미니크가 에단을 쳐다보자 그가 히죽 입꼬리를 올렸다.

"이야, 우리 조카 사위님께서 맞는 말만 하시는군."

세니아나를 끼고 살 수 있는 데다 프렌시프 놈들의 콧대까지 납작하게 할 수 있는 일인데 무얼 망설이겠는가!

"누이, 저하는 세실의 핏줄이잖수. 우리는 처음부터 인연이었다고."

잠시 고민하던 가브리엘라 황비가 도미니크를 바라보았다. 그리고 천천히 손을 내밀었다.

"잘해 봅시다."

"영광입니다."

세니아나를 가운데 둔 양 진영의 치열한 전투가 시작되는 순간이었다.

21장

나는 오랜만에 장뤼크를 만났다. 그는 얼굴이 반쪽이 되었는데, 말끝마다 욕설을 뱉었다.

"여긴 사람 살 데가 아니야, 빌어먹을."

"그렇게 힘드세요?"

"무슨 놈의 서류가……! 고프레도 이 개자식은 대체 무슨 일을 하고 산 건지 모른다. 온통 도둑놈들 천지야! 오만 곳에 구멍이 뻥뻥 뚫려서는! 썩을, 젠장, 빌어먹을!"

일주일 동안 식칼은 잡아 보지도 못했다는 장뤼크는 눈이 썩은 동태처럼 쑥 들어가 있었다.

"경합 준비도 하셔야 할 텐데……. 괜찮으세요?"

"그래서 말인데."

장뤼크가 눈을 번쩍이며 내 어깨를 잡았다.

"예?"

"복귀해라."

"잘렸는걸요. 이젠 로열 키친의 출입패로는 입궁도 못 해요."

"폐하께서 어제 나를 부르더니 너무 오래 쉬면 칼이 무뎌지는 게 아니냐고 묻더군. 널 데려오라는 것이 아니면 무엇이겠느냐."

도미니크가 닭발 얘기를 딱 잘랐더니 이제 장뤼크 쪽을 공략하는 모양이었다.

'그놈의 닭발.'

그냥 한 번 만들어 줘 버릴까.

"아직 가브리엘라 황비님의 건강이 회복되지 않아서요."

"가브리엘라 황비궁은 네가 전담해라."

"전 아직 궁을 담당할 정도가 아닌데요?"

"폐하께서 조치를 취하실 거다."

아니, 이 사람들이 대놓고 낙하산을 날리려고 하잖아. 나는 기가 막힌 얼굴로 장뤼크를 보다가 어색하게 고개를 끄덕였다.

"생각해 볼게요."

"생각은 무슨. 나 죽어! 죽는다고! 궁 밖에서 느긋하게 살던 나를 끌고 왔으면 책임을 지란 말이다!"

정말로 힘이 들긴 한 모양이었다. 애처럼 떼를 쓰는 걸 보면.

"아무튼, 알겠어요. 곧 경합이니 도우러 오긴 해야 해요. 그때까지만 어떻게 버텨 보세요."

"빨리 와……. 제발……."

황태자는 황제에게 내가 지시한 대로 주청했고, 경합 날짜는 이 주 뒤로 잡혔다. 내가 "고작 이 주인걸요?" 하고 말하자 그는 이 주도 버티기 힘들다며 생떼를 부렸다.

"금방 연락드릴 테니 몸 관리 잘하세요."

"그래……."

그가 힘없이 터덜터덜 주방으로 돌아갔다.

'이제 슬슬 돌아가긴 해야지.'

이모는 정말로 많이 나아졌다. 이젠 겉으로 보면 평범한 사람 같았다. 아직은 눈이 약간 붉고 성력이 돌아오지 않았지만, 며칠만 더 애쓰면 정상적인 생활을 할 수 있을 거다. 그런 생각을 하며 주방에 들어간 나는 멈칫했다.

'이상하다. 왜 식칼이 여기에 있지?'

나는 소독을 위해서 일부러 식칼을 햇빛 아래에 두고 나갔다. 그런데 돌아와 보니 식칼은 꽂이에 걸려 있었다.

"세니아나!"

"세니 ― 영애!"

할아버지와 에단이 나를 향해 종종걸음으로 달려왔다. 할아버지는 내 오른손을 잡고서 "가자!" 하고 말했고, 에단은 내 왼손을 잡고 "잠깐!" 하고 소리쳤다.

"어서 돌아가자!"

"황비님이 영애를 찾으십니다!"

둘은 흡사 이글거리는 눈으로 서로를 노려보았다.

"아니, 무슨 일인데……."

"날이 어두워졌어!"

"황비님이 찾으십니다!"

"놓지 못해! 명이다!"

"황족의 명이 우선이라."

"그 황족 명패는 내 아들이 줬어!"

"황비님이 홀로 애쓰신 게지요."

두 사람이 티격태격해서 난 사이에 서서 인상을 찌푸렸다.

"왜들 그러시는 거예요."

"저놈들이 그 녀석과 한편을……!"

"글쎄, 아니라니까!"

그 녀석이 뭔데 그런담.

"놔라."

"놓으십시오."

"놔―"

"놓으―"

"잠깐!"

나는 두 사람의 입을 막고 식칼을 가만히 바라보았다. 에단을 향해 고개를 돌린 내가 물었다.

"오늘 출입 제한이 풀렸나요?"

"그럴 리가."

"그럼 이곳에 출입 허가를 받은 사람들이 있었나요? 주방에 들어올 수 있는 사람이요."

에단은 의미를 모르겠다는 표정으로 고개를 저었다.

"시트를 갈기 위해 하인 하나가 들어왔을 뿐이다. 주방으로 갈 일은 없었어."

"무슨 일인데 그래?"

"좀 이상해서요. 누군가 들어왔던 것 같은…… 설마!"

나는 딱딱하게 굳은 얼굴로 이모의 침실을 향해 뛰어갔다. 아탈란이 이모를 처리하려고 들었을 수도 있다. 대사제는 프렌시프 령에서의 일 이후로, 이모에게 전혀 연락을 취하지 않고 있다. 그 말인즉, 그녀가 내 사람이라는 걸 눈치채고 있다는 것이다.

'이모 덕분에 할아버지가 살아난 것과 다름없으니까.'

그리고 그녀를 처리하기 가장 좋은 방법은 삿된 자화하는 것일 테고. '가브리엘라 황비'를 돌보는 건 나였다. 그녀가 삿된 자가 된다면 나는 책임을 피할 수 없다. 삿된 자들이 프렌시프 령에 나타났다는 것을 빌미로 내가 삿된 자를 몰고 온다는 이야기로 들쑤실 수도 있을 터.

나는 황급히 이모의 침실 문을 열었다. 그리고 보인 건.

"이모……."

나는 황망한 얼굴로 아무도 없는 방을 둘러보았다. 에단이 내게 알려 준 책장 뒤편의 비밀통로가 훤히 드러나 있었다. 침대부터 통로 앞까지 핏물처럼 뚝뚝 떨어진 검은 오물.

"누님!"

"세니아나!"

에단과 할아버지가 황급히 방 안으로 들어왔다.

"무슨…… 이게 어떻게 된 거야."

에단이 굳은 얼굴로 물었다. 난 협탁 위에 놓인 램프를 들고, 통로 안을 살폈다. 방과 마찬가지로 오물이 잔뜩 떨어져 있었다. 프렌시프 령을 엉망으로 만들었던 삿된 자들이 이동할 적과 비슷한 모양새였다. 당황한 표정으로 이마를 짚은 에단이 중얼거렸다.

"황군을…… 일단 수색해야—"

"제정신이냐. 방엔 저항한 흔적이 없어. 그렇다는 건 황비가 직접 통로를 열어 이곳을 나섰다는 게야. 필시—"

할아버지가 날 힐끔 쳐다봤고, 난 눈을 꽉 감았다.

'구금되기 전보다 상태가 심각해졌다는 거야. 이모는 스스로 도망쳤어.'

내게 피해를 주지 않기 위해서.

"현재 황궁에서 쓸 수 있는 우리 사람이 몇이나 되죠?"

"열둘……, 중앙 기사단에 심어 둔 자들까지 포함하면 스무 명 남짓이겠구나."

"그중 움직일 수 있는 사람들에게 연락해 주세요. 삼촌은 통로 안을 수색하시고요."

고개를 끄덕인 에단은 즉시 통로 안으로 들어갔다. 내가 방을 빠져나가려 하자 할아버지가 손목을 잡았다.

"세니아나, 황비를 찾아도 넌 접근해선 안 돼. 명심해라."

완전히 삿된 자가 되어 이지를 잃어버리면 가장 먼저 나를 공격할 것이다. 나는 고개를 끄덕인 후 뛰쳐나갔다.

'삿된 자가 되었으면 돌이킬 수 없어. 최대한 빨리 찾아서 정화해야 해.'

나와 에단, 그리고 할아버지는 정신없이 궁을 뒤졌다. 할아버지에게 연락받은 아빠와 오빠들까지 입궁하여 그녀를 찾았지만, 좀처럼 보이지 않았다. 그도 그럴 것이 궁은 너무나 크고, 건물이 잔뜩 있어서 소수만으로 수색이 불가능했던 것이다.

"세니아나!"

가브리엘라 황비궁의 뒤뜰에서 모인 우리는 수색지를 공유했다.

"황비 궁은 물론 근처의 아발론에서도 보이지 않아. 빌어먹을! 대체 어디에……!"

장소라도 특정할 수 있다면 모르겠지만, 이대로는 절대로 이모를 찾을 수 없을 터였다. 인상을 찌푸린 가웨인이 해가 넘어가고 있는 산마루를 바라보았다.

'큰일이야.'

삿된 자들의 힘은 낮보다 밤에 더 강력해진다. 그래서 낮에는 기운을 가까스로 삭이던 누아제들이 밤엔 결국 삿된 자가 되는 것이다. 나는 자꾸만 땀이 배어 나오는 손바닥을 치맛자락에 문질렀다.

'진정하자. 진정하고 생각해야 돼.'

어떻게 해야 이모를 구할 수 있을까.

'아니, 그보다…….'

가족들의 시선이 나를 향했다.

"세니아나, 원한다면 내가 황제를 만나 보마."

아빠의 말은 황군을 동원해 이모를 찾겠다는 말이었다. 나는 고개를 저었다. 황제의 입장에서도 황비가 삿된 자화되는 것만은 막고 싶을 것이다. 드러나면 얼마나, 어디까지 소란이 일지 알 수 없으니.

그렇다고 해서 황제와 우리가 완전히 한편은 아닐 것이다. 아마 황제가 내게 황비를 돌보아도 좋다고 허락한 건, 그녀가 삿된 자화된 책임을 내 쪽으로 돌릴 수 있기 때문일 테니까. 조급해하는 쪽이 밑지는 장사다, 이건.

"이모가 소중해요. 하지만 그렇다고 해서 현실을 모르진 않아요."

"……."

"제가 지금 생각해야 하는 건……."

나는 입안의 여린 살을 꾹 깨물었다.

"이모가 삿된 자가 되고 난 이후의 상황이겠지요."

황궁에서 내 책임하에 있는 이모가 삿된 자가 된다면 아탈란은 이번 기회를 이용해 나를 옭아매려 할 테니까.

프렌시프가 타격을 입는 건 물론이고, 나는 어떻게 될지 모른다. 황궁에 묶여 도구로써 쓰이는 건 당연하다. 최악의 경우, 감금되어 아탈란이 그리도 바라는 절망을 소환할 도구가 되겠지. 내가 사랑하는 사람들이 죽어 나가는 것을 지켜보면서.

그에 대한 방비책은 딱 하나다. 내가 먼저 이모가 삿된 자가 되었다는 사실을 알리고, 내 손으로…….

'이모를 죽이는 것.'

이모의 목숨. 다른 가족들과 내 앞날. 그 둘을 두고 저울질하는 기분은 끔찍했다. 가능성 낮은 전자보다 후자를 위해야 한다는 걸 안다.

'황제에게 현재 상황을 알리고, 삿된 자가 된 황비의 토벌령을 받아와야 해.'

나는 아빠를 보며 천천히 입을 열었다.

"황제에게…… 황제에게……."

도무지 쉬이 말이 나오지 않았다.

"영애."

도미니크의 목소리였다. 그는 미간을 좁히고서 우리에게 다가왔다.

"무얼 하고 계십니까."

"그게……."

"황궁이 술렁이고 있습니다. 프렌시프가 모두 가브리엘라 황비궁에 모였으니 시선이 집중될 수밖에요."

"……이모가 사라지셨어요."

그러자 도미니크의 얼굴이 대번에 굳어졌다.

"무슨 말씀이십니까."

"누군가 주방에 들어와서 음식에 성식을 넣었어요. 상태가 최악으로 다다라서 스스로 몸을 숨기신 것 같아요. 절 공격하게 될까 봐서요. 그래서 통신도 안 되고, 아무리 찾아도……."

침착해야 한다는 걸 알면서도 자꾸만 목소리 끝이 떨렸다.

"찾기만 하면 되는데…… 그럼 어떻게든 정화시키면……."

"영애."

"나 때문에…… 내가 성녀라서……. 날 공격하게 될까 봐 이모가……."

이모는 날 최우선으로 생각했지만, 난 그럴 수 없다는 게 너무나 괴롭고 마음이 아팠다.

"세니아나!"

도미니크가 눈빛이 흐려진 나를 붙들며 소리쳤다.

"정신 차리세요. 방법이 있을지도 모릅니다."

"……네?"

그는 품속에서 작은 펜던트를 꺼냈다.

"그건……."

"통신을 방해하기 위한 장칩니다."

"통신 방해 장치요?"

그걸로 이모를 어떻게 찾는다는 거지?

* * *

본래 이건 세니아나와 둘만의 시간을 마련하기 위해 마탑에서 받아 온 마도구였다. 둘만 있다 싶으면 프렌시프의 사내들이 득달같이 달려들어 방해하니, 둘만 있을 적엔 통신석의 전파를 교란시키는 마도구를 이용해서 세니아나의 통신석을 먹통으로 만들 셈이었다.

"저뿐만 아니라 황비님도 가지고 계시죠."

도미니크와 만나기 전에 프렌시프에서 그녀를 채가면 이도 저도 아니게 되니까 나눠 가진 것이다.

"통신 중에 전파가 끊기는 곳이 있다면 근처에 황비님이 계신다는 거죠."

가웨인은 기가 막힌 표정이었지만, 세니아나는 얼굴이 환해져서 얼른 그의 통신석을 잡았다. 도미니크는 제 휘하의 황궁 기사들을 동원했고, 프렌시프의 사람들과 에단, 그리고 도미니크는 계속 통신하며 황비궁 주변을 탐색했다. 그리고…….

"이 주변에서 통신이 끊겨요."

"여기서 숨을 수 있는 곳은…… 지하에 장서실이 있습니다."

"입구는요?!"

에단이 서둘러 입구를 찾아 문을 열었다. 그곳으로 뛰어 들어간 세니아나는 웅크려 있는 검은 것을 보고 미끄러지듯 주저앉았다.

"이모……."

가브리엘라의 온몸이 새카맸다. 고름이 터져 나온 듯 몸에서 수십 개의 다리가 뻗어져 나왔고, 상반신만 겨우 사람의 것으로 보였다. 눈은 실핏줄이 자글자글 터져 피눈물이라도 흘리는 양 새빨갰다.

"오, 오면, 오면 안 돼……!"

그녀는 팔을 교차해 어깨를 끌어안고 벌벌 떨었다.

"제발, 세니아나…… 제발."

"……."

"내가 널 죽, 죽일, 죽일 거야……."

치미는 살의를 참을 수 없었다.

'저것을 죽여.'

저건 적이다. 사지를 찢고, 목덜미를 물어뜯어라. 의식 깊은 곳에 가라앉은 삿된 자가 자신을 날카롭게 종용했다.

"선하디선한 너를, 내가…… 미아의 딸을 내가……!"

"이모."

세니아나의 목소리가 가늘게 떨렸다. 그녀는 가브리엘라의 등을 끌어안은 채 숨죽여 눈물지었다.

"괜찮아요, 이모."

"괴, 괴물…… 나는 괴물……. 오지 마, 오지 마……."

[넌 이 순간을 후회하게 될 거야.]

세실이 생전에 했던 말이 귓속을 가로질렀다. 후회한다, 모든 것을. 미아의 가슴을 후비고 천 갈래, 만 갈래 찢어 놓던 자신을, 제가 믿는 것만이 옳다고 확신하던 그 시절을. 미아를 지키지 못하고도, 그릇된 선택을 한 스스로가 찢어 죽이고 싶도록 미웠다.

세니아나가 그녀를 돌려세웠다.

"돌아가요."

"……."

"가요, 이모."

가브리엘라가 고개를 젓자 세니아나는 왈칵 눈물을 터뜨렸다.

"가! 제발, 좀……!"

"세니아나……."

"이런 희생은 하나도 안 기뻐! 이모가 희생하면 내가 기뻐할 줄 알았어요?"

"……."

"사람은 누구나 자신을 위한 선택을 해요. 저는 이모를 찾지 못했다면 제 발로 아발론에 가서 삿된 자가 된 이모의 토벌령을 받아 왔을 거예요. 이모는 그게 기쁜가요?"

가브리엘라는 말없이 세니아나를 빤히 바라보았다. 그리고 이내 천천히 입을 열었다.

"……아니."

"그것 봐요. 그런데 왜 다들 나를 위한 결정이 희생뿐이라고 생각하냐고요!"

"……."

"나를 위한다면 제발 그런 짓은 하지 말란 말이야……."

세니아나는 펑펑 울며 가브리엘라의 어깨를 찰싹 내리쳤다.

"이모도, 엄마도, 아빠랑 할아버지, 오빠들 전부! 왜 항상……!"

"……."

어째서 세니아나를 위한 일이 희생이라고 믿었을까. 아탈란을 나서고, 세니아나에게 사죄할 생각을 왜 하지 못한 것일까. 대사제의 신뢰를 얻기 위해 스스로 성식을 마셨다. 십여 년이 넘게 누아제의 상태로 살아오며 사실은 꽤 지극한 이모라 생각하면서 살았다. 그런데 지금은.

'살고 싶어.'

이 아이의 곁에서, 미아를 대신해서 아이를 지키고, 사랑스럽기 그지없는 아이의 미래를 지켜보며 함께 웃고 싶어졌다.

"어째서 나는…… 왜…… 왜……."

사무치게 후회하면서도 또다시 실수를 반복하고 마는 걸까.

훌쩍이던 세니아나가 팔을 활짝 열었다.

"내가 원하는 건 이런 거란 말이에요. 안아 주는 거, 기쁜 일을 나누는 거."

"……."

"나를 위한 희생이 아니라, 스스로를 위한 내일을 사는 거."

가브리엘라는 벌벌 떨리는 손을 겨우 내밀었다. 세니아나를 끌어안은 그녀가 끊어질 것 같은 목소리로 조그맣게 속삭였다.

"그래, 그래……. 그래, 세니아나."

하루라도 더 오래 살고 싶어졌다. 미아, 네가 나를 용서한다면 조금만 더. 아주 조금이라도 더 이 아이의 곁에 있게 해 줘.

그녀는 간절히, 아주 간절히 소원했다.

어느새 황궁엔 어둠이 완연했다. 이모를 재워 두고 나온 나는 한숨을 푹 내쉬었다. 문밖에서 기다리고 있던 가족들이 내게 물었다.

"황비의 상태는?"

"아직은 잘……. 일단 뭐라도 먹여 두긴 했는데 오늘은 황궁에서 밤을 새워야 할 것 같아요."

"그래."

나는 가라앉은 눈으로 창밖을 보았다.

"삼촌."

오늘 내내 거무죽죽한 얼굴을 하고 있던 에단이 고개를 돌렸다.

"만약에 오늘 같은 일이 다시 일어난다면 저는 같은 결정을 할 거예요."

"……."

"아발론에 갈 거고, 토벌령을 받아서 올 테지요. 이모 한 사람을 위해서 모든 걸 감수하기엔 제겐 이미 지켜야 할 사람이 많아요."

"……."

"저를 원망하셔도 좋아요."

에단은 고개를 가로저었다.

"네 말이 맞아. 그렇게 해야겠지. 너는 내일을 살아야 하니까."

"그러니까 삼촌. 더는 그럴 일이 없도록 최선을 다해서 막아야 해요. 그래서……."

나는 입술을 꾹 베어 물고 가족들을 돌아보았다.

"이제 해야겠어요."

가웨인이 의미를 모르겠다는 듯 미간을 좁혔다.

"무엇을?"

"……과거의 일을 더는 묻지 않을 거예요. 제게 있던 일, 아탈란이 한 일, 우리 엄마는 매춘부가 아니고 나를 몹시 사랑하는 아주 평범하고 용감한 사람이었다는 걸 밝히겠어요."

가웨인이 눈을 크게 떴고, 란슬롯이 소리쳤다.

"세니아나……!"

"네."

"네가 아탈란 신관의 딸이라는 걸 밝힌다면 무슨 일이 생길지 아는 거야? 도미니크 황자가 신관의 자식이라는 이유로 어떻게 살아왔는지 잊었어?"

가족들과 함께 있던 도미니크마저 나를 만류했다.

"냉대, 무시. 비단 이런 것들만이 전부가 아닙니다. 죽을 때까지 그릇된 핏줄로 살아야 할 거예요."

"그런 게 두려웠다면 저는 아마 지금까지 살아오지도 못했을 거예요. 더한 굴욕도 상관없어요."

"……."

나는 입술을 다시 한 번, 꾹 베어 물며 소리쳤다.

"이제 당할 만큼 당했어요, 난!"

나는 이제 결심을 마쳤고, 결심하였으니 뒤를 돌아볼 생각 같은 건 하지 않을 거다.

"아탈란을 뿌리 뽑겠어요."

"……."

"전쟁을 벌일 거예요."

나는 단호하게 말했다.

그리고 며칠 후, 난 아주 오랜만에 로열 키친의 휘장을 단 채 황제 앞에 무릎을 굽혔다. 부복한 나를 본 황제의 표정은 미묘했다. 의아한 듯도 했고, 호기심이 이는 듯도 했는데 어딘지 모르게 가라앉아 보이기도 했다. 그건 아마도 황제가 보이는 것만큼 물렁한 인사가 아니기 때문일 거다.

'어느 정도는 예상하고 있겠지.'

어제의 소동은 황제의 앞마당인 황궁에서 벌어진 일이었다. 황제의 귀에 들어가지 않았을 리 없다. 겉보기엔 마냥 느물거리는 아저씨처럼 보여도 그는 권력의 정점에서 노회한 귀족들을 두루 상대해 온 사람이었다. 허허실실한 표정 속엔 구렁이 수십 마리가 있고, 능청스러운 얼굴 뒷면에 누구보다 냉정한 권력자가 있었다.

"폐하를 뵙습니다. 길라게온 황가에 광영을."

"어쩐 일로 영애가 나를 찾았는가. 그것도 내가 거둔 로열 키친의 제복을 입고서."

"제가 기사라면 갑옷을 입고 갑주를 찼겠으나, 요리사인지라 앞치마를 매고 조리모를 썼습니다."

그의 눈이 가늘어졌다. 황제는 나를 빤히 보더니 이내 다리를 꼬았다.

"영애는 참 재미있어. 언제든 예상을 빗나가거든."

협탁 위에 놓인 술잔을 들고 가볍게 원을 그렸다. 잔 안의 황금빛 물결이 금세 모였다가 떨어지며 그 자리를 휘휘 맴돌았다.

"겁이 많은 듯하면서도, 세상에 이런 사람이 있을까 싶도록 용감하지."

"……."

"마냥 순진하게 보이지만, 어느 부분은 놀랄 만큼 세속에 찌들었어."

"……."

"그런 양면성 덕분에 눈을 뗄 수가 없지. 다음엔 무슨 일을 벌일까 기대하게 되거든. 아마 내 자식들이 영애를 두고 치고받고 싸운 이유도 비슷할 테지."

황제가 빙그레 웃으며 "그렇지 않은가?" 하고 물었다. 난 쉬이 대답하지 않고, 고개를 가만히 수그렸다.

"짐은 영애의 용기와 재치를 높게 평가하네. 감히 어느 놈이 짐을 감히 '겁쟁이'라고 부르겠는가. 그건 영애밖에 못 할 일이지, 암."

나는 '칭찬인가, 욕인가' 하는 얼굴로 황제를 바라보았다. 그는 눈썹을 까딱 들어 올리며 상체를 내 쪽으로 내밀었다.

"하지만 그건 영애가 프렌시프의 딸이기 때문이다."

황제는 비밀이라도 얘기하는 것처럼 목소리를 바짝 죽인 채 속삭였다. 내 표정을 살피다가 동요를 보이지 않자 그는 웃으며 말을 이었다.

"영애가 성녀이기 때문이며 성수의 보호를 받고 있기 때문이지."

"……."

"프렌시프 영애, 성녀, 성수. 그것을 빼면 영애에게 무엇이 남는 것이냐."

"……."

"영애는 말이다. 언제나 강자의 입장에서 싸워 왔다."

"……."

"감히 누가 프렌시프의 딸이자 세상 유일의 성녀에게 대항하겠느냐. 그건 짐마저 못 할 일이지. 그렇지 않은가?"

아탈란은 지킬 것이 없고, 나는 지킬 것이 있다. 아탈란과의 싸움은 가진 게 많은 사람일수록 불리하다는 뜻이었다.

"세니아나 프렌시프."

"예, 폐하."

"아탈란이 제국에서 활개를 치고 있다는 걸 모를 성싶으냐."

"알고 계시지요,"

"하면 짐이 어째서 아탈란을 그냥 두었을까."

"아탈란을 뿌리 뽑으려 드는 즉시 숨어 있는 아탈란의 세력이 고개를 들 테니까요."

황제의 눈이 부드럽게 휘며 눈꼬리에 짙은 주름이 생겼다.

"과연 영민하구나. 영애의 말이 맞다. 아탈란은 이미 제국에 깊숙이 파고들었지. 그들을 섬멸하려 한다면 그들에게 흡수된 세력은 이제 숨을 필요가 없어. 그 많은 수의 놈들과 전면전이란 말이다."

"……."

"그리고 이건 짐에게 전적으로 불리한 싸움이지. 앗으려는 자도, 지키려는 자도 모두 짐의 백성이고, 전쟁이 일어날 격전지는 짐의 길라게온이다."

"……."

"그런 것들을 모두 감수하고 짐이 영애를 도와야 할 이유가 있는가. 짐의 입장에선 차라리 아탈란을 흡수하여 평화를 택하는 쪽이 이로운데 말이야. 만에 하나, 정말로 만약의 경우! 짐이 '겁쟁이'에서 탈피하기로 마음을 먹었다고 치자. 지킬 것이 그리도 많은 영애가, 과연 짐의 손을 끝끝내 놓지 않을 수 있을까."

"……."

"잡은 손을 놓는다면 한쪽은 끝장일 터. 그리고 아주 높은 확률로 끝이 나는 쪽은 짐이겠지. 영애는 소중한 성녀이니까."

황제가 자세를 바로 하고 나를 똑바로 직시했다.

"자, 그럼 말해 보아라. 이 많은 위험 요소들을 감수하고 짐이 영애의 손을 잡아야 하는 이유를."

이제까지 웃고 있던 그는 대번에 표정을 지웠다. 웃지 않는 황제의 눈빛은 몹시 매서웠다. 여느 때처럼 장난스럽지도, 철없는 아저씨 같지도 않았다. 몹시 진지하고, 싸늘하도록 이성적이었다. 나는 그의 눈을 피하지 않고 대답했다.

"물으시니 감히 대답하겠습니다, 폐하."

"그래."

"첫째로 저는 프렌시프의 딸과 성녀라는 이름, 성수들, 어느 하나 빼지 않을 겁니다."

"뭐라?"

"그 모두가 저인데 왜 굳이 빼야 하나요?"

황제는 벙찐 얼굴이 되었다. 그가 "허……." 하고 당황스러운 신음을 흘렸고, 난 고개를 갸웃했다.

"둘째, 아탈란과의 싸움이 폐하께 불리한 것은 맞지만 제게 불리하지는 않습니다."

"……."

"그들은 제 주변 사람을 쉽게 건드릴 수 없어요. 왜냐면 저는 그들의 소중한 성녀님이거든요."

나는 인상을 찌푸리며 "소중하다고 여겨지는 건 정말로 싫지만." 하고 중얼거렸다. 황제의 표정은 더더욱 이상해졌지만 나는 개의치 않고 말을 이었다.

"그들의 목적에 매우, 몹시, 아주 많이 필요한 사람이라 저는 절대로 죽어선 안 되거든요? 그런데 저는 제 주변 사람들이 없으면 생에 미련이 없답니다."

"……뭐?"

"그 작자들이 제 주변 사람에게 손을 대면 저는 콱 죽어 버릴 생각이에요."

황제는 이제 입까지 떡 벌렸다. 그는 "무슨 저런……." 하고 중얼거리다가 골이 아프다는 듯 이마를 짚었다.

"대체 너는……. 오냐, 그래. 들어나 보자. 계속 말해 보아라."

"셋째, 폐하가 겁쟁이라서 저를 신뢰할 수 없다는…… 아니, 그게 아니라 폐하께서, 으음, 그…… 신중하셔서? 네, 그래서 여러 면을 고려해 보시는 건 말이지요……."

"……됐으니까 말해. 네게 겉치레를 듣는 건 기대도 하지 않았다."

"네……. 아무튼 그건……."

나는 그를 힐끔 쳐다보고 스르륵 눈을 돌렸다.

"솔직한 말로 그건 폐하께서 겁이 많아서 ― 가 아니라, 신중하셔서 그런 것이지 제 탓은 아니니 드릴 말씀이 없겠습니다."

황제가 이마를 쥔 채로 눈을 꾹 감더니 중얼거렸다.

"뭐, 저런…… 허어……."

나는 손가락을 꼼질꼼질 매만지며 그의 눈치를 보았다.

'하지만 정말로 할 말이 없는걸.'

본인이 의심과 겁이 많은 성격인 걸 내가 어떻게 하겠는가. 믿으라고 매일같이 종용한다고 날 믿을 수 있겠어?

'신뢰를 얻기 위해 뛰어다니면 그 성격에 날 더 의심할 텐데.'

손톱 끝에 거스러미를 매만지던 나는 어느새 날 보며 인상을 팍 찌푸린 황제를 시무룩한 표정으로 쳐다보았다.

"저…… 제 말은…… 으음."

"변명이라도 해 볼 참이냐?"

"시간을 주시면……."

"시간을 줘야만 생각할 수 있겠다?"

벌떡 일어난 그가 내게 바짝 다가오더니 볼을 꾹 붙잡았다.

"아으아아!"

나는 얼른 떨어져서 살짝 얼얼한 볼을 매만졌다. 억울하다는 표정을 짓다가 얼른 수습하고 고개를 팍 수그렸다. 그러자 그가 한숨을 푹 내쉬었다.

"네 목은 열두 개라도 되는 게야, 응? 다른 놈들은 어떻게든 잘 보이려고 그리 애를 쓰는데 어찌 이 녀석은……!"

"……."

"머리통을 열어 봐야 하나."

나는 깜짝 놀라서 얼른 머리를 붙잡았다.

'여, 열려고?'

내가 그런 눈빛으로 황제를 쳐다보자 그는 기가 막힌 얼굴로 이마를 딱! 튕겼다.

"아파요!"

내가 울상을 지으니 그는 웃음을 터뜨렸다.

"정말이지……. 오냐! 다 짐의 탓이다. 짐이 못난 탓이야!"

"그…… 송구합니다."

"그래서, 뭐야."

"네?"

"하고 싶은 말이 무엇이냐고. 뭘 어찌하려는 게야."

"도와주실 건가요?"

내가 헉! 숨을 들이켠 후 눈을 반짝이자 황제는 어쩔 수 없다는 듯 너털웃음을 지었다.

"들어나 보지."

나는 이때다 싶어 냉큼 대답했다.

"일단 로열 셰프 경합이요. 판을 크게 벌여 주세요."

아탈란은 판이 크게 벌어질수록 좋아할 거다. 로열 셰프 경합은 사실상 우리에게 유리하다. 고프레도를 지원하던 카렌듈라 후작은 불명예를 뒤집어쓰고 죽었다. 고프레도 본인조차 명예롭지 못한 사건에 연루되어 오랜 기간 구금되어 있었다. 그러니까 황제의 의중은 쟝뤼크 쪽에 쏠릴 수밖에 없을 터.

이런 때에 판을 크게 키우면 온전히 실력으로만 겨룰 수 있게 된다.

"아탈란에서 쌍수를 들고 환영하겠구나."

"네."

"그들 좋은 일을 시켜 무엇하게."

"그들 좋은 일이 아니에요. 저희 스승님은 실력으론 절대로! 고프레도에게 지지 않으니까요."

"흐음……. 쟝뤼크야 뭐. 네 스승을 그리 믿느냐?"

"물론이지요. 게다가 판을 키우면 심사자를 늘리는 것 또한 자연스럽겠지요?"

"심사자를 늘려 무엇 하려고. 쟝뤼크나 고프레도가 고생이나 하겠지."

"그야 그렇지만, 저희에겐 비장의 수가 있답니다."

난 하나라도 더 많은 사람에게, 조금이라도 더 많은 음식을 먹여야 한다. 그래야 누아제들을 정화할 수 있고, 누아제가 누구인지 확인할 수 있으니까. 그리고 이건 아탈란은 모르는 비밀이지! 나는 히죽 웃었고, 황제는 의아한 표정을 지었다.

"요리로 사람들을 회유할 생각이거든요."

"뭐?"

* * *

"축하한다."

로열 키친의 사람들이 내 복귀를 환영해 주었다. 물론 그렇지 않은 사람들도 있었지만.

'반씩인 것 같네. 환영하는 쪽과 불만을 가지는 쪽.'

좌우지간 나는 기뻤다. 다시 일터로 복귀할 수 있었고, 무엇보다 내 일터는 가브리엘라 황비궁이었다. 이모를 돌보면서 월급도 받고, 아탈란을 견제할 수도 있다니.

'꿈의 직장이야.'

나는 헤헤 웃으며 쟝뤼크의 집무실로 향했다.

"스승님! 저 왔…… 스승님!"

헉! 나는 깜짝 놀라서 바닥에 널브러진 그를 부축했다. 과로한 모양인지 눈 밑이 검고, 눈은 말라붙었으며 볼이 홀쭉했다.

"스, 스승님……."

"……몇 시냐."

그가 비척비척 일어나 이마를 짚었다. 커피로 수혈하듯 버틴 모양인지 옷 곳곳에 커피 자국이 가득했다. 나는 그를 부축하며 말했다.

"일단…… 서류 정리부터 도울까요?"

"네가?"

"네."

그는 좀 미심쩍은 듯했다. 사실 난 쟝뤼크에게 요리하는 법은 배웠지만 서류 정리 등의 일은 배우지 못한 것이다.

'스승님이 펜을 굴리는 일은 취약이기도 하고.'

그래도 혼자 하는 것보다는 내가 돕는 게 나은지 그는 슬쩍 서류를 넘겼다.

"저…… 스승님."

"왜?"

"혹시 이거 잘하면 저 좀 도와주실래요?"

"뭐?"

"오늘 내로 다 정리하고, 스승님을 서류 더미에서 탈출시켜드리면 시간이 나잖아요? 물론 경합 준비를 하셔야 하긴 하지만, 으음, 한 시간 정도……."

내가 웅얼거리자 그는 눈을 번뜩이며 내 어깨를 잡았다.

"여기서 벗어나게만 해 준다면 발가벗고 춤이라도 못 추겠느냐!"

그렇게까지?

나는 어색하게 웃으며 고개를 끄덕였다. 펜대를 입에 문 나는 머리를 질끈 올려 묶었다. 그리고 서류를 짚어서 하나하나 정리하기 시작했다. 왕년에 엑셀과 가계부 등을 돌리던 실력을 자랑하면서.

* * *

쟝뤼크는 거의 실신할 지경이었다. 제 앞을 범람한 서류 더미들이 어느새 하나씩 사라지더니 분류별로 뚝딱뚝딱 정리되었다.

"넌 대체 이런 걸 언제 배운 것이냐……."

쟝뤼크가 기함하면서 묻자 세니아나는 아무렇지 않은 얼굴로 대답했다.

"없는 돈 쪼개 쓰는 건 이골이 났거든요. 삼만 원으로 삼 주를 버틴 적도 있어요."

"원……?"

"아, 그건 제가 있던 세계의 화폐 단위인데…… 어쨌든요."

쟝뤼크는 이때까지 부잣집 딸내미로 어떻게 돈을 펑펑 쓰고 살아왔는지 모를 만큼 궁상맞은 귀족 영애를 보고 혀를 내둘렀다. 그녀는 정말로 쪼개 쓰기의 귀재였다.

"일단 주방용 살충제는 굳이 사들일 필요가 없어요."

"왜?"

"남은 재료로 만들어 쓸 수 있거든요. 그리고 이것도 살 필요 없고, 이것도. 낭비예요, 낭비!"

지금껏 로열 키친을 맡아 온 놈들이 얼마나 돈을 펑펑 써재끼고,

빼돌렸는지 모른다. 회계 장부는 이미 에멘탈 치즈 버금가게 구멍이 뻥뻥 뚫려 있었다.

얼마 없는 예산으로 어떻게 황족과 귀족들의 사치스러운 식사를 유지할지가 관건이었는데 세니아나는 정말로 놀라운 사람이었다. 장뤼크의 밑에서 서류 정리를 돕던 요리사들도 혀를 내둘렀다. 그 중엔 세니아나라면 학을 떼는 인물도 있었는데, 그 사내 요리사조차 기함하며 고개를 저었다.

"일단 이 정도로 정리하고…… 으음, 다른 건 관리들과 상의해야 할 것 같아요. 파티를 우리 멋대로 줄일 수는 없으니까요."

그렇게 말하던 세니아나가 "아!" 하며 장뤼크를 쳐다봤다.

"제가 로웨나 황비님을 만나 뵐까요?"

로웨나 황비! 내궁의 총책임자인 그녀가 세니아나를 몹시 귀여워한다는 건 유명한 일이었다. 내궁의 책임자가 살롱이나 티파니만 조금 줄이려 들어도 주방은 어마어마한 돈을 절약할 수 있을 거다. 지금껏 장뤼크와 함께 고생한 요리사들이 세니아나에게 달라붙었다.

"세니아나 님!"

그녀는 당황해서 "님……?" 하고 중얼거리다가 거의 눈물을 터뜨릴 지경인 장뤼크를 보고 눈을 끔뻑였다.

"스, 스승님?"

"내가…… 크흑……."

그는 얼마나 고생했는지 차마 말조차 잇지 못했다.

"네네, 교수님 마음 다 알아요."

"난 정말이지……."

"고생 많이 하셨어요."

"크흐흑……!"

그는 세니아나 품에 안겨 서럽게 포효했다.

한참 푸념하던 그가 정신을 차린 듯이 물었다.

"그런데 너, 내가 도울 일이 있다지 않았느냐?"

"아, 맞아요!"

"무엇이기에."

세니아나의 눈이 가늘어졌다. 그녀는 아주 음험한 얼굴로 말했다.

"감히 제 주방에 들어와서 성식을 탄 놈을 단죄해야 하거든요."

장뤼크는 세니아나를 보며 잠깐 인상을 찌푸리다가 이내 픽 실소를 흘렸다.

"단죄할 자가 누구냐."

"몰라요."

"뭐?"

그가 어처구니없는 표정으로 바라보자 세니아나는 대수롭지 않게 대답했다.

"지금부터 알아봐야 해요. 그것도 좀 도와주셨으면 좋겠어요."

대체 어떻게? 장뤼크가 눈을 두어 번 깜빡였다.

"입관식에서 들었는데 로열 키친의 요리사들은 분기별로 테스트를 한다지요?"

"그래. 내일 예정되어 있지."

분기별 테스트는 로열 키친 요리사들에게 있어 사활을 건 시험이었다. 이 시험에 승진이 걸려 있기도 하고, 두각을 보이면 다른 궁으로 이동도 가능했기 때문이었다. 세니아나는 고개를 끄덕이며 말했다.

"모든 궁의 요리사들을 모아서 시험을 치게 해 주세요."

"그럼 단죄할 자를 알 수 있다는 게냐?"

"네!"

세니아나는 호기롭게 대답했고, 쟝뤼크는 잠시 그녀를 빤히 보았다. 그가 이내 고개를 끄덕였다.

이튿날, 오전 일을 마친 요리사들이 대조리장에 모였다.

'입관 시험을 본 곳이네.'

하기야 이 많은 요리사들을 한 번에 모으려면 이렇게 커다란 곳이 아니면 힘들 거다. 요리사들은 조리대 앞에 섰고, 쟝뤼크와 궁의 주방장들이 조리장에 들어왔다. 현 로열 셰프 고프레도가 가장 먼저 단상 위로 올라갔고, 그다음 차례는 쟝뤼크였다.

'경합이 코앞까지 다가와서 고프레도가 복귀했구나.'

쟝뤼크와 고프레도는 서로 옷깃도 닿기 싫다는 듯 서로 멀찍이 떨어져 있었다. 고프레도가 주방장들 앞으로 나섰다. 그리고 다소 긴장된 얼굴의 요리사들을 둘러보며 말했다.

"이번 시험의 주제는 토마토와 밀가루를 이용한 요리이다."

아무래도 이번 주제는 고프레도가 결정한 듯했다. 주제를 듣고도 고프레도 휘하의 요리사들은 태연했다. 그들 중엔 승진이 예정된 것처럼 뻔뻔한 태도로 구는 자들도 있었다. 반면에 다른 요리사들은 당황이 역력했다.

'어려운 주제이긴 해.'

토마토와 밀가루를 이용한 요리라면 파스타가 대표적이었다.

'하지만 그걸 하기엔…….'

대부분이 토마토 파스타를 할 테고, 파스타는 아주 기본적인 요리였다. 그런 것일수록 두각을 나타내기 어려운 법이었다. 거기다 현재 로열 키친은 재정난에 허덕이고 있으므로 각 궁에서 남은 재료를 이용한다.

구매 후 나흘을 넘긴 토마토, 무른 아스파라거스, 오래돼서 냄새가 좋지 못한 면, 양파는 죄 반절뿐이었다. 활용할 수 있는 재료가 많지 않아서 더욱 어렵다.

'으으, 스승님.'

시험은 내가 청하긴 했지만…….

역시 쟝뤼크, 호락호락하지가 않다. 테스트의 남은 시간을 알리는 거대한 모래시계가 둔탁한 소리와 함께 돌아갔다. 모래가 쏟아지기 무섭게 요리사들은 헐레벌떡 재료가 마련된 곳으로 뛰어갔다.

"이건 내가 먼저 집었다고요!"

"이야, 요새 궁이 개판이라더니 선배도 못 알아보는군. 놓지 못해!"

"잠깐, 그걸 다 가져가면 다른 사람은 어떻게 하라는 거야!"

"좀 나눠 주세요, 네? 전 일전에 징계를 받아서 테스트 성적까지 안 나오면 꼼짝없이 쫓겨납니다!"

아수라장이 따로 없었다. 후배 요리사들은 선배 요리사들에게 재료를 번번이 빼앗겼다. 아예 "어허!" 호통을 치는 이들도 있어서, 입궁 기간이 짧은 자들은 어쩔 수 없이 선배 요리사들이 재료를 다 고를 때까지 기다려야 했다.

그럴 수밖에 없는 것이 지금은 다 같은 요리사라고 하지만, 이 시험이 끝나고 나면 상사와 후배의 관계인 것이다. 파트장에게 대들 수 있는 간 큰 요리사들은 별로 없었다. 그리고 나는 아주 말단인 새끼 요리사였다. 선배들이 모두 골라서 돌아가자 남은 건 다 시든 채소쪼가리가 전부였다.

그나마 동기들은 파트의 선배들이 하나둘 나눠 주었는데, 나는 아니었다. 아발론은 경쟁이 아주 치열한 데다, 무엇보다 난 삿된 자가 영지를 덮친 일로 내내 아발론을 떠나 있었기 때문에 선배들과 관계를 다질 시간이 없었다.

'토마토 파스타…… 이걸로는 못 해.'

난 당황한 얼굴로 반절은 잘라내야 하는 작은 토마토 두 개를 쳐다보았다. 파스타는커녕 요리 위에 장식을 하기에도 힘들겠다.

'내게 여러모로 불리한 시험이야.'

그나마 나은 건 내가 첫 번째 심사자라는 걸까.

'어쩌지, 어떻게 해야…….'

고민하고 있는데 등 뒤에서 작은 실소가 터졌다.

"루크 님의 애제자라고 잘난 체하더니 꼴좋다."

"얘, 들리겠어……."

땅딸막하고 빼빼 마른 남성 요리사가 입매를 비틀자, 어딘지 익숙한 얼굴의 여성 요리사가 불안한 듯 조그맣게 속삭였다. 나와 눈이 마주친 남성 요리사는 헛기침을 하더니 토마토가 잔뜩 든 볼을 끌어안고 자리로 돌아갔다. 주뼛거리던 여성 요리사가 내게 다가왔다.

"저……."

"네?"

"부족하면 제 것을 조금 나눠 드릴 수 있어요."

그녀의 바구니 안에 겨우 네댓 개의 토마토와 파스타 면, 몇 종의 해산물만이 있어요.

"부족하실 거예요."

"하지만 영애가…… 아니, 후배님이 가진 것만으론 요리가 힘들 텐데요."

"그건 제가 감당해야지요."

나는 어색하게 웃었다. 그리고 주변을 슬쩍 돌아보며 목소리를 바짝 낮췄다.

"파스타는 이번 주제에 맞는 요리가 아니에요."

"네?"

"면 요리가 아니라 밀가루를 이용한 요리를 하라고 했잖아요? 정 파스타를 만들어야 한다면 반죽부터 직접 하세요."

"아……!"

그녀는 깨달은 얼굴로 고개를 끄덕였다.

"고마워요. 그런데 정말로 토마토를 나눠 주지 않아도 되나요?"

나는 남은 재료 상자를 뒤지며 "괜찮아요." 하고 말했다. 그러다 구석에서 사람들의 손이 닿지 않은 상자를 발견했다.

"앗!"

내가 밝은 표정으로 상자 속에서 내용물을 꺼내니 그녀는 "아……." 하며 우물쭈물했다.

"저기…… 그걸 쓰는 건 좋지 못한 생각 같아요. 그건 너무 작고 시어서 파스타 소스엔 만들기엔 적합하지 않은 재료예요."

"파스타에 쓰지 않을 거예요!"

"네?"

난 헤헤 웃고 모래시계를 가리켰다.

"늦기 전에 시작하셔야지요."

"네……."

그녀는 불안한 얼굴로 나를 힐끔힐끔 쳐다봤지만, 곧 조리대로 돌아갔다. 나도 내 자리에 앉아서 가져온 재료를 꺼냈다.

'방울토마토!'

내가 복숭아 다음으로 좋아하는 과채류였다. 봄이면 상자째로 사서 먹곤 했는데, 마트에서 팩으로 파는 것보다 저렴하기 때문이었다. 하지만 양이 너무 많아서 다 먹기도 전에 무르는 일이 빈번했다. 무른 토마토를 활용하려고 인터넷이며 책을 뒤진 적이 있었다.

'그래서 자주 쓰던 방법이 있지.'

나는 토마토를 흐르는 물에 씻고, 냄비에 물을 받았다. 물이 부글부글 끓기 시작한 후에 토마토를 투하. 적당히 시간이 지난 후 물기를 뺀 토마토의 껍질을 벗긴 뒤에 꾹꾹 으깼다. 그리고 체에 거르면 덩어리가 사라지고 빛깔 고운 액체만 남게 된다. 거기에 소금과 설탕, 후추, 간 고기를 넣고 부글부글 졸였다.

'다음은 만두피 반죽.'

반죽이야 아카데미에서 이골이 나도록 수련했기 때문에 금방 뚝딱뚝딱 만들 수 있었다. 반죽을 만들고 그 안에 토마토소스에 졸인 간 고기를 넣은 후 미리 반쯤 익혀 둔 새우살과 옥수수, 그리고 치즈를 듬뿍 넣었다. 속을 채운 반죽을 초승달 형태로 빚은 다음엔 기름에 넣어 튀겼다.

치이이익—! 튀겨진 것들을 하나하나 꺼내 거름망에 올려 두자 시선이 느껴졌다. 언젠가부터 조리장에 있는 모두의 시선이 내게 집중되어 있었다. 조리대 사이를 거닐며 요리 과정을 지켜보던 각 궁의 주방장들이 목을 쭉 빼며 중얼거렸다.

"무슨 요리지?"

"작은 토마토라……. 괴짜 마법사들에 의해 개량된 지 얼마 되지 않아서 다들 꺼리는 재료지 않나."

쟝뤼크마저 흥미로운 표정이었다.

'하긴, 튀김이 퍼포먼스 면에서는 최고지.'

튀기는 소리, 진동하는 기름 냄새, 재료에 모여들며 스파크 튀기듯 부글거리는 모습까지. 난 고개를 주억거리며 남은 토마토를 채 썰어 올렸다. 완성한 후 얼마 지나지 않아 모래시계 안의 모래가 모두 떨어졌고, 요리는 시험대에 올랐다.

* * *

고프레도는 세니아나를 힐끔 쳐다보며 그녀의 요리가 든 그릇을 잡았다. 장뤼크가 끼고 키웠다는 세니아나 프렌시프. 콧대 높은 장뤼크는 누구에게도 곁을 허락하지 않았는데, 연을 쌓은 것도 아니고 무려 제자를 들였다.

얼마나 훌륭한 녀석이기에 제자로까지 들이냐고 생각했지만, 막상 본 세니아나 프렌시프는 평범했다. 지금 만든 요리 또한 그랬다.

'그리 시선을 끌기에 무슨 대단한 걸 만드는가 싶었더니.'

그저 평범한 튀김 요리. 특별한 향은커녕 장식도 그저 토마토를 올린 것뿐이다. 다른 요리사들의 것과 비교하면 밋밋하기 그지없었다.

이따금 황족이나 고위 귀족이 그녀의 요리를 마음에 들어 하는 일이 있어서 역시 특별한 면이 있는 건가 했지만, 결국 첫인상대로였던 거다. 고프레도는 장뤼크를 보며 픽 실소를 흘렸다.

"네가 제자를 들였다기에 얼마나 대단한가 하였더니 결국 이거였나."

"네 제자들이야말로 평범의 극치지."

"뻔히 보이는데도 눈 가리고 아웅인가. 내가 키운 아이들과 네 제자가 만든 요리를 비교해 봐라."

심사대에 놓인 요리 중 현란한 칼솜씨를 자랑한 것들은 모두 고프레도 제자들의 솜씨였다.

"너와 똑같군. 알맹이 없이 겉만 번드르르한 것이."

고프레도는 실로 우습다는 듯 입매를 비틀었다.

"그렇게라도 자위하게나. 공개 석상에서 제자의 실력이 까발려졌으니 속상할 만도 하지."

장뤼크는 왈칵 인상을 찌푸렸다.

'망할 놈팡이 같으니.'

울적한 건 고프레도의 말을 완전히 비웃을 수 없다는 것이었다. 고프레도가 키운 자들은 확실히 뛰어난 실력이었다. 개중엔 장뤼크에 필적하는 칼솜씨를 가진 녀석도 있었다.

하지만 세니아나는 겉에 보이는 것으론 특출나지 않다. 포부가 크지도, 야망이 넘치지도 않기에 겉에 보이는 것들이 중요하지 않은 것이다.

'그래서 제자로 삼았지만.'

이렇게 비교가 될 때는 솔직히 분하긴 했다. 세니아나가 부끄러운 건 아니었으나, 고프레도 저 빌어먹을 놈에게 밀리고 싶진 않았다.

"그럼 시식을 시작하겠습니다."

고프레도와 장뤼크를 비롯한 주방장들은 각자 취향껏 세니아나의 요리를 맛보았다. 고프레도는 나이프로 만두의 절반을 갈랐다. 만두피 속에 갇혀 있던 향이 비눗방울 터지듯 툭, 피어올랐다.

"향은 일반적인 토마토 페이스트의 것과 다르지 않군."

"그렇군."

장뤼크는 만두 하나를 통으로 베어 물었다. 속에서 녹은 모차렐라 치즈가 주르륵 늘어났다.

'괜찮은 맛이다.'

그가 슬쩍 고프레도를 쳐다봤다.

"……."

말은 없지만, 그 또한 맛은 인정하는 듯 미간에 깊은 주름이 잡혀 있었다. 고프레도는 만두 속을 살폈다. 일반적인 토마토소스보다는 시지만, 그렇다고 불쾌할 정도는 아니었다.

'이 산미가 새우살과 아주 잘 어울려.'

새우살뿐이라면 다소 가벼운 맛일 듯하지만, 간 고기가 묵직하게 중심을 잡아 준다. 고명처럼 올린 토마토는 차갑고, 만두피는 뜨겁게 바삭하며 치즈와 간 고기는 촉촉한 데다 새우살은 적당히 부드러웠다. 거기에…….

'옥수수!'

달콤한 옥수수알이 씹을 때마다 톡, 톡 터지는 재미가 있었다. 어우러지지 않을 것 같은 재료가 막상 요리로 완성되고 나니 이처럼 흥미로운 집단일 수가 없었다.

'빌어먹을.'

사실 맛은 피자나 토마토 파스타와 크게 다르지 않다. 하지만…….

'아주 영리한 요리야.'

토마토라는 것을 써야 한다면 대부분 소스를 생각한다. 그리고 그건 얼마나 훌륭한 요리사가 만들든 맛이 크게 다르지 않았다. 그러니까 이 시험의 요지는 '평범한 것으로 어디까지 특색을 보일 수 있느냐'인 것이다.

피자도, 파스타도 아니지만 거부감을 느낄 정도로 특이하지는 않은 맛. 거기에 튀김.

'순서를 잘 이용했어.'

세니아나의 토마토소스 만두 튀김은 맛도 강한 데다 뭣보다 기름을 사용해 묵직했다. 이런 요리를 가장 처음 맛보았으니 다음 차례 요리의 인상은 희미할 터였다. 장뤼크는 곁에 앉은 주방장들을 힐끔 쳐다보았다. 주방장들은 고개를 주억거리며 대화를 나누었다.

"괜찮은데."

"머리를 쓸 줄 알아."

"아주 영리하지 않습니까."

"영리한 것도 영리한 거지만, 그것보다 전……."

"그래, 맛도 괜찮구먼."

"만두 속을 보면 말입니다. 새우와 졸인 고기의 비율이 아주 좋습니다."

"기본기가 있다는 거지."

주방장들의 얼굴이 밝을수록 고프레도의 표정은 일그러졌다. 장뤼크는 이때다 싶어 입꼬리를 바짝 올리며 말했다.

"요리는 뭐니 뭐니 해도 맛이지. 겉이 아무리 화려하면 뭐 하나, 맛있는 요리야말로 진짜지 않은가."

주방장들이 만족스러운 얼굴로 고개를 끄덕이며, 채점표에 점수를 기입했다. 고프레도의 얼굴은 썩어들어갔다. 장뤼크가 긴장한 세니아나를 보며 크흐흠! 헛기침했다.

'귀여운 것!'

실망시킬 줄을 모른다. 그는 껄껄 웃으며 다음 요리를 들었다. 주방장들이 고프레도를 슬쩍슬쩍 살피는 것으로 보아 아무래도 이게 그가 아끼는 요리사가 만든 것인 모양이었다.

"토마토 파스타구만."

쟝뤼크가 부러 크게 다시 한번 소리쳤다.

"에잉, 그냥 '평범한 토마토 파스타'야."

고프레도는 인상을 쓰며 단상 아래 선 땅딸막한 사내를 쳐다봤다. 시험 시작 전에 주제를 언질해 줄 적엔 저만 믿으라며 가슴을 땅땅 두드리던 놈이었다.

[세니아나 프렌시프보다는 나은 것을 만들어야 한다.]

[저만 믿으십시오. 제가 아무리 루크 님의 애제자라 봐야 저만하겠습니까?]

[잘할 수 있겠지?]

[물론이죠. 콧대를 납작하게 만들겠습니다.]

땅딸막한 남성 요리사는 히죽 웃으며 가슴을 쭉 내밀었다.

"어서 시식해 주십시오. 제 요리는 보기에도, 맛에도 훌륭합니다."

그러더니 세니아나를 힐끔거리며 "누구와는 다르게." 하고 중얼거렸다.

"피에르의 순서인가."

"피에르? 황후궁의 피에르 폴로?"

"그래. 파스타가 특기인……."

"이런. 앞 순서에 기대주들이 몰렸구만."

사람들이 수군거렸고, 나는 의기양양한 표정으로 내 쪽을 힐끔거리는 땅딸막한 사내를 바라보았다.

'방금 전의 그 사람이네.'

쟝뤼크의 애제자라고 잘난 척한다며 빈정거리던 요리사였다. 피에르 폴로라면 들어 본 적이 있다. 파스타로는 타의 추종을 불허한다고 했다. 거기다가……

'날 무척 싫어한다고 했지.'

그게 내 귀에 들려올 정도면 평소에 얼마나 학을 뗐는지 눈에 훤했다. 동부 아카데미의 선배인 헤일럿의 말로는 나름대로 이유가 있는 모양이었다.

[몰라? 피에르 폴로 말이야.]

[네, 저는 잘……]

[우리 동문이야. 칠 년쯤 전에 졸업했고…… 귀족 요리사를 싫어하기로 유명하지.]

[그래요? 길라게온에서는 귀족 출신 요리사들이 꽤 많잖아요? 특히 단승작의 남작가 영애, 영식이나…… 헤일럿 선배도 귀족이고요.]

[그는 평민 출신이거든. 주방이라고 해도 완전히 별세계인 건 아닌지라, 평민들은 귀족들에게 번번이 밀리지.]

[그렇군요.]

[자존심이 강해서 저보다 나은 사람을 견디지 못하는 거야.]

헤일럿은 어깨를 으쓱하며 이어 말했다.

[너는 날던 새도 떨어뜨린다는 프렌시프의 영애님인 데다가 무엇보다…… 그는 장뤼크는 몹시 존경하거든.]

[우리 스승님이요?]

[제자가 되길 청했다가 매몰차게 거절당했는데, 네가 떡하니 제자가 되었으니 그 자존심에 못 견디겠지.]

난 헤일럿의 말을 떠올리며 피에르를 바라보았다. 그녀의 말처럼 그의 눈은 적의로 가득했다. 하지만 내가 눈을 피하지 않자 그가 먼저 고개를 돌렸다. 그러는 동안 시식이 시작되었다. 각 궁의 주방장이며 고프레도까지 기대감이 어려 있었다. 과연 파스타로 이름난 요리사다웠다.

'얼마나 맛있으려나. 아우, 나도 맛보고 싶다!'

난 반짝이는 눈으로 시식을 지켜보았고, 주방장과 고프레도를 이어 쟈뤼크가 파스타를 입에 넣었다. 그런데.

"퉷!"

로웨나 황비궁의 주방장이 파스타를 바닥에 뱉으며 황급히 물로 입안을 헹궜다. 몇몇 주방장들, 거기에 쟈뤼크마저 새파란 얼굴로 몇 번이나 구역질을 했다.

"뭐, 뭐야."

단상 아래의 누군가가 조그맣게 중얼거렸다. 로웨나 황비궁의 주방장은 한참을 컥컥거리다가 새빨개진 얼굴로 버럭 소리쳤다.

"어디서 이따위 요리를!"

그가 고함을 내지르기 무섭게 구역질을 한 주방장들이 날카롭게 동조했다.

"로열 키친에서 이따위 요리가 말이 됩니까! 이 요리를 낸 자가 누구냐!"

"썩은 재료가 섞인 게 아닙니까. 그렇지 않고서야 이런 요리가 ─!"

하지만 황후궁과 제2황자궁, 중앙 기사단 병영의 주방장 등은 이해할 수 없다는 듯 인상을 찌푸렸다.

"무슨 소리요. 내 평생 이만큼 훌륭한 요리는 몇 번 보지 못했소. 이 섬세한 칼 솜씨와 불 조절 솜씨를 보시오."

“기술이 아무리 좋다 한들 맛이 이따위여서야 요리라고 할 수 있겠소!”

“맛이야말로 완벽하지 않소!”

“혀가 어떻게 된 것 아니오?!”

“그쪽이야말로!”

파스타의 평가는 극과 극이었다. 각 궁의 주방장들이 날카롭게 대립했고, 대조리장은 크게 술렁였다.

‘저렇게 평가가 다르다고?’

나는 쟝뤼크를 쳐다보았다. 그는 오만상을 한 채 피에르의 파스타를 포크로 뒤적였다. 고프레도 또한 미간의 주름을 잡고 있지만, 로웨나 황비궁의 주방장이나 쟝뤼크처럼 역해서 어쩔 줄 모르는 표정이 아니었다. 오히려 몇 번이나 다시 음미하는 것으로 보아선 굉장히 흡족한 맛인 듯했다.

‘이렇게까지 평가가 나뉘는 건 하나밖에 없지.’

성식. 거기다 내가 요리를 시작하기 전에 보았던 피에르의 재료들은 이 조리장에서 가장 나은 것들이었다. 피에르는 새파란 얼굴로 중얼거렸다.

“마, 말도 안 돼. ‘그것’의 맛을 아는 사람들이라면 절대로……!”

역시. 성식은 강한 중독성을 가지고 있다. 나를 제외하면 일단 맛을 본 자들은 모두 역한 냄새를 느끼지 못한다. 그리고 지금에 이르러선 성식을 맛보지 못한 사람은 거의 없다고 봐도 무방하다. 그런데 왜 피에르의 요리에 분개한 사람들이 나왔냐 하면.

‘내 요리를 먹었으니까.’

누아제가 된 게 아니라면 소량으로도 정화할 수 있고, 성식 본래의 역한 맛과 향을 느낄 수 있게 된다. 다시 말하면 극찬한 사람들은 누아제가 되기 시작했다는 거다.

'주방장 중 누아제는 총 넷이라는 거네.'

예상보다 많은 수다. 최악의 경우 격전이 벌어지면 누아제들은 아탈란의 영향력을 벗어나지 못하므로 저들은 예의 주시할 필요가 있었다.

'일단 첫 번째 목적은 이뤘어. 그리고 두 번째는…….'

난 새빨간 얼굴로 "그럴 리 없습니다!" 하고 소리치는 피에르를 빤히 쳐다보았다.

시험은 로열 셰프 경합 이후로 기약하고 흐지부지 끝이 났다. 그럴 수밖에 없는 것이 시험관인 각 궁 주방장들의 의견이 너무나도 반대라 절충안을 낼 수 없었기 때문이다.

'성식을 쓴 요리사들이 너무 많아.'

나는 황궁 복도를 걸으며 인상을 찌푸렸다. 내가 막 입관했을 시점엔 이렇게 성식을 많이 쓰진 않았다.

'그동안 성식이 자리를 잡았다는 건데.'

걱정스러운 반면, 얻은 것도 있었다.

첫째, 성식을 쓰는 자들이 누구인지를 알 수 있었다.

둘째, 성식은 순도가 높을수록 정화된 자들에게 큰 반발이 생긴다. 피에르의 파스타처럼 토악질을 할 정도라는 건 순도가 몹시 높다는 뜻이다.

셋째, 순도가 높은 성식은 시중에선 구할 수 없다.

'즉, 순도 높은 성식을 가진 자들은 아탈란의 끄나풀이다.'

난 순도 높은 성식을 가진 자들을 머릿속으로 재차 확인하며 가브리엘라 황비궁으로 걸었다. 황비궁에 도착한 후 기다리고 있던 에단에게 말했다.

"아탈란의 끄나풀 중 가브리엘라 황비궁에 숨어들었을 가능성이 높은 건 루이스, 젤다, 주드, 그리고 피에르 요리사예요."

"……!"

크게 놀란 에단이 이를 악물었다.

"빌어먹을……."

"왜요?"

"피에르라면 누님의 시녀장인 트리시아의 친동생이다."

"오누이 사이라면 그녀 또한 아탈란의 사람일 가능성이 몹시 크겠군요."

"트리시아는 누님을 가장 지척에서 모셨지. 본래 아발론에서 직위가 높았던 녀석이 왜 누님의 궁으로 왔는가 했더니……."

"대사제가 감시 격으로 붙여 둔 거겠죠……. 아! 설마, 이모가 사라졌던 날 세탁물을 핑계로 궁인을 보낸 사람이……!"

"그래, 트리시아일 가능성이 높다."

에단은 "일단 그쪽을 털어 보지." 하며 서둘러 가브리엘라 황비궁을 빠져나갔다. 난 도미니크에게 연락을 취해 내가 알아낸 아탈란 끄나풀들의 명단을 넘겼다.

[많이도 넘어갔군요.]

"네."

[제가 뭘 하면 영애에게 도움이 되겠습니까.]

"이 사람들의 약점이요. 아주 사소한 것이라도. 하지만 워낙 인원이 많아서……. 이 많은 사람을 다 조사할 수 있을까요?"

[그럴 겁니다.]

……겁니다?

'도미니크가 하는 건 아니라는 건가?'

그렇게 생각한 순간 통신석에서 "으아아아!" 하는 낮은 비명이 들렸다. 알베르였다. 나는 "아!" 하고 고개를 주억거렸다. 도미니크에겐 비밀 병기가 있었지, 참.

"알베르는 능력 있는 남자지요."

[…….]

못마땅한 침묵이었지만, 나는 헤헤 웃으며 말했다.

"알베르는 아주아주 뛰어나고, 성실하고, 또 이런 조사쯤은 휘리릭 끝낼 인재 중의 인재니까 다음 달 영전 심사에서 저하께서 힘을 써 주시겠지요?"

[……뭐.]

"그럼 막 뇌물도 받는 높으신 분이 되겠네요. 저도 축하의 의미로 화분을 하나 보내야겠어요."

[예?]

"혹시 아나요. 화분 흙 아래에 아주 특별한 게 있을지도. 가령 '보'로 시작하는ㅡ!"

그러자 알베르가 냉큼 대답했다.

[뒷조사가 제 취미인 건 어떻게 아시고!]

나는 웃으며 "그러신가요?" 하고 물었고, 알베르는 호탕하게 웃었다.

[물론입니다. 그럼 전 명을 받들러 이만.]

그 말을 끝으로 쿵! 문이 닫히는 소리가 들렸다.

[정말 주실 겁니까? '보'로 시작한다는 그것.]

"그럼요. 보리 씨앗을 잔뜩 넣어서 드리려고요."

내 말에 도미니크가 드물게 큰 소리로 웃었다.

알베르는 정말로 능력 있는 남자였다. 하룻밤 새에 내가 부탁한 일을 말끔하게 처리한 것이다.

"낮에 제가 들은 소리는 그저 엄살이었나 봐요."

"비슷합니다."

"역시 알베르! 대단해요."

"이쯤은 되어야 도미니크 황자의 부관 노릇을 하지요."

알베르가 싱글싱글 웃으며 대답했고, 난 고개를 끄덕였다. 마침 에단도 들어와서는 알아낸 바를 공유해 주었다.

"트리시아를 붙잡아서 확인했다. 아탈란의 세작이 맞고, 대사제의 명으로 세탁물을 핑계 삼아 사람을 들여보냈다더군."

"그 사람이 누군지 토설했나요?"

"역시 피에르겠지."

"확실하게 토설한 건 아닌가요?"

"궁에 숨어든 자를 밝힐 바에야 자진이라도 할 기세더구나. 제

동생을 지키기 위해서가 아니면 무엇이겠어."

나는 "흐음." 신음하며 고개를 끄덕였다. 그러는 동안 내 시선은 알베르의 조사서에서 떨어지질 않았다.

"알베르."

"예."

나는 양피지에 이름 몇 개를 휘갈겨 쓰고 그에게 건넸다.

"이 사람들은 좀 더 자세히 조사해 주세요."

"피에르 폴로와…… 아아, 예. 알겠습니다."

알베르가 쪽지를 쥔 채 빠져나갔고, 나는 무감한 얼굴로 창밖을 바라보았다.

'누구든 절대로 가만히 두지 않아.'

이번 기회에 내 가족을 건드리면 어떻게 되는지 똑똑히 보여 줄 생각이었다.

그날 저녁. 나는 가브리엘라 황비궁의 주방에서 필요한 요리 재료와 기구들을 정리해서 아발론으로 향했다. 너무 늦은 시간이라 복도엔 작은 조명 몇 개만이 띄엄띄엄 켜져 있었다. 아발론의 주방 옆 로열 셰프의 집무실엔 불이 꺼져 있었다.

'스승님이 또 분통을 터뜨리시겠네.'

[난 야근인데 그 자식은 벌써 퇴근이라니!]

소리칠 게 눈에 훤했다. 나는 그 옆 방인 장뤼크의 집무실로 들어가려고 했는데, 로열 셰프의 집무실에서 인기척 소리가 들렸다. 누군가 로열 셰프의 집무실을 빠져나오다가 놀라서 어깨를 흠칫 좁혔다.

"아……!"

"앗!"

우리는 서로를 보고 눈을 끔뻑였다.

"프렌시프 영…… 아! 아니, 후배님……."

"조리장에서 토마토를 나눠 주시려던 선배님!"

그녀가 어색하게 웃으며 고개를 끄덕였다.

"그런데 여긴 무슨 일이세요?"

"그게……."

그녀가 입을 열려던 순간, "로열 셰프의 집무실 앞에서 무엇 하고 있느냐." 하는 날카로운 목소리가 들렸다. 아발론의 수셰프였다. 난 서류를 흔들었다.

"루크 님께 지출 결의서를 제출하려고요."

수셰프는 쯧, 혀를 차더니 로열 셰프의 집무실에서 나온 여성 요리사를 보았다.

"시에나, 넌?"

"아, 저는…… 그게…… 프렌시프를 따라왔어요!"

"따라와?"

"루크 님을 도울 일이 없을까 해서요. 매번 밤을 새우며 과로하시니까……."

수셰프는 눈살을 찌푸리곤 중얼거렸다.

"흥, 제가 일을 하면 얼마나 한다고."

"……."

"쓸데없는 짓 말고 아발론의 일이나 도와. 너희 둘은 주방으로 들어가서 홍합이나 손질해라."

"……."

"……."

우리가 말이 없자 그는 "알았어?!" 하며 소리쳤다. 난 한숨을 푹 내쉬었다. 이렇게 되면 꼼짝없이 야근이겠다.

"네."

"아, 알겠습니다."

우리는 함께 아발론의 주방으로 들어갔다.

'보조는 어디에 있지?'

사람은 전혀 없고, 홍합이 가득 든 대야만 주방에 덜렁 놓여 있었다. 난 "할까요?" 하고 물었고 그녀는 고개를 끄덕였다. 우리는 대야 앞에 쪼그려 앉아서 홍합을 손질하기 시작했다. 어색한 침묵이 감돌았고, 그녀는 날 힐끔힐끔 쳐다보았다.

"저……."

"네?"

"이렇게 만나서 반가워요."

"아……."

"그 말이 먼저인데 인사를 못 한 것 같아서. 저는 시에나라고 해요. 고아라 성은 따로 없고……."

나는 눈을 깜빡였고, 시에나는 민망한 얼굴로 웃었다.

"이런 얘기 갑자기 하는 게 좀 당황스러우시지요?"

"아니에요. 그보다 말씀 낮추세요."

"그, 그래도 될까요? 하지만 프렌시프 영애님이신데……."

쭈뼛쭈뼛 눈치를 보던 시에나가 헤헤 웃으며 "그럼 편하게 할게요…… 아니, 할게." 하며 고개를 끄덕였다.

"저…… 저기, 내가 거짓말한 이유를 물어보지 않아 줘서 고마워."

"……."

"궁금할 텐데. 사려 깊구나."

나는 홍합에 시선을 집중하며 그녀에게 물었다.

"굳이 묻지 않아도 돼요."

"정말……."

시에나는 휴, 한숨을 내쉬고 눈썹을 늘어뜨렸다.

"이렇게까지 배려심 깊은 너를 피에르는 왜 그렇게 싫어하는지……. 응! 너라면 내가 로열 셰프의 방에 왜 들어갔는지 알려 줄 수 있어."

"……."

"사실은 피에르가……."

그녀가 주변을 살핀 후 목소리를 바짝 낮추었다.

"피에르와 고프레도 님의 관계가 수상해."

"수상하다고요?"

"스승과 제자를 넘는 무언가가 그들 사이에 있는 것 같아. 피에르가 마음에 들어 하지 않는 요리사는 모두 사라졌거든. 고프레도 님에 의해."

"……무슨 뜻이에요?"

"두 사람은, 뭐랄까…… 동료 같달까. 로열 키친이 아니라 다른 곳에서 함께 일하는 자들 같달까."

"……."

"나, 보았거든. 오늘 두 사람이 몰래 네 얘기를 하는 것. 서류라는 말도 얼핏 들었고."

"그래서 그걸 살피러 왔다고요?"

나는 눈을 동그랗게 뜨고 그녀를 쳐다봤다. 그러자 시에나는 민망한 듯 웃었다.

"고아라 오갈 데 없는 나를 키워 주신 좋은 분들이 계시는데, 이번에 동부에서 삿된 자가 나타났을 때 네게 도움을 받았어. 그래서……."

"대단하다."

"어? 어어, 그렇지. 넌 대단해."

"그게 아니라, 선배님이요."

나는 고개를 갸웃하고 그녀를 쳐다봤다.

"거짓말을 정말 잘하네요."

"……어?"

"모두 거짓말이잖아. 아탈란의 사제님."

순간, 주방의 공기가 싸늘해졌다. 굳어 있던 시에나는 이내 묘한 얼굴로 고개를 저었다.

"무슨 소리…… 내가 사제라니. 아! 농담인 거지?"

그녀가 어색하게 웃으며 대야로 시선을 내렸다.

"프렌시프는 다 잘하는데 농담은 못 하는구나. 내가 사제라니…… 종교는 어릴 때 잠깐 간식을 나눠 준다고 해서 갔을—"

"보통은 말이지요."

난 팔짱을 낀 채로 고개를 모로 꼬곤 이어 말했다.

"'사제'보다 '아탈란'쪽에 초점을 맞춰요."

"……."

"아탈란은 이십 년이나 전에 대륙 전쟁에서 패배했잖아…… 라든지."

"……."

"내 가족, 친인척, 친구, 이웃을 죽인 살인마들이야…… 라든지."

"말했잖아. 난 고아라고. 그래서 그런가…… 그들이 살인마라는 데엔 동의할 수 없어. 길라게온 사람들도 그들을 죽인 건 마찬가지 아냐?"

나는 일부러 그녀 쪽으로 몸을 기울인 채 눈을 깜빡였다.

"하지만 전쟁을 선포한 건 그쪽이잖아요? '우리의 신 아탈란을 믿지 않는 우매한 길라게온의 백성들을 교도한다'면서."

"……."

"우리를 죽이려고 칼을 든 사람들을 그냥 두고 봐요? 내 나라, 내 가족을 지키지 않고?"

"으응, 그렇게 생각할 수도 있겠네."

"이상하지 않아요? 아탈란 교는 그들의 신을 평화를 수호하고, 인간을 사랑하는 자비로운 신이라고 했는데 왜 그들의 교리만이 옳다고 생각하죠?"

"글쎄……. 그보다 얼른 일을 끝내야지 않겠어?"

"교리를 널리 퍼뜨린다는 이유로 전쟁을 하고, 아이에게서 부모를 빼앗고, 부모에게서 아이를 빼앗잖아요."

"……그만하고—"

"아, 알겠다. 이제 아탈란 교에는 제대로 된 사도가 없는 거야. 신을 믿는다는 건 그럴듯한 변명이고, 다들 돈과 권력에 미쳐서 아무렇지 않게 살인을—"

"그만! 그만!"

결국 시에나가 고함을 내질렀다. 고개를 푹 수그리고 있던 그녀가 천천히 나를 쳐다보았다. 온화하던 눈빛은 온데간데없고 서늘한 민낯이 드러났다.

"네가 뭘 알아."

그렇지, 걸렸다.

시에나는 나를 매섭게 노려보았다.

"언제부터 알았지. 내가 아탈란 교의 사제라는 걸."

"지금."

"뭐?"

"사실은 떠본 거거든."

나는 빙그레 미소지었다. 사실 대조리장에서 테스트를 볼 적만 해도 그녀를 크게 의심하지 않았다. 시에나가 정말로 수상하다고 여긴 건 알베르가 피에르를 조사해 온 후였다.

피에르는 틈만 나면 시에나를 찾는다고 했다. 특히 중요한 행사를 앞두었을 때, 고프레도와의 만남은 현저히 적었고, 그가 구금된 후엔 달에 한 번도 얼굴을 보지 않았다.

수상한 낌새를 느끼고 나자 대조리장에서의 일이 마음에 걸렸다. 생각해 보니 이상했다. 왜 시에나는 내게 부족한 토마토를 나눠 주려고 했을까? 그녀가 마냥 친절한 사람이라서?

아니, 대조리장에서의 그녀는 소극적이고 남의 눈치를 살피는 사람이었다. 그런 그녀가 '피에르가 몹시 혐오한다는 나'를 그의 눈치도 살피지 않고 도와준다고?

'이상하잖아.'

내게 토마토를 나눠 준다고 했던 것은 역시 토마토에 무슨 짓을 해 놓았기 때문일 거다.

'내가 성식을 정화할 수 있다는 걸 아는 거야.'

무엇보다 그녀는 '가브리엘라 황비궁 침입자 후보' 중 하나였다. 그걸 어떻게 알았느냐면.

"왼손잡이잖아, 당신."

"뭐?"

"내가 테스트를 대조리장에서 다 함께 보자고 한 건, 어느 쪽 손을 쓰는지 확인하려고 한 거거든."

"뭐?"

"가브리엘라 황비궁 주방에서 내 칼을 썼잖아. 도마에 고기 핏물이 왼쪽으로 몰려 있었어."

"그게 무슨……."

"모르겠어? 도마 중앙에 재료를 올리더라도 어느 쪽 손을 쓰느냐에 따라 핏물이 드는 방향이 다르단 말이야. 오른손잡이는 오른손. 왼손잡이는―"

시에나가 무심코 제 왼손을 붙들었다. 피에르와의 잦은 만남. 왼손잡이. 성정과 다르게 굴던 일. 거기에 로열 셰프의 방에서 은밀히 빠져나오고 있었고, 무엇보다.

'회색 눈.'

그녀의 얼굴이 익숙했던 이유는 동부에서 보았던 아탈란의 사제 중 시에나의 가족이 있었기 때문일 거다.

'그리고 그 가족은—'

시에나의 눈이 번뜩였다. 그는 내게 득달같이 달려들어 목을 조였다.

"정말 잘나셨네요, 성녀님."

"크윽!"

"맞아요. 제가 아탈란의 신관이랍니다. 하지만 성녀님께 했던 말이 모두 거짓은 아니었어요. 어릴 적에 부모를 잃고 고아원을 전전하긴 했거든요. 오빠와 함께였지만."

"흐으……."

"그리고 제 유일한 가족을 성녀님께서 친히 찔러 주셨지요."

샤를리나와 함께 프렌시프 성에 찾아온 신관이 오빠였구나!

시에나는 아주 낮은 목소리로 속삭였다.

"대사제께서 성녀님을 안전히 모셔오라 명하셨습니다."

"흐으……."

"성녀님, 이 얼마나 갸륵한 일인지 아시겠습니까? 당신을 찢어 죽여도 시원치 않을 내가!"

"……."

"오로지 이 세상에 도래할 평화를 위해 분노를 삭이고, 혀를 씹는 심정으로 얌전히 모셔 간단 말입니다."

"크흑—!"

"물론, 목적지에 도착한 후엔 차라리 죽여 달라 애원하게 될 거예요. 하지만 걱정하지 마세요. 모든 고통이 끝난 후, 진정한 평화를 맞이하게 되실 겁니다."

그녀가 히죽 웃으며 점점 더 손에 힘을 주었다.

"지도에서 길라게온이 사라지고, 성국이 생길 테니까!"

"……."

그녀가 아둔한 개를 어르듯 "쯧쯧쯧" 소리 내며 눈썹을 늘어뜨렸다.

"그러니까 멍청한 성녀야. 너는 오늘의 이 잘난 체를 평생 후회하게 된다는 뜻이란다."

그때였다.

"그녀가 멍청할 리가."

이건 내가 한 말이 아니었다. 주방의 문이 벌컥 열리며 군사들이 쏟아져 들어왔고, 그 사이로 걸어 나온 건 도미니크였다. 그는 단숨에 시에나의 손목을 비틀고, 내 허리를 끌어안았다.

"콜록, 콜록!"

나는 한참 기침하며 목을 문질렀다.

'조금만 토설이 늦었으면 죽을 뻔했네.'

어느새 시에나는 병사들에게 제압당한 채 꿇어 앉혀져 있었다. 시에나가 어느새 순진하기 그지없는 가면을 다시 썼다. 아직 상황 파악이 안 된 모양이었다. 나는 도미니크를 올려다보며 물었다.

"폐하와 귀족들은요?"

"듣고 있습니다. 영애의 통신석을 통해서."

그제야 시에나의 얼굴이 딱딱하게 굳어지기 시작했다.

*　　*　　*

[지도에서 길라게온이 사라지고, 성국이 생길 테니까!]

날카로운 목소리가 대회의장에 널리 울려 퍼졌다. 가장 상석에서 눈을 감고 있던 황제가 천천히 눈꺼풀을 들어 올렸다. 긴급령에 의해 황궁에 모인 귀족들은 각기 다른 얼굴로 테이블 중앙에 놓인 통신석에 집중하고 있었다.

새파랗게 질린 이들. 얼굴이 타오르듯 붉어져 분노하는 이들. 황제와 같이 짐작한 듯 침착한 이들. 마지막 부류는 모두 프렌시프와 관련된 자들이었다. 황제는 아서 프렌시프와 시선을 교환했다. 아서가 고개를 끄덕이자 황제는 낮은 목소리로 말을 이었다.

"이십여 년 전 토벌했다 믿었던 아탈란의 잔당이 살아남아 있었군."

대회의장이 쥐죽은 듯 고요했다. 틈만 나면 편을 갈라 죽을 듯, 혹은 죽일 듯이 싸워 대던 이들조차 감히 입을 열지 못할 대사건.

"감히 짐의 턱 밑에까지 아탈란의 잔당이 똬리를 틀고 있었구나."

황제가 일갈하자 전쟁의 시작을 예감한 모두가 마른침을 삼켰다.

* * *

시에나가 추포되고, 난 도미니크의 닦달에 못 이겨 의무실로 향했다.

"괜찮다니까요."

자상을 입은 것도, 멍이 든 것도 아닌데 약이 있을 리가 없지.

"일단 의사에게 보이세요."

"정말로 괜찮—"

"제발!"

나는 깜짝 놀라서 그를 쳐다봤다. 아무런 말도 못 하고 눈만 깜빡이자 그는 한숨을 내쉬며 나를 의자에 앉혔다.

"눈앞에서 목이 졸리는 당신을 바로 구해 내지 못하는 내 심정도 이해해 달란 말야."

"……."

나는 기가 바짝 죽어서 손가락만 매만졌다. 그에겐 정말로 못 할 짓을 했다.

'나라도 무서웠을 거다.'

상상하는 것도 싫다. 눈앞에서 목이 졸리는 도미니크를 보는 건.

"당신은……."

도미니크가 붉어진 내 목을 매만지며 중얼거렸다.

"주변 사람들이 당신을 위해 희생하는 건 싫으면서."

이어질 말이 뭔지 알 것 같아서 난 할 말이 없었다. 미안하고, 민망하고, 또 내 고집을 들어 준 그가 고마워서. 찬장 안의 약병과 연

고를 살피는 도미니크의 등을 빤히 보다가 조그맣게 그를 불렀다.
“저하.”
“부르지 마십시오. 지금은 보고 싶지 않으니까.”
“저하…….”
한숨을 푹 내쉰 그가 내 쪽으로 등을 돌려서 난 팔을 활짝 벌렸다.
“……안 합니다.”
“저하…….”
“안 한다니까.”
그렇게 말하면서도 갈등에 휩싸인 듯 단호히 고개를 돌리지 못했다. 나는 헤헤 웃으며 그를 올려다보았다.
“…….”
“…….”
그가 한숨을 푹 내쉬더니 나를 끌어안았다.
“언제 이렇게 영악해진 거지.”
“제가요?”
“……예.”
“화 풀리셨어요?”
도미니크는 분하다는 듯 잠깐 이를 악물곤 대답했다.
“예.”
난 웃으며 그의 등을 꽉 끌어안았다.
“이제 아탈란과 전쟁만 끝나면 우린 평화로울 수 있어요.”
“그렇겠죠.”

"저는 좋아하는 일을 마음껏 하고……."

"바닷가에 푸른 지붕을 가진 새하얀 식당을 짓고서 말이죠. 외딴 곳에 권력가들이 줄지어 서 있겠군요."

"장사가 잘되면 기쁘지요! 그리고 저하는 싫은 일을 하지 않아도 돼요."

"……."

"이제 전쟁터에서 남을 죽이지 않아도 되고, 핏줄에 얽매이지 않아도 되고."

나는 헤헤 웃다가 그의 뺨에 가볍게 입을 맞추었다.

"이런 것도 마음껏 하고."

"그건 좋군요."

도미니크가 나를 꽉 끌어안았다.

"신의 자식들과 싸워야 한다는 걸 알지만, 간절하게 기도하게 됩니다."

"기도요?"

"제발 당신이 무사하길 바란다고."

"……."

"이깟 목숨 같은 건 얼마든지 내어 줄 테니 당신만은 안전하게, 다치지 않고, 무사하길."

"아, 나도 똑같은 걸 빌었는데!"

우리는 마주 보며 미소지었다. 가라앉은 눈빛이 너무나 다정하고, 달콤해서 나는 그의 눈가를 조금 문질렀다. 도미니크가 나의 목을 부드럽게 잡았고, 우리는 서로를 향해 조금씩 다가갔다. 그러한 찰나.

"세니아나!"

―라는 말과 함께 문이 벌컥 열리며 가족들이 뛰어 들어왔다.

'헉!'

깜짝 놀란 나는 얼른 그와 떨어져 홱! 등을 돌렸다.

"……."

"……."

"……."

"……."

어쩐지 등 뒤에서 무거운 침묵이 감도는 것만 같았다. 나는 애써 "아…… 어…… 으음, 아! 참 밝네." 하고 중얼거렸다. 그러자 등 뒤에서 "밤인데."라고 말하는 가웨인의 목소리가 들려왔다.

"저, 전등이! 전등이 참 밝다."

뒤통수가 따가워서 난 고개를 돌리기 무서워졌다.

"이 새―"

"가웨인."

란슬롯의 말에 가웨인은 얼른 말을 바꿨다.

"―분이 눈만 떼면 이런 일을……."

도미니크가 어깨를 으쓱이며 말했다.

"글쎄요. 눈을 떼는 시간이 어찌나 짧은지, 무슨 일을 제대로 할 시간이 없었습니다."

그러자 할아버지가 차갑게 말을 받았다.

"제대로면 곤란하죠."

"할아버님."

"할아버ㅡ!"

으득, 이가는 소리가 들려와서 난 슬그머니 고개를 돌렸다. 가족들과 도미니크 사이에 이상한 긴장감이 흘렀다.

'싸, 싸우는 거야?'

당황해서 얼른 사이에 파고들려던 찰나, 드르륵! 문이 열리더니 예상치 못한 인물이 안으로 들어왔다.

"참으로 듣기 좋은 호칭이구만!"

황제가 껄껄 웃으며 시종장에게 "그렇지 않은가?" 하고 물었고, 시종장은 인자한 얼굴로 고개를 수그렸다.

'아니, 이분은 왜ㅡ!'

난 얼른 치마 끝을 붙잡고 무릎을 굽혔다.

"황가에 광영을. 폐하를 뵙습니다."

"오, 그래, 우리 세니아나. 몸은 괜찮으냐?"

우, 우리 세니아나? 호칭에 당황한 사이, 아빠가 인상을 찌푸리며 말했다.

"폐하, 제 딸에겐 분수에 넘치는 호칭입니다. 과분한 호칭 거두어 주십시오."

아빠가 딱 잘라 말하자 황제는 호탕하게 웃으며 손을 내저었다.

"아닐세, 아닐세. 짐의 귀염둥이에겐 과분한 것이 존재하지 아니하네."

할아버지가 이글거리는 눈으로 황제를 쏘아보았다. 마치 '쟤는 내 귀염둥이야!'라는 표정이라 난 정말로 민망해졌다.

"하하, 도미니크가 숫기 없다 여겼는데 이제 보니 그렇지만도 않았군. '할아버님'이라. 참으로 정겨운 호칭이 아닌가."

"그런……!"

가웨인이 눈을 흡뜨며 입을 열자 란슬롯이 한 팔로 그를 가로막았다. 오빠들은 몹시 분한 듯했지만, 황제에게 반발할 수는 없는지 속으로 울화를 삼키는 듯했다.

'얼른 전쟁이 끝났으면!'

황제가 두 손으로 할아버지의 손을 잡으며 눈을 찡긋했다.

"그렇지 않은가."

"그렇지 않습니다."

'엄마야!'

나는 황제에게마저 몹시 단호한 할아버지를 보고 놀라고 당황해 마른 침을 삼켰다. '과연 할아버지'라고 해야 할지, 아니면 '간이 너무 큰 건 아닌가'라고 고민해야 할지 모르겠다.

"하여간에 공의 농담은 하나 같이 재미없군."

"농이 아닙니다."

"짐이 듣기엔 정겹기만 한데 말이지. 짐도 우리 세니아나가 참으로 귀엽다네."

"제 손녀에겐 과분한 호칭임을 말씀드리지 않았습니까."

"그러고 보니 두 사람이 잘 어울려 보이기도 하는군."

"전혀요."

할아버지의 말을 하나같이 무시하는 황제도 대단하고, 황제의 말이 끝나기도 전에 맹렬하게 부정하는 할아버지도 대단했다. 나는 이러지도 저러지도 못하고 한 마디씩 주고받는 황제와 할아버지를 번갈아 쳐다보았다.

'이제 좀 말려야 할 것 같은데.'

내가 "저……." 하고 입을 열던 때였다.

"그래! 이렇게 된 거 세니아나를 짐에게 며느리로 주지 않겠나."

황제가 폭탄을 투하했다.

"아니, 폐하! 무슨 그런……!"

할아버지가 버럭 소리치자 황제는 들은 척도 않고 내 손을 덥석 잡았다.

"어때, 세니아나. 짐의 며느리가 되지 않겠느냐."

'아니, 폐하는 갑자기 왜 이러시는 거야!'

전쟁은 아탈란과 하면 되는 줄 알았더니, 다른 쪽에서도 발발해 버렸다!

"저기! 그…… 일단! 밤이 늦었으니까요. 나중에 다시 얘기하는 거로 해요……!"

내가 가족들과 황족들을 막아선 채로 소리치자, 점점 날카로워지던 두 진영의 기세가 사그라들었다. 난 못마땅한 표정들의 가족들을 떠밀며 말했다.

"일단 전 폐하와 나눌 이야기가 있으니 먼저 돌아가 계세요."

할아버지는 몹시 마뜩잖은 모양이었지만, "마차에서 기다리고 있으마." 하며 문을 나섰다. 가족들이 나간 후 황제는 낄낄거리며 웃었고 난 그런 그를 보며 한숨을 터뜨렸다. 내가 도미니크를 쳐다보자 그는 어깨를 으쓱했다.

'저 사람이 진짜.'

말려 보라는 뜻이란 말이야. 평소엔 눈치 빠른 남자가 이럴 때만 모르쇠로 구는 게 얄미워서 나는 인상을 찌푸렸다. 난 크게 한숨을 내쉬고 황제에게로 시선을 돌렸다.

"폐하, 이제 장난은 그만하시고……."

"장난? 누가 짐더러 장난을 친다더냐."

그는 여전히 웃고 있었으나 눈빛은 진중했다.

'뭐야, 그럼 진짜로?'

내가 어리둥절해 있으니 황제는 문밖으로 나서며 고개를 까딱했다. 따라오라는 뜻인 것 같아서 먼저 나서자, 도미니크 또한 내 뒤를 따랐다.

"네놈은 돌아가라. 영애와 따로 할 말이 있으니."

"무슨 말씀을 하시게요."

"이놈이……. 언제부터 짐이 할 말을 네놈에게 일일이 검토받았느냐!"

그가 버럭 소리치자 도미니크는 눈살을 찌푸리다가 날 쳐다봤다. 괜찮겠냐는 표정이라 난 고개를 살짝 끄덕였다. 도미니크가 물러서고, 황제는 다시 걷기 시작했다. 키가 큰 그가 성큼성큼 빠르게 걸으니 나는 종종걸음으로밖에 따라갈 수 없었다.

'황태자와 미카엘, 도미니크까지 훌쩍 큰 건 유전인가 봐.'

그를 따라가는 데만 집중해 있었는데 어느새 걷기가 편해졌다. 나는 눈을 동그랗게 뜨고 황제를 쳐다보다 헤헤 웃어 버렸다.

"뭐냐."

황제가 눈을 찌푸리며 물어서 난 웃음기 어린 목소리로 대답했다.

"다정하셔서요, 몰랐는데."

"……몰랐는데—라는 말을 굳이 붙일 필요가 있나."

"저하에게 유전된 건 큰 키만이 아니었나 봐요."

황제가 "도미니크?" 하고 물어서 난 고개를 가볍게 끄덕였다.

"도미니크는 짐을 많이 닮은 녀석이지. 짐도 내 사람에겐 끝없이 다정하거든."

"흐음……."

"그러니 어떠냐. 짐의 사람이 되어 보는 건."

"네?"

"짐의 며느리가 되는 것이 어떠하겠느냐고 묻는 게야."

나는 선뜻 대답하지 못했고, 황제는 온실과 이어진 문을 열었다.

'아…….'

황제만이 출입 가능한 온실은 온통 해바라기로 가득했다. 길라게온에만 있는 특별한 해바라기종. 가장자리는 타오르는 석양을 닮은 주황색이고 안으로 갈수록 본래의 샛노란 색이 보이며, 얼핏 사자의 갈기 같기도 한 그것의 이름은 레오나(Leona)였다.

"이 온실에 언젠가 너를 닮은 올포러브가 피어날 수 있도록."

황제의 온실에 피어날, 나를 닮은 장미.

"역시 폐하께선 황위의 주인으로 2황자님을……."

황제는 말없이 벤치에 앉으며 나를 옆자리로 이끌었다.

"세니아나."

"예, 폐하."
"짐은 네가 아주 어여뻐."
"……."
"감히 황제의 앞에서 말을 가리지 않는 것도 귀엽고, 성실한 면도 보기에 기껍지. 내가 지키지 못한 아들을 대신 지키려 하는 점엔 몹시 감사하다."
"……."
"도미니크의 곁에 네가 있고, 네 곁에 도미니크가 있다면 짐은 더 바랄 것이 없을 거야."
황제가 내 머리를 쓰다듬으며 다정히 웃었다.
"어떠냐, 세니아나."
"……."
"세상에 온통 데기만 하여 욕심도, 감정도 죽여 왔던 그 아이에게 네가 욕망의 이유가 되어 주는 건."
나는 그의 눈을 빤히 바라보다가 희미하게 웃었다. 그러자 그는 장난스러운 표정으로 말을 이었다.
"짐이 잘 해 주마."
"……얼마나요?"
"으응?"
나도 짓궂게 웃으면서 팔짱을 끼었다.
"제가 밑지는 장사잖아요, 이건?"
"밑진다고?"
"시어머니가 네 명에 아주버님도 많고! 가족 행사는 또 좀 많나요? 제사도 신에게 지내고, 선조들에게 지내고…… 우와! 엄청 고생인데요!"

황제는 낄낄거리며 웃다가 무릎을 내리치곤 "좋아!" 소리쳤다.

"짐은 무조건 새아가의 편이다. 어떠하냐?"

나는 키득키득 웃으며 "좋아요!" 하고 소리쳤다. 그러자 황제가 내 뺨을 상냥하게 어루만지며 말했다.

"짐은 언제나 네 편이 되마."

"약속이에요?"

"그래."

날은 선선했고, 온실은 아름다웠으며 나와 황제는 마주 보며 웃었다. 그래서 난 평화가 조금 더 간절해졌다.

* * *

나라 안팎이 떠들썩했다. 아탈란의 재래. 대륙 전쟁을 겪었던 자들은 공포에 질렸고, 전쟁에서 가족을 잃은 자들은 분개했다. 길라게온을 중심으로 대륙 전쟁에 참전했던 나라는 앞으로의 일에 대비하여 회합을 가졌다. 덕분에 발등에 불이 떨어진 건 아탈란과 그들에게 회유된 귀족 세력이었다.

아탈란의 3월로 일찍이 그들에게 회유되었던 르마르 공작이 은밀히 프렌시프 저를 찾았다. 응접실로 안내된 그는 끔찍한 것이라도 본 양 새파랗게 질려 있었다. 집사가 물잔을 내려놓자마자 벌컥벌컥 물을 들이켠 그가 덜덜 떨리는 어깨를 감싸 안으며 말했다.

"지, 질 겁니다. 우리는…… 길라게온은 아탈란에게 지고 말 거라고요."

아빠가 인상을 찌푸리며 물었다.

"진정하고 정확히 전후를 설명하십시오."

"오늘 아탈란에서 연락이 왔습니다. 불안해하는 휘하 귀족들을 진정시키기 위해서겠지요."

그럴 것이다. 르마르 공작 휘하의 귀족들이 이대로 아탈란을 따라도 되는 것이냐며 그를 들볶았으니까. 세작에 따르면 아탈란에 먹힌 것이나 다름없는 서부 귀족들은 연일 회동하고 있다고 했다. 황제의 입에서 아탈란이 거론되었으니 언제고 토벌령이 떨어질 게 분명했으니 말이다.

거기에 아탈란은 프렌시프에 밀려 거점까지 옮긴 상태. 불안에 떨 수밖에 없는 처지였다. 르마르 공작은 마른침을 삼키며 다시 입을 열었다.

"아탈란의 대사제가 우리에게 삿된 자들을 보여 주었습니다."

그러자 가웨인이 인상을 찡그리며 말했다.

"삿된 자들은 이미 프렌시프 령에서 한차례 토벌되었지 않습니까. 그런데 뭐가 두려워서 —"

"우리가 본 것만 기백에 가까운 수였단 말이오!"

"……!"

"대사제는 말했어요. 수십 배는 되는 누아제들이 준비되어 있다고……."

나는 치맛자락을 꽉 움켜쥐었다.

'벌써 그렇게?'

그들이 누아제들을 계속해서 준비해 왔다는 건 알고 있었다. 하지만 의식이 준비되지 않은 상태에서 그 많은 수를 삿된 자화했다니.

'삿된 자 일만 구를 모아서 의식을 행하지 않으면 그들은 절망을 제어할 수 없어.'

제어할 수 없는데도 그렇게나 많은 수를 삿된 자화했다니.

'미쳤어.'

"대체 어떻게 하려고……!"

내가 소리치자 르마르가 덜덜 떨리는 목소리로 말을 이었다.

"우, 우리도 그것이 두려워 묻자 대사제는 곧 의식이 있을 거라고 했소."

"누아제를 일만 구나 모아 놨다는 소리예요?"

그는 고개를 저었다.

"우리에게 성식을 나눠 주며 영지민들에게 유통시키라 명하였소."

"……그건 이상해요."

내가 인상을 찌푸리며 가족들을 보자 그들도 고개를 끄덕였다.

"굳이 휘하 귀족의 영지민들에게까지 성식을 먹일 필요는 없어요. 까딱 잘못해서 바로 삿된 자화 된다면 영지는 난리가 나 버릴 거라고요. 그건 귀족들에겐 큰 위협일 텐데, 그들이 선뜻 명을 받아들일 리 없잖아요."

르마르 공작은 어리둥절한 표정으로 말했다.

"바로 삿된 자화될 수는 없지."

"네?"

"성식을 한 달 이상 일정량을 꾸준히 먹어야 누아제가 되고, 누아제에서 바로 삿된 자가 되는 자들은 극히 드무니 말이오."

"그게 무슨……. 프렌시프 령에 삿된 자가 나타났을 땐, 우리 기사들이 바로 누아제가 ―!"

그러자 가웨인이 고개를 저었다.

"그건 아니야."

"아니라니요?"

"성문 밖의 기사들에게 성식을 전달했을 땐, 바로 누아제가 되지 않았어. 즉시 누아제가 된 사람은 오직 성안에 있던 자들이다."

란슬롯이 덧붙여 말했다.

"성 밖에 있던 자들도 즉시 누아제가 되긴 했었지. 도미니크가 성식을 전달해 주었을 때."

"도미니크…… 아!"

도미니크가 즉시 누아제가 될 수 있는 열쇠라는 건가.

생각해 보면 이상하다. 도미니크가 유난히 괴로워했던 이유가 오직 나와 함께였기 때문이라면 처음부터 괴로워해야 하지 않은가. 그가 계속 누아제를 만들어 냈다면 갑작스레 몸 상태가 안 좋아진 이유도 납득이 간다.

'아탈란에선 이 일을 모르고 있어. 그렇다는 건 우리에게 아직 시간이 있다는 거야.'

나는 벌떡 일어났다.

"황궁으로 가 봐야겠어요."

"황궁은 왜?"

"성식 유통을 금지해야 해요. 그렇게만 된다면 아탈란은 더 이상 누아제를 만들 수 없을 테니까요!"

난 즉시, 황궁 앞으로 이동했다. 그리고 빠르게 검문소를 통과해 아발론으로 향했다. 정신없이 궁으로 뛰어가고 있는데, 뒤에서 나를 부르는 소리가 들렸다.

"세니아나!"

"스승님?"

쟝뤼크가 의아한 얼굴로 나를 붙잡았다.

"오늘은 휴일이 아니냐."

"네. 폐하를 뵐 일이 있어서 왔어요. 스승님, 제가 지금 바빠서ㅡ"

"폐하라면 우리도 명을 받아 뵈러 가는 길이야."

"명이요?"

"그래, 폐하께서 나와 고프레도를 부르셨다."

무슨 일로?

'곧 있을 경합 때문인가?'

"저도 같이 가요."

"그래, 그렇지 않아도 부르려던 참이었지. 가자."

나는 쟝뤼크와 함께 황제의 집무실로 향했다. 방 앞엔 고프레도와 수셰프가 대기하고 있었는데, 눈이 마주치자마자 서로 인상을 썼다. 쟝뤼크는 쯧, 혀를 차며 옷매무시를 가다듬었다.

"대낮부터 기분 나쁜 얼굴을 보려니 속이 안 좋군."

고프레도는 흥, 코웃음 치며 장뤼크를 곁눈질로 쳐다볼 뿐이었다.

'뭐지…….'

오늘의 고프레도는 이상했다. 평소라면 장뤼크와 맞붙었을 그가 입매를 비틀 뿐, 전혀 대꾸가 없었다. 장뤼크도 그 점이 이상한지 오만한 얼굴로 회중시계를 확인하는 고프레도를 쳐다보았다. 장뤼크가 다시 입을 열려던 찰나였다.

"폐하!"

황제의 집무실 안에서 벼락같은 고함이 터져 나왔다. 시종장의 목소리였다.

"거기 누구 없느냐! 의사! 의사를 불러와!"

나와 장뤼크는 딱딱하게 굳어졌고, 곧 집무실의 문이 활짝 열리며 궁인들이 뛰어 들어갔다. 문틈 사이로 쓰러진 황제가 보였다. 나는 서둘러 궁인들 뒤를 따라 들어갔다.

"폐하! 폐하!"

시종장이 내내 황제를 흔들고 있지만, 그는 의식이 없었다. 난 시종장을 붙들고 다급히 물었다.

"뭐예요, 어떻게 된 거예요!"

"저, 저도 잘…… 난데없이 쓰러지신 터라……!"

황제의 입가로 거품이 흘러내리고 있었다.

'독?'

"폐하께서 오늘 무엇을 드셨습니까! 누구와 함께 계셨어요?!"

"오늘은 기침 후 종일 집무실에 계셨던 터라 마주친 사람은 없고…… 드신 거라곤 주방에서 올라온 수프 조금이 전부입니다."

주방에서 올라온 수프? 나는 장뤼크에게 소리쳤다.

"오늘 본 주방에서 수프를 만든 사람이 누구예요?"

"……."

"스승님!"

"……나다."

"뭐라고요?"

"나야. 오늘 폐하의 요리는 모두 내가 만들었어."

장뤼크의 표정이 굳어졌고, 나는 새하얗게 질린 얼굴로 쓰러진 황제와 장뤼크를 번갈아 쳐다보았다. 그때였다.

"폐하!"

미카엘이 황제의 집무실로 뛰어 들어왔다.

"이게 어찌 된 일인가!"

그가 소리치기 무섭게 의사들이 들어왔고, 황제를 살핀 의사들은 깊게 가라앉은 목소리로 말했다.

"독입니다……."

고프레도가 장뤼크의 멱살을 잡은 채 소리쳤다.

"이놈! 폐하께 무슨 짓을 한 게냐!"

"……."

고프레도가 미카엘을 보며 소리쳤다.

"이놈입니다, 저하. 폐하께서 이놈이 만든 수프를 드시고 쓰러지셨습니다!"

나는 희게 질려 소리쳤다.

"말도 안 돼! 스승님이 요리에 독을 넣다니요! 하늘이 무너져도 있을 수 없는 일이에요!"

"하면 폐하께서 어째서 쓰러지셨단 말이냐!"

고프레도가 고성을 내질렀고 난 그를 노려보며 말했다.

"스승님이 폐하의 요리에 독을 넣을 이유가 없잖아요!"

"모르지. 누구와 결탁했을 수도."

"결탁이라니요!"

고프레도 곁에 서 있던 수셰프가 히죽 입꼬리를 끌어당겼다.

"그러고 보니 오늘 아침, 황태자 전하께서 루크 님을 찾으셨지요."

"뭐라고요?"

"근래 두 분 사이가 꽤 다정하였습니다. 본 주방에서 일하는 자들이라면 모르는 사람이 없을 정도로 말이지요."

황제의 집무실은 난리 통이 되었고, 모두의 시선은 황제를 붙들고 있는 미카엘에게로 향했다. 그가 날카로운 시선으로 쟝뤼크를 바라보며 소리쳤다.

"저자를 잡아들여라."

경비병들이 쟝뤼크를 제압해 끌어냈고, 난 희게 질려 그들을 쫓았다.

"스승님! 스승님!"

말도 안 돼.

스승님은 황태자의 명으로 독을 넣느니, 차라리 혀를 깨물 사람이었다. 그는 설령 권력에 마모된다 하더라도, 요리에 독을 넣는 일 같은 건 상상할 수조차 없는 남자였다.

"스승님!"

내가 소리치자 장뤼크는 고개를 가로저었다.

"괜찮으니 돌아가 있어."

"하지만…… 하지만!"

"나는 하늘을 우러러 한 점 부끄러움이 없다. 너는 나를 믿지 않은 게냐?"

"알아요, 알지만 이건ㅡ!"

음모였다. 음모가 분명한 일이다. 황제는 쓰러졌고, 저들 입에서 황태자가 나온 것으로 보아 이미 둘을 엮어 버릴 생각인 것이다. 황태자까지 엮였으니 이제 재판과 처결은 미카엘이나 도미니크의 몫. 도미니크는 아직 자리를 잡지 못한 황자이니 황태자를 대신해서 평생 황궁의 일을 보아오던 미카엘이 나설 것이 분명하다.

'저들이 스승님을 살려 둘 리가 없어.'

나는 새파랗게 질려 덜덜 떨리는 손을 뻗었다.

"세니아나."

"스승님……."

"주방을 네게 부탁하마. 잘하고 있으면 난 금세 돌아올 거다."

그가 빙그레 미소지으며 경비병에게 끌려갔다. 그 후 황제가 침실로 옮겨진 뒤 도미니크가 급히 아발론을 찾았다.

"저하, 스승님이…… 폐하가……."

그는 낮은 목소리로 중얼거리는 나를 붙잡고서 고개를 끄덕였다.

"압니다. 당신은 저택으로 돌아가세요. 미카엘에게 전권을 빼앗기면 황궁은 더 이상 안전한 공간이 아닙니다."

"하지만 저하께선 — !"

"난 괜찮으니까."

난 그를 빤히 쳐다보았다. 언제나와 같은 표정이지만, 손끝이 차다. 부친이 음독하였고, 황제가 없는 성이 안전하지 않은 건 그도 마찬가지일 터. 나보다 상황이 낫지 않은 그가 이토록 차분한 것은 내가 염려할까 저어하기 때문일 것이다.

나는 그의 손을 꽉 붙들었다.

"할아버지와 아빠가 곧 오실 거예요."

"예."

그가 먼저 회합실로 들어가고, 난 아발론을 나섰다. 마차가 대기한 곳으로 향하자 아빠와 할아버지가 있었다. 할아버지는 희게 질린 날 붙들었다.

"세니아나."

"할아버지, 이건 우리가 성식 유통을 막지 못하게 하려는 아탈란의 술수예요."

"그렇겠지."

"미카엘이 전권을 잡게 해선 안 돼요. 어떻게든 스승님이 로열 셰프가 되어 성식 유통을 막지 않으면 폐하께서 일어나신다고 해도 우리에겐 승산이 없어요."

"그래. 우리 휘하의 귀족들을 불러들였다. 저들이나 우리나 당파의 수로는 비등해. 아무리 미카엘이 황태자를 대신하여 공무를 보아 왔더라도 우리가 그리 쉽게 밀리지는 않을 게야."

"네."

아빠는 내 등을 토닥이며 "먼저 돌아가 있으려무나." 하고 말했고, 난 두 사람의 마차를 타고 성을 빠져나갔다. 저택에 도착했을 땐 사용인 모두 정신없이 뛰어다니는 중이었다. 내가 들어가자마자 마릴린과 시트론이 헐레벌떡 뛰어왔다.

"아가씨!"

"무슨 일이야?"

"어서 작은 도련님께 가 보셔요."

나는 그들과 함께 오빠들과 가신들이 있는 회의장으로 뛰어갔다.

"세니아나!"

"뭐예요, 뭐가 어떻게 된— 저택에 왜 이 난리가……!"

"가웨인과 기사들을 프렌시프 령으로 보내다오."

"네?"

"영지 인근에서 민란이 나서 영지민들이 휘말렸어. 영지 기사들로선 민란을 처리할 수 없다는구나."

"그럴 리가—!"

프렌시프의 정예병들이 민간인을 처리할 수 없다니 말도 안 된다.

"설마 누아제인가요?"

"그런 듯해."

나는 치맛자락을 꽉 말아 쥐고 이를 악물었다.

"……싫어요. 누아제들을 처리해도 아탈란에서 삿된 자들을 보내오면 끝이라고요! 이건 아탈란이 우리 가족을 뿔뿔이 흩어지게 하려는 수작이란 말이에요!"

"세니아나."

"그전과는 달라요! 이전엔 기사들을 누아제로 만들어도 제가 정화할 수 있었지만, 미카엘이 전권을 손에 넣게 되면 전 움직이지 못할 수도 있다고요! 그럼 오빠와 기사들은 꼼짝없이……. 민란쯤은 두고 봐도 되잖아요!"

묵묵히 서 있던 가웨인이 내게 다가왔다. 그리고 내 볼을 꾹 꼬집었다.

"너, 날 못 믿어?"

"……."

"네 성수가 없으면, 네가 도와주지 않으면 아무것도 못 하는 바보로 보이냐?"

"그건 아니지만……."

"네가 없던 시절에도 숱하게 많은 전투를 헤쳐 왔어. 나를 비롯한 이 녀석들 모두."

가웨인의 뒤에 도열해 있던 칼립스와 기사들이 평온한 눈빛으로 나를 주목했다. 가웨인이 장난스러운 표정으로 내게 시선을 맞추었다.

"우리는 남들보다 좋은 것들을 누리는 만큼 의무가 있어. 영지민들을 안전하게 지키는 것. 그렇지?"

그의 눈빛은 진지했고, 나는 뺨이라도 얻어맞은 기분이었다. 영지민을 지킬 수 있다면 지키고 싶다. 하지만 내 가족을 대가로 내어놓아야 한다면 그럴 수 없다. 사실, 그 전의 일도 할아버지가 납치되지 않았더라면 나는 그리 득달같이 영지로 가지 않았을 테니까.

나는 날 어린애처럼 보는 가족들이 이상하다고 생각했지만, 정작 그들이 만든 안전한 울타리에서 뛰어노는 어린애에 불과한 건 나였다. 내게 주어진 힘은 내 가족이 짊어진 의무에서 나온 것이었는데.

"세니아나."

"……."

"세나야."

"……네."

"난 반드시 승리해서 귀환할 거다."

"약속이에요. 꼭, 무사히 돌아오시는 거예요."

"그래."

결국, 난 가웨인과 기사들을 영지로 보내 주었다.

할아버지와 아빠는 밤이 되어서야 돌아왔고, 나와 란슬롯은 황급히 물었다.

"어떻게 되었어요?"

할아버지의 눈빛은 처음 보았을 때의 그처럼 냉혹하리만치 서늘했다.

"황제의 대리인은 미카엘로 낙점되었다. 회의에 참석한 귀족들의 7할이 미카엘의 손을 들어 주었어."

"그런―! 당파의 수는 비등하다고 하셨잖아요. 그런데 왜……!"

"누아제가 되었기 때문이지."

"그게 무슨 말씀이세요? 우리 측의 귀족들은 모두 관리하고 있었잖아요."

"귀족들은 관리했어도 그들의 가족까지 신경 쓸 수는 없었으니까."

"네?"

"아로트 후작의 장인, 게스탈드 백작의 혼외 자식, 로헨루드 백작의 막내 누이. 다들 누아제가 되어 이지를 잃었다더군."

"……가족이 삿된 자가 될까 봐 두려워서 미카엘의 손을 들어 준 거라고요?"

"그래. 다만, 로열 셰프 경합만은 예정대로 치르게 되었다."

마담 버지니아가 비명이라도 지르는 것처럼 "기가 막혀!" 하고 소리쳤다.

"장뤼크가 없는 상황에서 무슨 경합입니까! 그거라도 먹고 떨어져 나가라는 게 아닙니까!"

나 또한 입술을 깨물고 눈을 꽉 감았다. 현재 로열 키친엔 고프레도에게 대적하여 경합을 치를 수 있는 사람이 없다. 로열 키친에서 20년 이상 근무했을 것. 2급 이상…… 즉, 한 궁의 전담자였을 것.

초조한 표정으로 손톱을 물어뜯던 마담 버지니아가 고개를 번쩍 들었다.

"장뤼크도 복직한 것이 아닙니까. 복직할 수 있는 자라면 붙어볼 수도……!"

나는 고개를 저었다.

"스승님이 복직할 수 있었던 건, 폐하의 명이 있었기 때문이에요. 무엇보다 재직 중에 받은 훈장이 있어야 하고, 고프레도에게 상대가 되어야 하는데…… 그런 사람은……."

"이런……."

나는 할아버지에게 물었다.

"경합은 언제 하지요?"

"본래 내일 이뤄졌어야 하나, 황제가 쓰러졌으니 경합자 등록까지 하루의 말미를 주고, 그다음 날 당장에 치른다더군."

로열 셰프 자리는 꿈도 꾸지 말라는 뜻이었다. 두 시간이 넘도록 회의가 이어졌지만 이렇다 할 방법이 없었다. 할아버지는 일단 영지의 술렁이는 민심을 진정시키기 위해 영지로 떠났고, 나는 알베르에게 로열 키친 퇴직자 명단을 요청했다. 그는 즉시 명단을 보내주었고, 나는 홀로 서재에서 명단을 확인했다.

"이 사람은…… 서부 출신이고, 이 사람도 아탈란 휘하의 귀족이야."

아무리 찾아도 내일 등록시킬 수 있는 사람이 없었다.

'어떻게 해. 어떻게 해야 하지.'

고프레도에게 상대가 될 만하면 서부 출신, 아탈란 휘하. 그게 아니라면 훈장을 받은 적이 없다. 자꾸만 눈앞이 새하얗게 변하고 머릿속이 복잡해졌다. 나는 다음 명부를 가져오기 위해 다급히 의자에서 일어나다가 다리가 꼬여 주저앉았다.

"악!"

"세니안!"

서재로 들어오던 아빠가 서둘러 달려와 나를 부축했다.

"아빠……."

그는 굳은 얼굴로 나를 의자에 앉혀 주고 내가 찾아오려던 명부를 가져다주었다.

"어떡하죠……. 어떻게……, 아무리 찾아도……."

"진정해."

"아빠……. 저요, 저는 — "

"세니안!"

아빠가 나를 크게 부르자, 머릿속에서 혼란스럽게 꼬여 가던 실이 움직임을 뚝 멎었다.

"……네."

"이제 진정이 좀 되니."

나는 고개를 푹 숙였다.

"저는 다 컸다고 생각했어요. 이제껏 앞에 놓였던 수많은 일을 모두 해결해 왔으니까 목적지에 다다랐다고…… 그렇게 여겼어요."

황제의 말이 귓가에 맴돌았다.

[영애는 말이다. 언제나 강자의 입장에서 싸워 왔다.]

그의 말이 맞을지도 모른다. 난 언제나 강자의 입장에서 싸워 왔고, 어떤 불합리한 일이 있더라도 내게 유리한 조건임은 변함이 없었다. 하지만 지금은 '나의 편'이던 나라의 최고 결정권자가 쓰러진 상황.

이대로 황제가 승하하고, 황태자와 쟝뤼크가 황제 독살의 범인으로 몰리면 이 나라는 아탈란의 손아귀에 떨어지게 된다. 그렇게 되면 난 더 이상 강자의 입장일 수 없었다. 평소처럼 진정할 수 없는 건 내가 더는 강자가 아니기 때문인가.

"저는…… 전…… 이제 강자가 아니니까, 그러니까 우리에겐 방법이 없는 걸까요……."

"세니아나."

아빠가 내 앞에 한쪽 무릎을 굽힌 채 앉아 나와 시선을 맞췄다.

"네 목표는 우리 가족의 평화니?"

"……네."

"그것만이 의미 있는 거라고 생각하는 거냐. 지금의 위기는 어떤 의미도 없고, 그저 고통스러울 뿐인 덧없는 시간이라고 여기니?"

"……."

"내 생각은 달라."

"네?"

"네가 쓴 페이지의 모든 순간이 의미가 있는 것이다. 인생의 목적은 평화가 아니라 성장이야."

"……."

"네 목표가 오직 행복한 끝이라면 우리는 이대로 도망쳐 살면 되겠지."

"……."

"우리에겐 재물이 있고, 아직 아무도 죽지 않았으니까 이대로 도망쳐 행복한 일상을 영위하면 되는 것이다."

"……."

"네가 더는 강자가 아니기에 버틸 수 없다고 여기면 함께 도망치자. 그러면 되는 거야."

"아빠는 모든 걸 버리고 저를 위해 함께 도망치실 수 있으세요? 오빠들도, 할아버지도, 저하도, 이모도. 모두 그럴까요?"

"내 딸이 더 나은 내일이 아니라, 어제와 같은 평화를 원한다면."

아빠가 다정한 얼굴로 내 뺨을 가볍게 두드렸다.

"조급해하지 마라. 우리의 끝은 오직 실패만이 아니야."

"……네."

나는 희미하게 웃으며 아빠의 손을 잡았다. 왜 조급함에 사로잡혀 있었을까. 내가 강자였던 건 여기 온 근 일 년뿐이었다. 나는 늘 결핍된 채로, 약자의 입장에서 살았다. 영지 성에서 있을 때도 약자의 입장에서 플로헤타를 몰아냈고, 아카데미에서도, 내가 성녀나 프렌시프 영애란 걸 밝히지 않은 상태에서 이겼으니까.

그러다 움찔, 하고 눈을 홉떴다.

"아!"

"……세니아나?"

"있어요!"

"뭐?"

"있다고요! 당장 복직할 수 있는 우리 편!"

나는 후다닥 일어나 통신석을 집었다.

*　　*　　*

미카엘은 무미건조한 표정으로 황제의 집무실 테이블 위의 모래시계를 매만졌다. 사비에르와 카렌듈라를 대신해 서부의 거두가 된 에듈라 백작이 히죽 입꼬리를 올렸다.

"기분이 어떠십니까. 오직 이 순간을 위해 평생을 송두리째 바치시지 않으셨습니까."

"……글쎄."

미카엘이 손안에서 굴리던 모래시계를 쓰레기통에 처박으며 의자에 가볍게 걸터앉았다.

"생각보다 더 재미있어. 네놈들 하는 짓을 보는 게."

에듈라 백작이 껄껄 웃으며 고개를 끄덕였다.

"저하를 위해 무엇인들 못 하겠나이까."

"감히 부황의 입에 독을 처넣는 일도 서슴없이 ― 말이지."

백작의 눈매가 가늘어졌다.

"새 시대를 위한 가슴 아픈 선택이었지요."

"흐음."

"이거 참, 녹슨 것이 하루빨리 물러났다면 저하의 금좌가 더러워지는 일은 없었을 터인데 말이지요."

에듈라 백작은 소파 등받이에 깊이 몸을 기대며 중얼거렸다.

"서부의 승리입니다. 이제 아탈란의 절망만 이 땅에 도래하면 우리는 제국을 넘어, 온 세상을 손아귀에 넣게 될 겁니다."

"승리라 확신하나."

"물론입지요. 동부의 귀족들도 우리 손아귀에 있습니다. 제 부모, 새끼가 삿된 자가 되는 것을 보고 싶은 자가 어디에 있겠습니까."

그것을 위해 가브리엘라 황비를 삿된 자화시키고, 세니아나 주변을 끊임없이 들쑤셨다. 세니아나 프렌시프, 그 맹랑한 년과 프렌시프의 멍청한 놈들은 아탈란의 손에 놀아나 주변을 살필 생각을 전혀 하지 못했다. 미카엘이 고개를 끄덕이며 이어 물었다.

"성식 유통은."

"무리 없이 진행되고 있습니다."

"내 말은 유통을 막을 놈이 더 없겠느냐는 것이다."

에듈라 백작이 눈썹을 까딱 들어 올렸다.

"훈장이 있는 놈들은 대부분 우리 수중에 있고, 복직자를 찾는다 해도 장뤼크만 한 놈이 어디에 있겠습니까."

"그래?"

"예. 유통권이 우리 손을 떠날 일은 없다고 봐도 무방하지요."

그때 미카엘의 부관이 헐레벌떡 뛰어 들어왔다.

"저하!"

"무슨 일이냐."

"복직자가 나타났습니다. 복직 요청서와 함께 경합 참가 신청서를 보내왔습니다!"

에듈라 백작이 벌떡 몸을 일으켰다.

"그게 무슨 말도 안 되는 ─ !"

부관의 손에서 서류를 빼앗은 에듈라 백작의 표정이 험악하게 구겨졌다.

[아곤 필스너]

"아곤?"

"프렌시프 성의 총주방장인 놈입니다. 게다가 이자, 복직 요건을 모두 갖춘……!"

미카엘이 턱을 괴며 해사하게 웃었다.

"바깥의 놈들을 관리하느라 프렌시프 턱 아래의 놈은 신경도 쓰지 않았군."

에듈라 백작의 얼굴이 새빨개지자 미카엘은 흥, 코웃음을 치며 복직 요청서를 가만히 들여다보았다.

'세니아나 프렌시프.'

언제나 재밌는 여자였다.

* * *

"제, 제가 할 수 있을지……."

프렌시프 성에서 데려온 총주방장 아곤과 수셰프 제레미는 황궁을 올려다보며 마른침을 삼켰다. 나는 그 둘의 등을 떠밀며 말했다.

"가요. 준비는 스승님이 해 두셨으니 우리는 요리만 하면 돼요."

제레미가 새파란 얼굴로 고개를 저었다.

"못 합니다, 못 해요! 10년이 넘도록 프렌시프에서만 일해 왔습니다. 아곤 스승님도 칼을 안 잡으신 지 오래되었다고요."

제레미는 나를 붙들며 벌벌 떨고는 이어 말했다.

"게다가 경합의 심사자들이 모두 아탈란 휘하의 놈들이라면서요!"

"아우, 정말 괜찮으니까 들어가!"

나는 겁에 질린 듯 부산을 떠는 그의 등을 떠밀었다.

"하지만……!"

"요리는 내가 해. 아곤과 제레미는 이름만 올려 둔 거야."

"아, 아가씨도 루크 님에 비하면……."

"날 믿어 보라고."

아빠는 내 인생의 목표가 성장이니 실패해도 된다고 했다. 내 생각도 비슷하지만, 다른 게 딱 하나 있다. 나는 그래도 지는 것보다 이기는 게 좋단 말이야. 이번 경합에서도 마찬가지다.

"어서 가자니까."

하지만 제레미는 아곤의 허리춤을 붙잡고 도통 떨어지질 않았다.

"못 갑니다! 아가씨도 스승님이 소중하지 않으십니까!"

"그런데?"

"저도 제 스승이 소중합니다. 한 입이라도 덜려고 부모에게서 팔려 간 저를 데려와 사람 만들어 주신 분이 아곤 님이십니다. 자식처럼 키워주셨다고요! 그런 분이 다시 로열 키친에 들어가서 치이는 꼴을 어떻게 봅니까!"

"왜 아곤이 망신을 당해?"

"그야 스승님 실력은 이제 다 녹슬었으니까요! 이제 꼬부랑 할아범이 되어서 손까지 떨릴 지경이라고요! 루크 님과 같은 줄 아십니까?!"

제레미는 버럭 소리치며 "그렇죠, 예?!" 하고 아곤을 쳐다봤다.

"……."

"못 한다고 하십쇼. 로열 키친을 떠난 지 이제 이십 년이 다 되어 갑니다. 기술과 센스로 무장한 요리사들을 다 녹슨 실력과 굳은 머리로 어떻게 이깁니까? 예? 예?!"

"이놈이……."

"복직해서 개망신이나 당하시려고ㅡ"

퍽! 아곤이 제레미의 뒤통수를 내려쳤다.

'얻어맞을 줄 알았지.'

제레미는 맞은 부분을 문지르며 "제 말이 틀렸습니까……." 하고 웅얼댔고, 아곤은 콧방귀를 뀌며 기세 좋게 성으로 들어갔다.

"스승님은 무슨 객기를……."

제레미가 억울한 듯이 중얼거려서 나는 그의 어깨를 툭툭 두드렸다.

'어쨌든 제레미 덕분에 아곤에게 의욕이 생긴 듯하네.'

제레미와 나는 아곤을 따라 성으로 들어갔다. 그는 황궁 복도를 걷는 내내 탄성을 터뜨렸다.

"프렌시프 성만 한 곳이 세상에 또 있다니……."

"당연하지. 황궁인데."

아곤이 아발론 복도 끝의 방문을 열자 황궁을 구경하느라 약간 뒤처져 있던 제레미가 종종걸음으로 다가왔다.

"여기가 스승님의 방입니까?"

"그래, 본래 내가 쓰던 곳이지."

"왕년에 잘 나가셨다는 말은 다 허풍인 줄 알았더니만."

아곤이 손을 홱! 치켜들자 제레미는 팔로 가위표를 그리며 움찔, 물러났다.

"그, 그래도 4황자가 순순히 복직을 시켜 주네요. 그렇죠, 아가씨?"

"순순히 시킬 수밖에 없겠지."

"어째서요?"

“폐하께서 쓰러지시자마자 황태자를 밀어내고, 전권을 차지했어. 이 와중에 로열 키친 경합까지 막는다면 사람들이 어떻게 보겠어?”

“이 틈을 타서 폐하의 자리를 빼앗으려고 한다…… 거나?”

“혹은 폐하의 음독 사건에 관여된 자가 사실은 황태자가 아닌 4황자다…… 라거나.”

내 말에 제레미는 헹, 콧방귀를 뀌며 “둘 다 맞는 말이지만요.” 하고 고개를 주억거렸다.

“아무튼 내일 당장 경합이니까 다들 주의해야 해. 특히 제레미!”

“예, 아가씨.”

“너를 데려온 건 로열 키친의 요리사들은 모두 믿을 수 없기 때문이야. 아곤에게 무슨 짓을 한다거나, 우리 요리에 술수를 쓰려고 할 수도 있으니까 각별히 조심해야 해.”

“물론입지요.”

제레미가 주먹을 불끈 쥐어서 난 고개를 끄덕였다.

“아곤은 스승님의 수첩을 살펴봐 줘. 경합에 무슨 요리를 내려고 하셨는지 적어 놨을 테니까.”

“예.”

고개를 끄덕인 후에 아곤이 집무실을 나섰다.

‘일단 출전권은 확보했고. 다음은…….’

난 쟝뤼크가 구금된 지하 옥사를 찾았다. 날 기다리고 있던 알베르가 고개를 저었다.

“물샐틈없이 경계 중입니다. 면회는 어려울 듯하군요.”

그야 그렇겠지. 황제 음독 사건의 용의자이니 쉽게 면회가 될 리 없었다.

"아탈란 세력이 황실 경비대장인 에단 님까지도 옥사 경비에서 제외했습니다. 들어갈 방법은 전무한 게지요."

"평화롭게…… 는요."

"예?"

나는 옥사를 지키고 선 병사에게 다가갔다.

"내가 잠깐 들어가야겠는데요."

"불가합니다."

내 말이 기가 막힌 모양인지 그는 실소를 흘렸다. 난 주변을 살피며 에이프런에서 주머니 하나를 슬쩍 꺼내 병사에게 내밀었다.

"섭섭하진 않을 거예요."

"뇌, 뇌물입니까."

"약간의 성의예요. 나라를 위해 밤낮으로 애쓰고 계신 분들께 전하는 정성이랄까요."

내가 생긋 미소짓자 경비병은 몇 번 헛기침을 하더니 주변을 살폈다.

"십 분. 그 이상은 힘듭니다."

난 고개를 가볍게 끄덕였고, 그는 문을 열어 주었다. 나를 따라 옥사 내부로 들어온 알베르는 기묘한 표정이었다.

"왜요?"

"아니, 뭐…… 이렇게 막 뇌물을…… 그래도 됩니까?"

"할아버지가 괜찮댔는데요? 말로 안 먹힐 땐 검이나 돈, 둘 중의 하나를 들면 된다고. 검보다는 돈 쪽이 평화로운 방법 아닌가요?"
"그야 그렇지만…… 아니, 그래도 옳지 못한 방법 아닙니까."
나는 아무렇지 않은 표정으로 알베르를 쳐다보았다.
"저들은 황제에게 독까지 먹였는데 우리는 뇌물도 먹이지 말아야 하나요?"
"그, 그건 아니죠."
"사람이 안 죽었다고 전쟁이 아닌 건 아니죠. 그리고 전쟁에서 방법 가리는 거 봤어요?"
저들은 수단, 방법을 안 가리는데 우리 쪽이라고 가리면 되겠는가. 내가 왜 당연한 걸 묻느냐는 듯이 쳐다보니까 알베르는 "아……." 하며 고개를 끄덕였다.
"아, 저쪽입니다."
난 황급히 알베르가 가리킨 곳을 향해 뛰어갔다.
"스승님!"
창살 안의 쟝뤼크는 피투성이가 된 채로 널브러져 있었다. 온몸이 고문당한 흔적으로 엉망이었고, 옥사 내부는 비릿한 피 냄새로 온통 가득했다.
"스승님…… 스승님……."
"……니아나."
목이 쉬어 쇠 긁는 것 같은 소리가 난다. 나는 창살을 사이에 두고 그가 뻗어 온 손을 붙잡았다.
"괜찮으신 거예요? 네?"
"어떻게든…… 내게…… 거짓 자백을 받아 내려고…… 하고 있어…… 황태자도 나와…… 비슷한 상황일 거다."

장뤼크는 금방이라도 숨이 끊어질 것 같았다.

'나 때문이야.'

내가 고프레도를 견제하기 위해 그를 끌어들이지만 않았더라면. 자꾸만 눈물이 배어 나와서 나는 말을 잇지 못했다.

"세니아나……."

"네, 네…… 스승님."

"내겐…… 쉽게 포기하는 제자 따윈…… 없어. 이깟 일로 눈물 바람인…… 제자 또한 두지 않았다."

"……."

"경합은 어찌 되었느냐?"

"스승님을 대신해서 아곤을 출전시켰어요."

"그래……. 그라면 도움이 되겠지……. 출전은 받아 주었어도…… 경합 내용은 고프레도에게 유리할 거다."

나는 고개를 끄덕였고, 장뤼크는 가까스로 몸을 일으키며 말했다.

"잘 들어라."

"네."

"형평성을 고려해서 몇 가지 주제를 주고, 주제 중에서 고프레도와 네가 한 가지씩 선택할 거다. 남은 하나는……."

"미카엘이 고르겠지요."

"그래. 고프레도가 가진 비장의 레시피는 모두 갑각류를 메인으로 했어. 바닷가재라든가, 게라든가. 특히 매운 소스를 이용한 바닷가재 요리가 특기인 놈이니 피하도록 해."
"그럴게요."
"아발론 주방 뒤뜰에 내 스승이 직접 만들어 묵혀 놓은 장들이 있다. 도움이 될 테니 경합 전에 가져오도록 해라."
쟝뤼크는 몇 가지 주의 사항을 더 설명하고 내 손등을 두드렸다.
"잘할 수 있을 거다."
"스승—"
우리에게서 얼마쯤 떨어져 시간을 확인하던 알베르가 나를 잡아끌었다.
"시간이 다 되어 갑니다. 이제 나가야 해요."
"하지만—!"
"어서요!"
나는 알베르에게 끌려가며 말했다.
"스승님, 기다리고 계세요. 포기하시면 안 돼요! 제가 곧 꺼내드릴 테니까, 그러니까!"
쟝뤼크가 희미하게 웃으며 고개를 끄덕였다. 옥사를 나선 난 덜덜 떨리는 손으로 입을 틀어막았다.
'스승님 손이…… 손이…….'
내겐 내색하지 않으려 했지만, 그렇다고 숨겨지는 게 아니었다. 쟝뤼크의 한 손이 움직이지 않는다.
'오른손이었어.'
쟝뤼크는 오른손잡이였다.
"영애."

어느새 나타난 도미니크가 황궁 복도에 주저앉은 날 일으켜 세웠다.

"가십시오. 날이 밝는 대로 경합이 시작됩니다."

"저하, 스승님이……."

"쟝뤼크가 오늘을 예견하지 못했을 것 같습니까."

"……."

"젊은 날을 모두 황궁에서 보낸 사람입니다. 이 주방에 얽힌 탐욕도, 탐욕의 희생자들도, 모두 보고 겪은 사람이에요."

"……."

"당신의 손을 잡은 날부터 그는 오늘을 예견하고 마음의 준비를 해 왔단 말입니다. 책임은 손을 내민 자가 지는 게 아니에요. 잡은 자가 지는 것이지."

도미니크가 나를 끌어안으며 이어 말했다.

"손 내민 당신은 쟝뤼크를 구할 방법을 고심하면 되는 겁니다."

나는 도미니크의 허리춤을 잡으며 눈을 꽉 감았다.

'그의 말이 맞아.'

이럴 시간이 없다.

"저하, 제가 경합을 치르는 동안 우리를 향한 감시가 줄어들 거예요."

"예."

"그동안 폐하의 제1집무실을 수색해 주세요. 미카엘이 쓰는 집무실이 아니라 폐하께서 쓰러지셨던 그곳이요."

"집무실…… 말입니까."

"아직 스승님이 자백하지 않으셨으니, 제1집무실은 폐하가 쓰러졌던 날 그대로 유지해서 수색해야 하잖아요."

"예. 그곳은 미카엘이 도착한 이후 봉쇄되었습니다. 제가 살피고 있었으니 누구도 들어가지 못했을 테지요. 다만……."

도미니크가 미간을 좁혔다.

"봉쇄되기까지 시간이 꽤 걸렸습니다. 현 로열 셰프 고프레도와 수셰프까지 들어갔었고요. 그 틈에 요리에 무슨 수작을 했다면……."

"요리는 분명히 아니에요. 그러니까 폐하께서 쓰러진 정확한 이유를 밝혀내 달라는 뜻이지요."

도미니크가 고개를 끄덕였다.

다음 날 오전. 경합을 위해 대조리장으로 향한 난 단상 위에 오른 미카엘과 이모를 제외한 황비들, 그리고 몇 명의 귀족들을 쳐다보았다.

'저들 중 우리 사람은 고작 셋.'

과반수가 아탈란 휘하의 귀족이었다. 조리장을 둘러싼 구경꾼 중에도 아탈란 휘하의 귀족들이 꽤 보였다.

"패배는 예정된 거지."

"멍청하긴. 일부러 망신을 당하러 나오다니."

이죽이는 소리에 아곤은 괜찮겠느냐는 표정으로 날 쳐다봤다.

"괜찮아."

"하지만 아가씨……."

"맛있다는 말을 듣는 거라면 자신 있잖아. 아곤도, 나도."

아곤은 빙그레 웃는 날 보고 픽 실소를 흘렸다. 고프레도와 수셰프는 히죽거리며 우리를 쳐다보았다. 그들은 절대로 질 리 없다는 자신감으로 가득했다.

부우우웅―! 경합의 시작을 알리는 나팔소리와 함께 나와 아곤, 그리고 고프레도와 수셰프는 미카엘 앞에 부복했다. 곧 경합의 주제가 발표되었다.

'역시.'

스승님의 예상대로 고프레도가 자신 있어 하는 것들 위주였다.

"바닷가재……, 강황……, 양고기……. 아가씨, 저는 양고기라면 자신 있습니다."

"그럼 양고기로…… 잠깐만."

나는 재료가 준비된 조리장 뒤편을 보다가 고개를 저었다.

"아곤이 로열 키친에 있을 때 고프레도도 함께였지?"

"그렇습니다."

"그렇다면 피하자."

"예?"

"아곤의 특기라는 걸 아는데 양고기에 수작을 부리지 않았을 리 없지."

"그렇군요……."

고프레도 측에선 예상대로 바닷가재를 택했다. 나는 고민 끝에 테이블에 놓인 표를 잡았다. 그것을 들어 보이자 곳곳에서 헛웃음이 터져 나왔다.

"어차피 예견된 패배라 이건가."

"멍청하긴."

대조리장은 비웃는 자들로 가득했고, 미카엘은 마지막 주제를 발표했다. 나와 아곤, 그리고 고프레도 측은 미카엘의 앞에 고개를 숙인 뒤 각자의 조리대로 향했다. 첫 시합은 바닷가재를 주재료로 한 요리였다.

* * *

같은 시각, 아발론의 제1집무실. 경비가 허술한 틈을 타 집무실에 숨어든 도미니크는 다 쉬어 버린 쟝뤼크의 수프를 살폈다. 은침을 찔러본 그가 미간을 좁혔다.

'역시 봉쇄되기 전 누군가 독을 넣었다.'

"저하."

함께 제1집무실에 들어온 알베르가 물잔이며 그릇 앞에 놓여 있던 스푼을 가리켰다.

"이상합니다. 음식뿐만 아니라 물잔이며 스푼도 모두 변색되어 있습니다."

"스푼……."

"스푼에 독을 발라 둔 게 아닐까요."

스푼을 든 도미니크가 고개를 저었다.

"이건 은이야. 독을 발라 두었다면 폐하께서 먼저 알아차리셨을 거다."

"하면……."

황제의 식기는 대부분 은으로 되어 있다. 식기에 묻혀 들어오는 건 불가능에 가까웠다.

"그렇다면 은에 반응하지 않는 독이……."

"그쪽이 더 가능성 있는 이야기다."

"하지만 폐하께서 드신 독은 은으로 변색되는 독이라 하지 않았습니까."

"그래. 이 많은 은 식기를 사용해 식사를 하셨는데도 말야."

"가장 큰 의문점은 어떻게 독을 드셨느냐, 이군요……."

고민하던 알베르가 고개를 번쩍 들었다.

"시종장이 아닐까요."

"시종장?"

"그가 폐하를 붙들고 독을 먹였다면……."

"그렇다면 반항하셨겠지."

"……폐하의 옥체에 반항의 흔적은 없었죠."

대체 어떻게.

도미니크는 서늘한 시선으로 방 내부를 샅샅이 훑었다.

* * *

고프레도가 팔뚝만 한 바닷가재를 단숨에 뒤집어 손질하자 곳곳에서 탄성이 터져 나왔다.

"와아아아—!"

대조리장을 주목하고 있는 요리사들이 흥분된 기색으로 소리쳤다.

"과연 고프레도 님!"

"이십 년이 넘도록 동부에 처박혀 지시만 하던 늙은이나 새파란 애송이는 절대로 따라 하지 못하는 솜씨지!"

으하하하! 호탕한 웃음소리가 조리장을 가득 메웠다.

아곤은 고민했다.

'나도 뒤집어야 하나.'

하지만 젊을 때도 저만한 바닷가재를 단숨에 해체하는 일은 해 본 적이 없었다. 그때였다.

"우왓!"

좌중이 또 한 번 탄성을 터뜨렸다. 고프레도보다 두 뼘은 작은 세니아나가 살아서 꿈틀거리는 거대한 바닷가재를 단번에 뒤집고, 손질을 시작한 것이다.

'뭐, 뭐야.'

아곤은 놀란 눈으로 그녀를 쳐다보았다.

"언제 이렇게 솜씨가 느셨습니까."

"재료 손질이 뭐가 대단하다고. 아카데미에서 지겹도록 했어. 아곤, 물이 끓는지 봐 줘."

"아, 예!"

그는 솥의 뚜껑을 열며 재료를 빠르게 써는 세니아나를 쳐다봤다.

'손이 빨라.'

고프레도나 수셰프보다도.

물이 끓어오르는 것을 확인한 아곤은 세니아나가 손질해 놓은 채소를 넣으며 시계를 확인했다.

'한 요리당 한 시간.'

넉넉한 시간이지만, 조림류의 요리를 하기엔 빠듯하다. 그가 자신 있는 요리는 대체로 재료 하나하나에 공을 들여 소스에 푹 절이는 것들이었다. 하지만 경합에선 재료 손질에까지 시간이 걸리니 특기 요리를 하기엔 무리. 아곤은 세니아나가 손질해 놓은 해산물을 지긋이 바라보았다.

"싱싱하고 좋은 재료들입니다. 회를 떠서 겨자 소스에 무치면 좋겠군요."

"응, 맛있을 거야."

세니아나는 순순히 조리대에서 물러났다. 경위가 어떻든지 간에 이번 경합의 주인공으로 이름을 올린 자는 아곤이었기 때문이다. 세니아나는 고프레도 쪽을 물끄러미 쳐다보았다.

퍼포먼스가 화려했다. 애초에 요리 경연이란 남들에겐 축제와 같았다. 조리 과정 또한 일종의 공연. 상대는 그런 면에선 충실하지만, 너무 충실했기에 미묘한 구석이 있었다. 그녀가 미간을 좁히며 중얼거렸다.

"저들은 보여 주기에 너무 심취하지 않았어?"

"예?"

"고프레도의 주특기인 바닷가재찜은 섬세한 불 조절로 재료 본연의 맛을 고스란히 담고 있다고 들었어."

"그렇지요."

"그러려면 껍질과 함께 찌는 쪽이 좋지 않을까."

"맞습니다, 껍질 안에 진한 바다의 맛이 배어들게 말이죠."

"그런데 부러 딱딱한 껍질을 벗기고, 화려한 칼질을 보이는 데만 치중하는 게 뭐랄까……."

세니아나의 눈이 가늘어졌다. 화려한 공연을 보이면 그뿐, 요리 자체에 정성을 쏟는 것 같진 않았다.

"흐음……."

아곤은 고개를 갸우뚱 기울이다가 이내 고개를 젓곤 손을 움직였다.

"심사자들 중에 제 편이 많으니 안심하고 있는 게 아니겠습니까."

"……."

"방심한 쪽이 우리에겐 유리하고요. 아가씨, 겨자를 준비해 주십시오."

세니아나는 아곤의 지시대로 소스를 준비하며 고프레도를 살폈다.

'방심했을 뿐이라고?'

그들이 이상하다는 건 시작할 때부터 느끼고 있었다. 저들은 마치 승부는 뒷전인 것 같았다. 승패가 이미 결정된 사람처럼.

'하지만 그건 이상해.'

시식을 하는 건 심사자들뿐만이 아니다. 오직 심사자들만 맛을 보았더라면 자신은 애초에 승부할 생각조차 하지 않았을 것이다. 경합을 지켜보는 귀족들도 시식의 기회를 얻는다. 확실히 제치지 못한다면 역시 승자는 정해져 있던 것이라고 말을 듣기 십상.

'그런데도 요리엔 집중하지 않는다는 게……'

장뤼크를 대신해 나선 사람이 아곤이기 때문일까. 황도의 화려한 필드와 멀어져 있던 사람이니 저쯤만 해도 괜찮다고 여기고 있을 수도 있었다.

"아가씨, 집중하십시오."

"어? 으응……."

아곤은 어느새 바닷가재를 회 치는 것을 마친 상태였다.

'역시 아곤!'

깔끔하고 섬세한 칼솜씨다. 세니아나가 활짝 웃으며 배합해 놓은 겨자 소스를 내밀었다.

"여기."

"은은하게 유자 향이 나는데요. 생각보다 맵지 않고요."

"가재가 싱싱하길래. 소스가 너무 튀면 아까울 것 같아서."

"훌륭하십니다."

아곤은 서둘러 바닷가재 회에 어울리는 탱글탱글한 식감의 횟감을 준비했다. 바닷가재는 굽거나 찌게 되면 게살과 달리 살이 단단해지지만, 생으로는 꽤 무른 편이었다. 식감을 위해 탱글탱글한 우럭을 얇게 썰어 가재 살 주변에 꽃잎처럼 펼쳐 두었다.

그리고 윤기 흐르는 부드러운 연어를 정육면체로 작게 썰어 뒤에 뿌리자 횟감만으로도 근사한 모양이 되었다.

"예쁘다!"

"그리고 여기에……."

아곤이 새로운 해산물을 들었다. 세니아나가 눈을 동그랗게 뜨고 소리쳤다.

"해파리!"

"함께 먹으면 맛있을 겁니다."

"맞아. 해파리도 겨자에 잘 어울려. 아! 그럼 준비할 게 있지."

세니아나가 얼른 오이와 당근 등을 채 썰었다. 그녀가 채소를 써는 모습을 지켜보던 아곤의 눈이 커졌다. 프렌시프 성에서 지낼 때보다 확실히 성장했다.

'바닷가재를 손질할 때도 그랬지만…… 칼을 다루는 게 예사 솜씨가 아니야.'

빠르고 정확한 리듬으로 칼질을 하는 그녀를 본 구경꾼들 또한 혀를 내둘렀다.

"제법인데."

"귀족 아가씨가 취미로 주방에 선 건 아닌 모양이야."

"맞아, 꽤…… 아, 아니! 아무리 그래도 황궁의 총주방장과 수셰프의 실력을 어떻게 따라가겠나."

"그, 그래! 경험치가 다르다고. 경험치가."

고프레도의 제자로, 이전 수셰프가 강제로 물러난 뒤에 그 자리에 오른 칼리소는 인상을 찌푸렸다.

"저 계집애가……. 고작 채 써는 게 뭐 어떻다고."

"……."

"저쯤은 주부들도 얼마든지 하지 않습니까. 그저 귀족 아가씨가 하는 양이 신기해서…… 우리와는 비교도 할 수 없지 않습니까!"

"흥, 그래 봐야 햇병아리. 저들 하는 꼴을 보아라. 고작 횟감을 겨자 소스에 무칠 뿐이야."

칼리소는 칫, 혀를 차며 고개를 돌렸다. 어느덧 첫 번째 조리 시간이 종료되고, 두 개의 접시가 단상 위로 올라갔다. 시종이 손을 올리자 고프레도와 아곤이 앞으로 나서 요리를 설명했다. 고프레도가 먼저 입을 열었다.

"제 요리는 바닷가재구이입니다. 이렇게 큰 바닷가재는 살이 너무 단단해서 먹기 힘들기도 하지요."

미카엘이 고개를 끄덕이자 그는 오만하게 웃으며 이어 말했다.

"제 요리는 삶기 전 살을 발라내고 칼집을 내서 비법 장을 푼 물에 삶았습니다. 다른 바닷가재와는 비교할 수 없이 연하고 부드러울 겁니다."

미카엘을 비롯한 심사자들이 그의 요리를 맛보았다.

"음! 과연……!"

바닷가재답지 않게 부드럽다. 1차로 삶아낸 후 연해진 살을 분리해 놓았던 껍질에 다시 넣었다. 거기에 버터와 달걀노른자 등을 바르고 2차로 구운 것이다.

"아주 고소하고 부드럽군요."

"음, 가재에 버터 향이 잘 배어들었습니다. 황홀한 맛이에요."

살이 너무 단단한 집게 살은 버리고, 그나마 부드러운 편인 몸통의 살만을 이용한 데다가 대체 육수에 어떤 장을 넣었는지 입에 넣자마자 부드럽게 풀린다.

세니아나와 아곤은 저희들에게 온 고프레도의 바닷가재 요리를 먹어 보았다. 시식한 아곤의 얼굴이 거무죽죽해졌다.

'맛있다.'

확실히 굉장한 맛이었다. 퍼포먼스에만 치중한 줄 알았는데, 그

와중에도 이런 요리를 내다니. 과연 미식의 나라 길라게온에서도 바늘구멍과 같다는 로열 키친. 그곳의 수장이라고 할 만한 실력이었다. 고프레도의 바닷가재를 먹어 본 세니아나가 미간을 좁혔다.

"키위와 파인애플……."

그녀의 중얼거림에 고프레도와 칼리소의 표정이 달라졌다. 재빨리 세니아나를 쳐다본 고프레도의 얼굴엔 당황이 역력했다. 아곤이 물었다.

"무슨 말씀입니까."

"비겁해!"

세니아나가 굳은 얼굴로 고프레도를 노려보았다.

"키위와 파인애플로 미리 가재 살을 녹여 둔 거죠! 쪘을 때 부드러워질 수 있도록!"

"무, 무슨 ─ !"

"오랜 시간 절여 두지 않으면 이만큼 부드러워지기 힘들어요."

"무슨 소리야, 그게. 네깟 게 그걸 어떻게 안다고……."

"안다고요. 내가 다 해 봤으니까."

"무슨…… 이건 내가 평생을 실험을 거듭해 알아낸 것이다. 너 같은 햇병아리가 알 수 있는 게 아니야!"

"키위와 파인애플은 단백질을 녹이는 성분이 다량 포함되어 있잖아요!"

아곤이 헉, 숨을 들이켜며 고개를 번쩍 들었다.

'아가씨의 칠면조 찜!'

성에서 요리를 시작했을 적에 그녀가 맨 처음 선보인 요리에도 이와 같은 방식이 있었다. 고프레도가 사나운 얼굴로 입을 꾹 다물자 세니아나는 그에게 다가갔다.

"화려한 퍼포먼스로 사람들을 주목시키고 뒤에선 미리 준비했던 재료와 바꿔치기했죠?"

고프레도의 얼굴이 새파랗게 질렸다. 마른침을 삼킨 그는 이내 버럭 소리쳤다.

"말도 안 되는 소리!"

"키위와 파인애플 향을 숨기려고 향이 강한 버터와 달걀노른자를 이만큼이나 넣었잖아요."

'그걸 어떻게…….'

칼리소가 주춤 물러나자 아곤이 그를 살벌하게 노려보았다. 세니아나는 미카엘을 보면서 소리쳤다.

"신성한 경연장에서 부정을 저질렀습니다, 저하! 고프레도를 벌하여 주십시오!"

고프레도는 지지 않고 목소리를 높였다.

"억울합니다! 억측이에요!"

그는 제 요리가 든 접시를 올려 보이며 심사자들에게 물었다.

"제 요리의 어디에서 파인애플이나 키위 향이 난다는 겁니까."

"난다고요, 향!"

세니아나의 말에 고프레도가 헛웃음을 터뜨렸다.

"다 진 싸움이라고 여기니 거짓말이 술술 나오는군. 그렇게 해서라도 나를 끌어내리고 싶나."

"부끄러운 줄 아세요. 당신은 이 나라 모든 요리사들의 우상이에요. 그런 당신이 부정이라니. 스스로 수치스럽지 않으십니까."

대조리장이 술렁였다. 아탈란 휘하의 귀족들이나 고프레도를 존경하는 구경꾼들이 목청 높여 고함을 내질렀다.

"말도 안 되는 소리!"

"거짓말!"

"비열한 수를 쓰는 게 누구인데!"

"허튼수작 말고 물러나라!"

"물러나!"

"햇병아리 주제에 어디서!"

프렌시프 측의 귀족들 또한 얼굴을 붉히고 맞섰다.

"확인도 해 보지 않고 무작정 거짓말이라니!"

"그래! 햇병아리 요리사가 두려워 부정한 수를 쓴 거다!"

미카엘은 가라앉은 눈빛으로 희게 질린 고프레도와 굳은 세니아나를 쳐다보았다. 그때였다.

"하면 제가 시식해 볼까요."

대조리장 안으로 누군가 들어왔다. 세니아나는 놀란 얼굴로 대조리장에 들어온 사내를 쳐다보았다.

"당신은……."

* * *

황제의 집무실. 테이블 주변을 샅샅이 뒤지던 알베르는 인기척 소리에 놀라 문가를 바라보았다.

"저하."

스푼을 든 채 변색된 자리를 살피고 있던 도미니크가 고개를 끄덕였다.

"누군가 오고 있습니다. 당장 이곳을 빠져나가야……!"

"아직 독의 행방을 찾지 못했다."

"이곳에 들어온 일을 어떻게 변명하시려고요."

"아직은 안 돼."

세니아나와 약속했다. 쟝뤼크의 억울함을 반드시 풀어 주겠다고. 도미니크가 스푼을 그러쥐자 알베르가 인상을 찌푸렸다.

"미카엘이 이런 기회를 놓치겠습니까."

"……."

"가뜩이나 저하는 그들에겐 눈엣가시라고요. 들키면 우리까지 범인으로 몰릴 겁니다."

이 순간에도 제1집무실 문 쪽으로 발소리가 가까워지고 있었다. 도미니크는 스푼을 꽉 그러쥐었다.

'대체 어떻게.'

어떻게 황제가 모르도록 은에 노출되는 독을 먹일 수 있었을까. 도미니크가 움직이지 않자 알베르는 그의 손목을 끌어당겼다.

"약속 때문에 목숨을 버리실 겁니까."

"……."

"난 당신에게 내 인생을 다 걸었다고. 이렇게 뒈질 순 없어요. 갑시다."

"……."

"저하!"

옥신각신하던 틈에 테이블에 놓여 있던 서류가 툭, 떨어졌다. 뒤집혀 있던 서류를 확인한 도미니크가 미간을 좁혔다.

'이런 게 왜 폐하의 집무실에…….'

황후가 입궁했을 당시 행적을 좇은 일지였다. 도미니크는 무심코 서류를 들었다.

[옥타비우스력 7년 모월 모일.

황후 그라니아는 칩거를 끝내고, 요양을 이유로 황궁을 떠났다. 목적지는 서부의 카렌듈라 가라고 기록되었으나, 황도 길목에서 마차를 놓치고 말았다.]

"폐하께서 이런 걸 왜…… 아무튼 저하, 어서 가셔야 합니다."

알베르가 채근했지만, 도미니크는 그의 손을 뿌리치고 서류를 살폈다.

'이건 그 사람의 필체다.'

황제의 친우이자 도미니크가 태어나자마자 그를 데리고 떠났던 노기사, 그의 필체.

[옥타비우스력 7년. 모월 모일.

황후의 마차를 재추적했다. 카렌듈라 가로 들어가는 마차를 확인했으나, 황후의 모습은 보이지 않았다.]

[옥타비우스력 7년. 모월 모일.

카렌듈라 후작이 은밀히 동부 별궁 인근을 찾았다. 황족을 잉태하신 레오나 님을 위해 누이를 레오나 님께 보냈다. 누이의 말에 의하면 별궁 인근의 마을에서 황후와 비슷한 차림의 여성을 목격했다고 했다.]

'동부 별궁?'

그즈음이라면 도미니크의 친모인 세실, 아니, 레오나가 별궁에서 머물고 있을 즈음이었다.

'황후가 별궁으로 향했다고…….'

대체 왜? 제 모후와 관계된 일이라면 황제가 물샐틈없이 살피고 있었다. 그런 와중에 모후에게 손을 대려고 했을 리 없다. 카렌듈라 후작이나 황후는 그만큼 멍청하지 않았으니까.

[옥타비우스력 7년. 모월 모일.

아무래도 신경이 쓰여 동부 별궁 인근의 마을을 찾았다. 수색해 보니 이상한 내용은 없었다. 늙은 산파 하나가 마을 뒷산의 버려진 신전을 찾았고, 이틀 정도 행방불명된 것 외에는.]

"산파……."

"저하, 제발!"

"알베르. 미카엘이 몇 년 몇 월 태생이지?"

"그건 왜……."

"어서."

"저하보다 반년 정도 늦게 태어나셨지요. 우량아라고 들었습니다. 태어나자마자 눈을 뜨셨고…… 발달이 빨랐다고 하지요."

알베르가 흥, 코웃음을 치며 말했다.

"신이 다 자란 천사를 내려보낸 게 아니냐고 다들 얼마나 난리를 쳤습니까."

도미니크는 다시 서류로 시선을 내렸다.

[옥타비우스력 7년. 모월 모일.

황후가 환궁했다. 평소보다 수척한 상태였고, 도착하자마자 복통을 호소했다. 기이한 것은 황궁의를 대신해 친정에서 데려온 민간 의사만이 그녀의 궁에 출입했다는 사실이다.]

"만약…… 발달이 빨랐던 게 아니고, 일찍 태어났던 거라면?"

"예?"

"미카엘이 나보다 먼저 태어났고, 황후가 그것을 숨겼던 거라면."

"숨길 필요가 어디에 있습니까. 황후가 황족을 낳은 것보다 더한 경사가 이 나라에 어디에 있다고…… 잠깐."

알베르의 얼굴이 굳어졌고, 도미니크는 고개를 끄덕였다.

"황제의 씨가 아니라면 필히 숨겨야 하는 일이겠지. 그리고 이것이 들통났다는 걸 안 미카엘은 어떤 방법을 택했겠나."

"……하지만 그걸 어떻게 안다는 말입니까. 폐하의 성정이라면 분명 은밀히 진행하셨을—"

"폐하의 곁에 세작이 있다면 다를 얘기지."

"설마 범인이—!"

도미니크의 눈빛이 가라앉았다.

* * *

나는 놀란 얼굴로 조리장에 나타난 사내를 쳐다보았다.

"아소!"

조슈아 사비에르. 아카데미 동기이자 사비에르의 장자인 그였다. 아곤이 어리둥절한 표정으로 내게 물었다.

"아는 분입니까?"

"으응……. 사비에르의 장자야."

"예?!"

그가 여기 어떻게. 아니, 그보다 무슨 생각으로! 나는 대조리장을 가로질러 단상으로 다가가는 아소를 멍하니 쳐다보았다. 그의 등장으로 주변이 시끄러웠다.

"후작이 죽고 빚더미에 올랐다면서?"

"그래. 금좌에서도 물러나야 했고, 뭣보다 성녀가 괴물이 되어 죽었다고 해서 사람들이 사비에르 근처에도 가지 않는다고 하던데."

"그렇게 소식이 느려서야. 새로운 사비에르 후작의 능력이 출중해서 그 많은 빚을 해결하고 다시 황도로 올라왔다잖아."

내가 정신없던 사이, 그도 많이 변한 모양이었다. 아름답다는 말이 더 어울렸던 그가 어느새 선이 굵직해졌고, 다소 신경질적으로 보이던 얼굴에 여유가 생겼다.

그를 본 아탈란 세력들의 표정은 밝았다. 사비에르는 그들 휘하에서 성장한 귀족가였고, 무엇보다 나와는 악연이었다. 단상 위 심사자 몇몇의 입매가 비틀렸다.

"저하, 새로운 사비에르 후작이 요리에 재능이 있다는 얘기를 들었습니다."

"유명한 신동으로 동부 아카데미에서 은밀히 수련했다지요."

"시식을 맡겨 보시는 게 어떻겠습니까."

묘한 눈으로 조슈아를 바라보던 미카엘이 고개를 가볍게 끄덕였다. 조슈아는 그의 앞에 부복해 고개를 숙이곤, 다시 일어나 요리가 마련된 테이블로 향했다. 고프레도의 요리를 포크로 찍어 유심히 살피던 그가 냄새를 맡았다.

'아소는 거짓말을 할 사람은 아니야. 하지만…….'

그가 내게 유감이 없느냐고 하면 그건 아니었다. 부친과 누이의 죽음에 일조한 것은 나였으니까. 어쨌든 그에게 있어서 난 부모·형제를 죽인 원수였다. 불안한 시선으로 요리를 맛보는 조슈아를 응시했다.

단상 위의 귀족이 "어떻습니까?" 하고 묻자 조슈아는 무미건조한 시선으로 요리를 가볍게 훑고는 미카엘에게 몸을 틀었다.

"제 견해로는…… 글쎄요. 향만으로 부정을 단정하기엔 어렵겠습니다."

"……!"

나는 굳은 얼굴로 조슈아를 쳐다봤다. 미카엘이 등받이에 깊게 몸을 기대며 눈썹을 까딱 들어 올렸고, 좌중은 실소를 터뜨렸다.

"그럼 그렇지. 애초에 그런 미미한 향이 어떻게 증좌가 될 수 있겠나."

"다만."

조슈아가 달칵, 포크를 내려놓으며 고프레도의 조리대를 바라보았다.

"프렌시프의 주장이 허무맹랑한 것은 아닙니다. 조리 과정에서 보지 못했던 재료의 맛이 느껴지긴 하지 않습니까."

고프레도의 보조로 나온 칼리소가 펄쩍 뛰며 말했다.

"그건 고프레도 님의 비법 육수에서 배어든 겁니다."

"비법 육수는 어떻게 만들었습니까."

나는 숨을 크게 들이켰다.

'그렇구나. 가재에만 정신이 팔려서 그 점을 놓치고 있었어.'

좌중 속 누군가의 말처럼 이 정도로 미미한 향은 증거가 되기 어렵다. 조슈아는 내가 놓친 점을 지적하고, 그게 훨씬 훌륭한 꼬투리가 될 수 있다는 것을 알려 준 거다. 나는 빙그레 웃으며 고프레도와 칼리소 쪽을 쳐다보았다.

"비법 육수를 조리장에서 직접 만든 게 아니라 기존에 만들어 둔 것을 썼나요?"

"그, 그건…… 하지만 그쪽도 선대 로열 셰프가 만든 장을 가져왔고……."

"경합의 규칙!"

내가 소리치자 칼리소가 마른침을 꿀꺽 삼켰다.

"조리장에 들여오는 모든 소지품은 경합 관리처에 허가를 받는다!"

그리고 허가받은 재료는 상대방에게 공유되는데 이건 모두 형평성을 위한 규칙이었다.

"우린 비법 육수 같은 것을 가져온다고 들은 적 없어요."

"……."

나는 얼른 미카엘을 바라봤다.

"저하, 기존에 만들어 둔 것을 들여와 요리했다면 애초에 조리장에서 경합을 할 필요가 없었던 게 아닌가요? 공정한 승부가 아닙니다!"

고프레도와 칼리소는 어찌할 바를 몰랐고, 아탈란 휘하의 귀족들조차 당황하여 말을 잃었다. 모두의 시선이 미카엘에게 향했다. 느른히 회장을 훑은 미카엘은 이내 실소를 흘렸다.

"영애의 말이 옳다. 이번 승부는 승패를 가릴 가치가 없지."

"하면 실격을—!"

귀족 중 하나가 소리치자 아탈란 휘하의 귀족이 재빨리 입을 열었다.

"첫 시합은 고프레도의 패배로 하고, 경합을 지속하시지요."

"말도 안 되는 소리! 부정을 저지른 자는 실격이오!"

"고의가 아니지 않습니까. 경합의 취지를 이해하지 못한 멍청함은 탓하여 마땅하지만, 실수로 비롯된 것이니 너그러이 이해해 주십시오."

"신성한 경합장을 부정으로 더럽힌 작자가 로열 셰프 자리에 오를 자격이 있겠소?!"

"하면 자격을 증명하지 않고 오직 상대의 실수로 로열 셰프가 되는 것은 옳단 말이오!"

"하지만……!"

경합장이 터질 듯 시끄러워지자 미카엘이 나섰다.

"그대들의 의견이 모두 틀리지 않았다."

미카엘이 의자 팔걸이에 팔을 받친 채 턱을 괴며 나른한 목소리로 말했다.

"로열 키친의 경합은 황궁에선 드문 축제다. 난 모처럼의 축제를 더 즐기고 싶어. 첫 번째 경합은 패배로 처리하고 지속하지. 물론ㅡ"

그가 나를 보며 미소지었다.

"상대 쪽의 수긍이 있어야겠지만."

회장의 시선이 나와 아곤에게 모였다. 아곤이 곤란한 표정으로 내게 속삭였다.

"틀렸습니다, 아가씨. 미카엘 황자가 이리 나오는 이상 우리는 수긍하는 수밖에……."

나는 어쩐지 즐거워 보이는 미카엘을 올려다보았다.

"겁박입니까."

"겁박?"

순간 아탈란의 귀족들이며 좌중들이 "저, 저ㅡ! 감히 황제의 대리인을!"이라는 둥, "아무리 프렌시프 영애라도 너무 무례하지 않소!"라는 둥 고함을 내질렀다. 미카엘이 자세를 바로 하며 호선을 머금었다.

"그럴 리가. 내 의견을 말했을 뿐이지."

"정말 실수가 맞는 겁니까?"

"흐음."

"고프레도 님에게서 반성의 빛을 찾아볼 수 없지 않습니까. 실수를 하였다면 반성하고, 사과해야 옳지요."

내가 고프레도를 가리키며 말하자 그의 얼굴이 순식간에 붉어졌다. 미카엘이 그런 그를 힐끔 보며 말했다.

"그렇다는군."

"……."

"내 생각에도 영애의 말이 맞는 듯싶은데."

고프레도의 자존심이 하늘을 찌른다는 것을 모르는 사람은 없었다. 본래 미천한 출신이었던 그는 실력이 없는 주제에 귀족의 핏줄이란 이유 단 하나만으로 승승장구하는 요리사들을 몹시 혐오했다.

로열 셰프가 되기까지 오랜 세월 귀족 요리사들에게 치였던 그가 거나하게 취해 '다시는 누구에게도 고개를 숙이지 않겠다'고 선언한 일은 유명했다. 고프레도는 마디가 하얗게 셀 때까지 주먹을 말아 쥐고 있었다.

"고프레도, 이깟 일로 내 언성이 높아지게 할 참인가."

칼리소가 "스, 스승님." 하며 그를 불렀다. 고프레도는 늪지에 빠진 사람처럼 천천히 우리에게 다가왔다.

"내 실수를 사과하지. 긴장이 풀렸었네."

아곤은 인상을 찌푸리며 "허……." 실소를 흘렸다.

"그건 내가 만만해 보였다는 뜻이 아닌가."

"원하던 사과라네."

"이놈, 고프레도!"

고프레도가 눈을 가늘게 좁히며 이어 말했다.

"당신이 내 선배였던 것은 아득히 오래된 일일세. 나는 이 나라 요리사들의 수장이니, 예의를 잊지 않는 게 좋겠군."

나는 장뤼크에게 그가 로열 키친에 있던 시절의 이야기를 종종 들었다. 그때도 아곤은 아주 상냥하고 바른 사람이었다. 권력자의 청으로 특별 입관한 고프레도는 요리사들에게 외면받았는데, 그 와중에도 그를 살뜰히 살펴 주고 지도해 준 게 아곤이라고 했다. 은인에게 무례하고, 경합에선 부정을 저지른다.

'대체 얼마나 썩은 거야?'

나는 오만한 고프레도를 똑바로 직시했다.

"받지 않겠어요."

"뭐? 저하의 말씀을 듣지 않았느냐! 경합을 계속 보고 싶으시다고……!"

"명은 아니라고 하셨습니다."

고프레도를 쏘아본 난 목소리를 바짝 낮추고 이어 말했다.

"그래, 미카엘의 의견이 그렇다면 우리는 경합을 계속할 수밖에 없겠지. 이번 경합을 끝내도 쉽게 자리를 내주려 하지 않을 테니 다른 경합을 해야 할 테고."

"잘 아는군."

"하지만 죽어도 당신과는 경합할 수 없다고 하면 어쩔래?"

"너……!"

"이번에 보니까 아탈란엔 경합이 가능한 요리사들이 대거 포진해 있던데."

"……."

"당신과 못 하겠다면 다른 사람을 보낼 거야."

"한시가 급할 텐데. 차라리 나와 경합을 치러서 빠르게 끝을 보고 싶지 않으냐."

"상관없어. 하지만 당신은 다르지 않나. 그 자리, 다른 사람에게 뺏기고 싶어?"

"……."

"당신 목줄, 우리가 쥐고 있단 말이야."

그제야 고프레도의 오만한 표정이 무너졌다. 그는 부들부들 떨며 고개를 숙였다.

"사과…… 드립니다……."

목소리에 처참한 심정이 그대로 묻어났다.

"무엇을요?"

내 말에 귀 끝까지 붉게 물든 그가 으득, 이를 갈며 대답했다.

"아둔한…… 실수로 경합장을 어지럽힌 점, 그런 와중에도 인정하지 않고 오기를 부린 점, 부족한 주제에 실력을 과신하여 긴장을 풀고 있던 점…… 모두."

"……."

"제 잘못이 맞습니다. 부디 너그럽게 이해하여 주시길 청합니다."

"그래서요?"

"……될 수 있다면, 아니, 제발…… 경합을 계속할 수 있도록 자비를 베풀어 주십시오."

아곤은 우물쭈물하며 나를 쳐다봤고, 난 한참을 고개 숙인 고프레도를 보고 있었다.

"아곤."

"예, 예?!"

"제대로 사과받았어?"

"아, 예! 제대로…… 예, 아주 제대로지요."

그가 히죽 입꼬리를 올린 후에야 난 고개를 끄덕였다.

"좋아요. 아곤 님께선 아둔하고 비열한 실수를 너그럽게 이해해 드리겠다고 하십니다."

"……감사드립니다."

그에게 감사까지 알뜰히 챙긴 후에 미카엘에게 말했다.

"경합을 이어가도록 하지요."

미카엘은 손등으로 입가를 가린 채 부들부들 떨다가 곧 소리까지 내며 폭소했다.

'왜 저래.'

미카엘이 너무 웃어서 괴로운 표정으로 여전히 잔웃음을 흘리며 말했다.

"아주 너그러운 결정이었어. 잠시 휴식 후, 두 번째 경합을 시작하지."

고프레도는 미카엘의 말이 끝나자마자 창백한 얼굴로 도망치듯

회장을 빠져나갔다. 난 아곤과 함께 우리의 조리대로 향했다. 아곤도 미카엘만큼이나 유쾌한지 조리대를 정리하는 동안에도 껄껄 웃고 있었다.

"살다 살다 고프레도에게 이런 사과를 받을 줄이야."

"그렇게 좋아?"

"그러믄요! 제가 아가씨 덕에 호강합니다."

"미안해. 이런 경합, 불편할 텐데……. 나도 할 수만 있다면 경합을 종료하고 싶었지만……."

"아닙니다. 아가씨의 말마따나 어차피 다른 경합을 치러야 할 테고, 우리에겐 일 분 일 초가 급하죠."

그는 빙그레 웃었고, 나는 그를 마주 보며 고개를 끄덕였다.

* * *

황제의 제1집무실. 문 너머로 느껴지던 인기척 소리는 다행히 집무실을 지나쳤다. 알베르는 떨리는 손으로 서류를 살폈다.

"이건 이십 년이 훨씬 넘은 자료가 아닙니까. 폐하의 최측근이 작성한 일지를 어째서 이 시점에서 얻으셨을까요?"

"지금에서야 얻은 게 아니라 이제야 꺼낼 생각이 드신 거겠지."

"예?"

"폐하께선 처음부터 미카엘이 당신의 핏줄이 아니라는 걸 알고 계셨을 거다."

알베르가 기함했다.

"말도 안 돼! 그렇다면…… 설마."

도미니크가 고개를 끄덕였다. 만약 미카엘의 혈통을 밝혀내고 황후를 내쳤더라면 서부와 황실의 관계는 돌이킬 수 없었을 거다.

당시엔 대륙 전쟁의 막바지였으므로 무엇보다 제국의 화합이 중요한 시점이었다. 전쟁 후엔 친자식 간의 골육상쟁을 피하기 위해, 또 도미니크를 지키려 미카엘을 전면에 세운 거다.

"폐하가 이 자료를 찾은 것을 아는 건 시종장일 겁니다. 그놈이 범인이니 잡아서 자백을 받아 내면……."

"무작정 잡아서 고문할 수는 없는 노릇이다. 증거가 필요해. 그보다 이 자료가 더 큰 수확이지."

"예."

알베르는 페이지를 넘기려다가 긴장으로 땀이 잔뜩 배어 나온 손을 바지춤에 비볐다. 그 후에야 다시 페이지를 넘기며 내용을 확인하고 일지를 내려놓았다.

"이거면 미카엘을 실각시킬 수 있을 겁니…… 왜 그렇게 보십니까?"

도미니크가 알베르의 손목을 거칠게 잡았다.

"아, 아니, 왜……."

"이거다."

"예?"

알베르는 의미를 알 수 없다는 듯 미간을 좁혔고, 도미니크는 그를 붙잡은 채 서둘러 집무실을 빠져나갔다.

*　　*　　*

조리대를 정리하고, 아곤은 재료를 살피러 갔다. 나는 내가 뽑은 경합의 주제가 적힌 나무 조각을 쥔 채 눈을 꽉 감았다.

'이 재료면 내 특기 요리를 만들 수 있어.'

하지만 첫 번째 경합처럼 쉽지는 않을 거다. 고프레도는 약이 바짝 올랐고, 아탈란은 궁지에 몰렸으니 이번 경합은 더욱 어려워지게 생겼다.

"무슨 생각을 그리 깊게 하지?"

미카엘의 목소리에 나는 번쩍 눈을 떴다.

"……왜 내려오셨어요?"

"보고 싶어서."

"왜 자꾸 이상한 말씀만 하시는지……."

그가 어깨를 으쓱이며 "물을 것도 있고." 하고 말했다.

"말씀하세요."

"내 청혼에 대한 대답, 아직 못 들었는데."

"저하."

"가장 높은 자리에서 군림하도록 해 줄 수 있어. 나라면 지금 영애가 처한 상황을 단번에 뒤집을 수 있고."

나는 미카엘의 얼굴을 빤히 쳐다보았다.

"하지만 저를 행복하게 하실 수는 없으세요."

"도미니크의 곁에선 행복하다는 말인가. 그와 내가 다른 게 뭐지?"

나는 장뤼크의 레시피 수첩을 들며 한숨을 내쉬었다.

"경합에 집중하고 싶습니다, 저하. 돌아가 주세요."
내가 등을 돌리자 그가 날 붙들었다.
"나도 네게 다정할 수 있어. 그 녀석만큼 너를 사랑할 수 있다고 확신해."
"……왜 저인데요."
"처음이라서."
"네?"
"내게 선의를 베푼 사람. 목적을 위해서가 아니라 온전히 나를 위해 고생을 마다하지 않은 사람. 영애가 처음이라."
내가 간호해 주었던 때를 잊지 못하는 건가. 나는 한숨을 내쉬었다.
"저만이 아닐 거예요. 저하 하나만을 바라보며 사신 황후 폐하도 계시고, 또 저하를 신뢰하는 황제 폐하도 계시니—"
"그게 내 딱한 점이지. 부모가 모두 이기적이거든."
그가 장난스럽게 웃으며 내 손을 끌어 제 뺨으로 가져갔다.
"여자들은 가여운 남자에게 약하지 않나. 가엽잖아, 나."
"솔직히…… 황후 폐하는 모르겠지만, 황제 폐하께서는 진심으로 저하를 사랑하신다고요."
"목수가 망치를 사랑하나? 요리사가 식칼을 사랑해? 아니, 그저 필요로 할 뿐이야."
"……."
"폐하께 난 그저 차양에 불과해. 가장 사랑하는 아들을 빗물과 눈발에서 지키기 위한."

난 미카엘의 가라앉은 눈을 지그시 응시했다.

"폐하께 가장 소중한 게 뭐라고 생각하세요?"

"권력, 나라."

"그렇게 소중한 것을 아무리 목적을 위해서라도 빌려줄 수 있을까요?"

"……."

"프렌시프 저에 금으로 된 올빼미 상이 있거든요?"

그가 갑자기 무슨 말이냐는 듯 미간을 좁혔고, 난 여상하게 이어 말했다.

"번쩍번쩍하고, 올빼미와 똑같이 생겨서 진짜로 무섭단 말이에요? 그걸 벌벌 떨면서도 매일같이 닦는 사용인들이 가엽기도 하고요. 그래서 보는 것만으로도 싫었어요."

"……."

"그런데 지금은 소중해요. 가끔 저도 닦아요. 앞에 앉아서 주절주절 떠들기도 하고요."

"고가의 보물이라서?"

"그런 건가 싶었지요. 하지만 아니었어요. 팔 기회가 무수히 많았어도 결국 팔지 않았거든요."

나는 빙그레 미소지으며 말했다.

"정이 들었으니까."

"……하지만 그 올빼미가 너나 가족을 해하여 든다면 다를걸."

"실수로 베이게 할지는 몰라도 정말로 공격하려 들지는 않을걸요."

"어째서 그렇게 확신하지?"

"정이라는 건, 그런 믿음이 들게 만드는 거니까요."

미카엘은 허탈하게 웃었고, 곧 고개를 끄덕였다.

〈다음 권에 계속〉